태산을 바라보다 望嶽

태산은 무릇 어떠한가
제나라와 노나라는 푸르름 끝없고
조물주는 신묘한 위풍을 모았고
산의 북쪽과 남쪽은 아침저녁을 갈랐다
층층이 일어나는 구름이 가슴 설레게 하니
눈을 부릅뜨고 돌아드는 새를 바라다본다
반드시 정상에 올라
뭇산이 작은 것을 한번 보리라

岱宗夫如何, 齊魯青未了, 造化鍾神秀, 陰陽割昏曉.
蕩胸生層雲, 決眦入歸鳥, 會當凌絶頂, 一覽衆山小.

진조여휘
Fantastic Oriental Heroes
장담 신무협 판타지 소설

진조여휘 9
장담 新무협 판타지 소설

초판 1쇄 찍은 날 § 2006년 6월 14일
초판 1쇄 펴낸 날 § 2006년 6월 23일

지은이 § 장담
펴낸이 § 서경석

편집장 § 문혜영
편집책임 § 서지현
편집 § 이재권

펴낸곳 § 도서출판 청어람
등록번호 § 제1081-1-89호
등록일자 § 1999. 5. 31
어람번호 § 제2-0936호

주소 § 경기도 부천시 원미구 심곡1동 350-1 남성B/D 3F (우) 420-011
전화 § 032-656-4452 팩스 § 032-656-4453
http://www.chungeoram.com
E-mail § eoram99@chollian.net

ⓒ 장담, 2005

ISBN 89-251-0168-8 04810
ISBN 89-5831-770-1 (세트)

※ 파본은 본사나 구입하신 서점에서 교환하여 드립니다.
※ 저자와 협의하여 인지를 붙이지 않습니다.

東天新武俠

진조여휘
Fantastic Oriental Heroes
장담 신무협 판타지 소설

완결 9

비검가 悲劍歌

도서출판
청어람

제1장	하늘의 불	7
제2장	가짜라고?	43
제3장	장강삼협(長江三峽)	83
제4장	살고 싶소, 죽고 싶소?	107
제5장	귀소산에 혈우는 내리고	155
제6장	움직이는 강호	197
제7장	정녕 방법은 없는가?	217
제8장	오! 하늘이여!	251
제9장	오 년 후	299

1장
하늘의 불

1

 사선으로 뚫린 통로는 비좁고도 길었다.
 부서진 석판과 바위를 벗 삼아 어둠 속을 미끄러지길 얼마, 허공에 붕 뜬 기분이 들었다 싶은 순간,
 쿵!
 "헉! 욱!"
 바닥에 내동댕이쳐진 휘는 고통을 느낄 정신도 없이 온 힘을 다해 바닥을 굴렀다. 자신이 떨어진 위쪽에서 만양에 부서진 석판과 뇌옥의 천장에서 바위들이 계속 굴러 떨어지고 있었기 때문이다.
 몇 바퀴를 굴러 겨우 위험 지대를 벗어난 휘는 안도의 한숨을 내쉬며 고개를 들다 인상을 있는 대로 찌푸렸다.
 다리뼈가 부러졌는지 극심한 통증이 몰려온다. 게다가 인상을 쓰며 호흡을 거칠게 들이키자 가슴에서도 짓눌리는 통증이 느껴진다.
 그나마 죽어라 구른 덕에 낙석에 맞지 않은 것이 다행이라면 다행이

었다.

"크흡! 젠장, 부러졌나?"

다리를 내려다봤다.

다행히 부러진 곳은 보이지 않는다. 그래도 통증이 가시지 않는 것을 보니 부러지지는 않았지만 성하지도 않은 것 같다.

인상을 쓰며 고개를 들던 휘는 문득 드는 생각에 놀라 눈을 크게 떴다.

생각보다 앞이 환하게 보인다.

당연히 빛 한 점 없으리라 생각했던 곳이 희미한 황금빛으로 물들어 있다.

비록 피어오른 먼지로 인해 앞이 잘 보이지는 않지만 빛이 존재하고 있는 것만은 분명했다. 그뿐이 아니다. 시원한 듯하면서도 혼조차 태워 버릴 듯한 극양의 열기도 느껴진다.

'뭐야? 대체 어디서?'

잠시 후, 먼지가 가라앉자 휘는 빛과 열기의 근원이 어디인지를 정확히 알 수가 있었다.

공동(空洞)은 자연 동굴의 광장과 같은 곳을 손봐서 만들어놓은 것 같았다. 최후의 탈출을 위한 비밀 통로처럼 한쪽 구석에 언뜻 동굴의 입구가 보이는 것으로 봐서도 자신의 짐작이 맞을 듯했다.

그런 공동의 한가운데, 가로 세로 석 자 크기에 높이가 넉 자 정도의 석대(石臺)가 있었다. 그 위에 놓인 시커먼 함에서 은은히 새어 나오고 있는 황금빛 서기, 그리고 그 빛에서 느껴지는 바위도 녹여 버릴 것만 같은 엄청난 극양의 열기.

한데 괴이하다. 극양의 열기는 분명 뜨겁기 그지없는 데에도 오히려 시원하게 느껴진다. 아니, 시원하다 못해 몸으로 스며든 열기가 천양의 기운을 어루만지며 독맥의 상처를 다스리고 있다. 그러자 지음의 기운도 서서히 기지개를 펴고, 풍령의 기운마저 두 기운 사이를 노닌다.

휘는 함 속에 들어 있는 것이 바로 포여랍이 말한 하늘의 불이라는 것을 직감할 수 있었다. 그리고 자신의 몸에서 일어나는 변화를 보아하니 어쩌면……

'혹시 저것이……?'

당장 다가가 확인하고 싶은 마음이 굴뚝같다.

하지만 서둘러서는 안 된다. 천천히, 천천히…….

휘는 이를 악물고 자신의 마음을 가라앉힌 다음 일단은 바라보기만 했다.

그럴 수밖에 없었다. 부상이 문제가 아니다.

자칫 욕심을 부리다가는 육신이 재가 되어 종말을 맞이할지도 모른다. 저 물건이 자신이 생각한 것이 맞는다면 우선은 하늘의 불을 담을 수 있는 그릇이 먼저 되어야 한다.

확인하는 것은 그 다음에 해도 늦지 않다.

"후우우……."

휘는 숨을 깊게 들이킨 다음 길게 내쉬었다.

한 번, 두 번, 세 번…….

우르르르…….

밖에서 들리던 천지가 무너지는 듯한 소리도 점차 잠잠해지고 있다. 붕괴가 막바지에 이른 듯하다.

시간이 얼마나 지났을까.

밖이 조용한 것을 보니 꽤 오랜 시간이 지난 것 같다.

휘는 조용히 눈을 뜨고 석대 위를 바라보았다. 이제 삼 할 정도의 힘은 되찾았는데, 그 모든 것이 석대 위에서 뿜어지는 극양의 기운 덕분이었다.

 극양의 기운이 천양의 기운을 대신하면서 지음과 풍령도 움직이기 시작한 것이다. 이대로라면 내상은 그럭저럭 치유할 수 있을 것 같다, 비록 시간은 조금 걸리겠지만.

 천천히 몸을 일으켜 봤다. 욱신거리기는 하지만 다리와 가슴의 통증은 많이 가라앉아 있었다. 조금씩 움직이는 데는 큰 지장이 없을 것 같다.

 가만히 서서 잠시 호흡을 가다듬은 후 휘는 천천히 석대를 향해 다가갔다, 오른쪽 다리를 질질 끌며.

 시커먼 함은 돌로 만들어진 것이었다. 단단하기 이를 데 없는 흑오석을 움푹 파내서 만든 함.

 일 장 정도 가까이까지 접근하자 함 안에 있는 내용물이 보였다.

 "아!!"

 얼굴이 황금빛으로 물든 휘가 탄성을 터뜨렸다.

 그것은 주먹만한 크기의 구체였다.

 선홍빛 태양, 그리고 태양을 감싸고 마치 구름처럼 휘도는 황금빛 서기. 영롱하면서도 환몽적인 빛깔이었다.

 한데 어느 순간이었다. 몽롱한 눈빛으로 선홍빛 태양을 바라보던 휘가 느닷없이 떨리는 목소리로 소리쳤다.

 "천양신주다!"

 눈앞의 선홍빛 태양. 포여랍이 말한 하늘의 불은 분명 휘의 예상대로 천양신주였다.

 단순한 짐작이 아니었다. 한참만에 정신을 차린 휘의 눈에 시커먼 함 반대쪽 석대 위에 다섯 푼 깊이로 파인 글자가 보인 것이다, 다름 아닌 지양 선인이 남긴 것으로 보이는 글이.

삼령의 후예가 아니면 욕심을 내지 말라. 하늘의 불은 삼령의 후예만이 육신에 담을 수 있을지니…….

함에서 비친 광채로 인해 처음에는 잘 보이지 않았지만 자세히 보자 상당히 많은 글자가 쓰여 있다.

통한이로다! 삼령신주를 완성했음에 너무 자만했도다. 마백의 힘을 너무 과소평가하고 욕심을 부리는 바람에 삼령의 조사께 죄를 지었도다. 너무도 크나큰 죄를 어찌 용서받아야 할지…….
마백이 나타났다는 소식에 세 명의 제자를 데리고 그들의 본거지를 쳤다. 그러나 사십사 인의 마백령을 상대하다 세 제자는 죽임을 당하고 말았다. 그후 비록 마백령을 모두 참살하긴 했으나 마백지주와 두 명의 마천황, 그들 셋을 상대하던 중 심각한 부상을 당하는 바람에 도주해서 이곳에 몸을 숨겨야만 했다. 비록 셋 중 한 명의 마천황을 죽이긴 했지만 곧 놈들의 추적이 시작될 터, 훗날을 대비해 삼령의 기운 중 하나를 이곳에 남긴 채 나는 놈들의 눈을 속이기 위해 중원으로 들어갈 것이다.
지음과 풍령을 어디에 숨길 것인지는 남기지 않겠다. 행여 마백의 무리에게 하늘의 불 천양이 들어갈 것을 염려한 때문이니라. 모든 것은 인연으로써 이어질지니…….

그랬던가? 그래서 삼령신주가 흩어져 있었던 것인가?
한데 삼령신주를 완성하고도 그들을 상대하지 못했다니, 대체 마백의 힘은 그 한계가 어디까지란 말인가?
'가만, 마백지주와 두 명의 마천황?

결코 한 무리에서 같이 쓰여질 수 없는 이름이다. 두 이름 다 지존을 뜻하는 이름이 아닌가.

만일 같이 쓰여진다면 그 이유는 하나뿐이다. 서로를 견제하기 위하여 존재하는 동등한 지위. 그렇다면 신마천궁의 궁주 정도 되는 절대의 고수가 셋은 있다는 말.

"후우, 갈수록 첩첩산중이군."

하긴 그토록 강하니 누천 년을 끈질기게 살아남았을 것이다.

설레설레 고개를 내저으며 휘는 마지막 남은 한 줄의 글을 읽어 내려갔다. 그러다 무엇 때문인지 안도의 한숨을 내쉬었다.

"휴우, 다행이군."

신주를 입에 물고 법에 따라 천양의 기운을 양기의 바다에 받아들여라.

다행히 먹으란 말은 아닌 것 같다, 저 뜨거워 보이는 것을 먹으라고 할까 봐 내심 걱정이었는데.

그래도 입술과 입천장이 데는 정도는 어쩔 수 없을 것 같다.

"하는 수 없지. 내장이 익어버리는 것보다야……."

다행히(?) 천양신주는 뿜어내는 열기에 비해 생각보다 뜨겁지 않았다. 아마도 휘가 천양의 기운을 익히고 있기 때문인 듯했다.

천양신주를 입에 물고 천양의 법에 따라 운기를 한 지 하루. 천양신주에서 뿜어지던 열기가 상당 부분 수그러들었다.

그리고 다시 하루가 더 지나자 입 안을 가득 메웠던 신주의 크기가 반으로 줄어들었다.

마침내 삼 일째. 천양신주에서 눈부시게 뿜어지던 선홍빛이 점차 사그라지는가 싶더니 반도 남지 않은 천양신주는 완전히 녹은 채 휘의 뱃속으로 사라져 버렸다.

그렇게 삼 일 만에 천양신주는 사라졌지만 휘는 좌정을 풀지 않은 채 계속 삼령의 법을 암송했다.

천양신주가 독맥에 완전히 자리를 잡자 마침내 천양과 지음, 풍령의 기운이 균형이 잡히면서 모든 것이 새롭게 느껴지기 시작한 때문이었다.

그것은 새로운 세상을 발견한 벽참과도 같았다.

내 안의 우주를 발견한 선인의 기분을 조금이나마 이해할 수 있음이었다.

휘는 모든 것을 잊고 삼령의 법에 따라 운기에 몰두했다. 아니, 자신이 운기를 하는 것인지조차도 모른 채 모든 것을 삼령의 흐름에 맡겨두었다.

다시 닷새가 지나자 온몸에서 느껴지던 거북함이 다 사라져 버렸다. 통증은 당연히 느껴지지 않았고, 육신의 존재감조차 느껴지지가 않았다.

몸은 가벼워지다 못해 허공으로 떠올랐다.

흐르는 기운은 세 가닥인지 한 가닥인지조차 알 수가 없을 지경으로 더욱 부드럽게 융화되었다.

억겁의 시간이 흐른 듯, 찰나의 시간이 흐른 듯 휘는 시간조차 잊어버렸다.

그러기를 얼마나 지났을까.

휘가 눈을 뜨고 정신을 차린 것은 사흘이 더 지난 뒤였다.

십일 일이 흘렀음에도 배가 고프지도 목이 마르지도 않았다. 마치 십일 일이 아니라 조금 전에 눈을 감았다 깨어난 것처럼 휘의 몸은 오히려 힘이 넘쳐흐를 지경이었다.

"얼마나 지났는지 모르겠군."

막상 자신은 지나간 시간조차 알 수가 없었다.

생각 같아서는 조금 더 머물고만 싶다. 그러나 얼마가 지났는지 알 수가 없는 휘로선 밖의 사정이 너무도 궁금했다.

포여랍은 어떻게 됐을까?

분명 모든 삶의 징후가 멈추었으니 죽었을 것이 분명한데, 무너진 바위에 시신이 상하지나 않았는지…….

포달랍궁은?

사령수라강시들이 쏟아져 들어왔을 정도면 밖에 있던 포달랍궁의 라마들에게 살겁이 닥친 것은 분명한 일. 과연 얼마나 피해를 입었을까.

궁금증이 꼬리를 문다.

휘는 자신이 빠져나온 구멍을 올려다봤다. 이미 천정의 구멍은 막혀 있어 뇌옥으로 올라간다는 것은 불가능해 보였다. 그러나 밖으로 나갈 방법도 없이 이런 안배를 해놓지는 않았을 터이다.

나가고자 마음을 먹은 순간 휘는 일어서서 망설임없이 동굴의 입구를 향해 걸음을 옮겼다.

이십여 장을 꼬불꼬불 나아가자 인위적으로 막아놓은 듯한 벽이 보였다.

살짝 주먹으로 쳐봤다.

쿵!

제법 두꺼운 벽이다.

'다섯 자 정돈가?'

그러나 다섯 자라면 그리 걱정할 필요는 없다.

말아 쥔 주먹에 천양의 기운을 흘려낸 휘는 석벽을 향해 가볍게 밀듯이 내쳤다.

후우웅! 푸스스스…….
천붕의 권력에 다섯 자의 석벽이 모래 벽처럼 무너져 내린다.
휘는 멍한 표정으로 무너져 내리는 석벽과 자신의 주먹을 번갈아 바라보았다.
'이 정도면 되겠지' 하면서 치긴 했지만 저리 가루처럼 부서질 줄은 생각을 못한 것이다.
'주먹도 조심해서 써야겠군.'
휘는 고개를 내저으며 걸음을 내디뎠다.
무너진 석벽의 바깥쪽에서 시원한 바람이 불어온다. 깨끗하고 맑은 바람이. 아무래도 동굴의 입구가 그리 멀지 않은 듯하다.
삼십 장 정도를 걸어나가자 빛이 보이기 시작했다.
또다시 이십여 장. 비스듬히 들어온 황금빛 햇살이 가슴에 가득 안기자 휘는 걸음을 멈추고 햇살에 전신을 내맡겼다.
거세게 뛰는 심장 박동 소리가 귀청을 울린다. 밝은 태양이 눈 안에 가득 찬다. 휘는 자신도 모르는 전율감에 온몸을 떨었다.
죽음과 삶의 경계에 발을 디뎠다 빠져나온 자만이 느낄 수 있는 그런 희열이 온몸을 치달리는 것이다.
소리를 지르고 싶다. 온 세상이 떠나가라 외쳐 보고 싶다.
하지만 휘는 목구멍까지 치솟은 감정을 억눌러야만 했다.
아직은 확인해 봐야 할 일이 남아 있는 것이다.

일각여 시간이 지나고 솟구친 감정이 서서히 가라앉자 휘는 천천히 주위를 살펴봤다.
튀어나온 바위에 가려진 동굴의 입구는 깎아지른 듯한 절벽의 중간에 위치해 있었다. 그리고 저 멀리 포달랍궁의 하얀 건물 벽이 햇살에 반사

되어 밝게 빛나고 있었다.

'어떻게 됐을까? 사령수라강시가 분명 난리를 쳤을 텐데……'

휘는 동굴에서 신형을 날려 절벽 아래에 내려서자마자 포달랍궁을 향해 단숨에 달려갔다.

"이, 이런!"

포달랍궁의 정문이 보이는 곳에 도착한 휘는 이를 갈며 입술을 깨물었다.

포달랍궁의 문은 활짝 열려 있었다. 그리고 안에는 수많은 승려와 일반 신도들이 뒤섞여 있었다. 그들은 무너진 건물의 잔해를 치우는 한편 궁의 한가운데에 거대한 제단을 설치하고 있었다.

한데 제단이 만들어지는 한쪽에 뭔가를 덮은 하얀 천이 보인다. 시신을 덮어놓은 듯하다.

대충 봐도 수백에 달하는 시신들. 분명 포달랍궁 라마들의 시신일 터이다. 사령수라강시에 의해 죽어간 라마들 말이다.

나후타를 찾아가 볼까 했지만 그러지 않기로 했다. 이런 어수선한 때에 포여랍의 죽음을 전하고 포여랍이 사령수라강시와 함께 뇌옥에 묻혔다는 이야기가 그리 좋은 소식일 리 없다. 물론 저들은 이미 알고 있는 이야기일 테지만.

그리고 보다 더 중요한 이유는 아직은 자신의 행적이 알려지지 않는 것이 나중을 위해 더 나을 거라는 판단 때문이었다.

휘는 주위에서 절을 하는 수많은 사람들과 함께 천천히 포달랍궁을 향해 절을 올렸다. 그리고 일각가량을 더 머문 뒤 조용히 몸을 돌렸다.

2

"헉! 헉!"

거친 숨소리.

쿵! 쿵!

거센 심장의 박동.

놈들에게 쫓긴 것이 사흘째다. 그리고 이제 악양이 눈앞이다.

철혈단의 동료 중 남은 사람은 둘. 세 사람은 놈들의 추적을 유인하기 위해 한 명씩 스스로 전열을 이탈했다.

아마 지금쯤은 놈들에게 잡혀 처참한 고문에 시달리다 죽었을지도 모른다.

죄책감이 물밀듯이 밀려온다. 자신의 엉성한 대응이 화를 불러왔다.

죽였다면, 아니, 하다못해 그 아이의 혈이라도 짚어서 숨겨놓았더라면 동료를 적진에 남겨놓고 오는 일은 없었을 것을.

웅경아! 웅경아! 이 바보 같은 놈아!

'으아아!!'

    *   *   *

휘의 명령에 따라 혈천교의 본거지라 할 수 있는 장사에 들어갔을 때만 해도 무슨 짓이라도 할 수 있을 것 같았다.

마도를 물리치기 위해 첨병에 선다!

이 얼마나 가슴 떨리는 일인가 말이다.

그러나 그날… 장사에 숨어들어 신분을 위장한 채 혈천교에 대한 정보를 모으며 지낸 지 두 달이 지난 그날.

그동안 모은 정보도 취합하고 술도 한잔할 겸 화화루에 위장 취업하고 있는 철혈단의 수하 이종명을 만나러 갔을 때였다. 이종명이 갑자기 자신을 잡아끌더니 한쪽으로 데려갔다.
"대주, 혈천교의 간부들로 보이는 자들이 동쪽의 별원에 있습니다."
"간부들이?"
"단 두 사람뿐인데… 뭔가 수상합니다. 혈천교의 사람들인지조차 몰랐을 정도로 자신들을 감추고 있습니다."
혈천교의 무사들이 술집에 오는 것은 흔한 일이다. 이리 조심해야 할 이유가 아무것도 없는 것이다. 그러나 그들이 간부라면 이야기가 조금 달라진다. 요즘처럼 강호가 어수선하고 혈천교에 비상이 걸린 상황에서 간부들이 일반 주루를 찾아오는 것은 자칫 안 좋게 보일 수가 있는 것이다.
그러나 아무리 그렇다 해도 자신들이 혈천교의 사람임을 감출 정도는 아니다. 확실히 수상한 면이 있는 것 같다.
"내가 가서 살펴보겠네."
"조심하십시오."

웅경은 이종명이 알려준 별원의 경비 상황을 살펴봤다.
한데 기이하다. 아무도 보이지 않는다. 확실히 저 안에서 술을 마시고 있는 것이 정말 혈천교의 간부들인지 의심이 들 정도다. 하지만 이종명이 잘못 보지는 않았을 터.
조심스럽게 안으로 들어가며 신경을 곤두세웠다. 행여나 눈에 보이지 않는 호위가 있을지도 모르는 것이 아닌가.
그러나 별원에 들어설 때까지도 호위는커녕 경비무사 하나도 보이지 않았다. 시끄러운 기녀들의 웃음소리와 음담패설만이 밖으로 왁자지껄 들려올 뿐이다.
웅경은 이종명이 말한 방 앞을 자연스럽게 지나치며 청력을 최대한도로 끌어올렸다. 그때 안에서 들리는 칼칼한 목소리.

"꼭 그렇게 해야만 합니까?"

"이야기한 대로 일단은 두고 보기로 하세. 그분께서도 뭔가 생각이 있으신 거겠지."

"젠장! 놈들이 우리를 무시하고 일을 진행하는데 보고만 있어야 하다니!"

"어허! 목소리가 크네, 곡사령. 화를 가라앉히게. 이렇게 몰래 개인적으로 만난 것만 해도 그들이 알면 트집을 잡을 텐데……. 그냥 술이나 마시고 가세."

"지금 화가 안 나게 생겼습니까? 굴러온 돌이 박힌 돌을 빼낸다고, 신마천궁 놈들이 교를 장악하고 피바람을 일으키고 있는데."

"나도 걱정이 되긴 하지만 어쩌겠나?"

"흥! 어쩌긴요. 열받으면 일을 저지르는 수밖에요."

"무슨 말인가?"

차분하던 목소리가 날카롭게 울리더니 잠시 말이 끊어졌다.

웅경은 방을 지나치면서 주위를 둘러보고는 재빨리 벽에 붙어 다시 귀를 기울였다.

잠시 후, 칼칼한 음성이 다시 말을 이었다.

"두 단주께서도 제가 얼마 전 강서에서의 작전에 명을 전하기 위해 다녀온 것을 아실 겝니다."

"음, 말은 들었네."

"이게 뭔 줄 아십니까? 이게 바로 혈무전주님께 내려진 교주님의 명령섭니다."

"음? 무슨……? 명령서는 그때그때 바로 소각하는 것이 원칙 아닌가?"

"물론 그게 원칙이지요. 하지만 계속 피바람을 일으키다 보면 무슨 일이 벌어질지 모르지 않습니까? 자칫 죄없는 교도들까지 공적으로 몰리면 어떻게 한단 말입니까? 해서 혈무전주님께서는 구두로 전하고 몰래 가지고 있는 겁니다. 최후에라도 교도들을 구하기 위해서 말입니다."

"이, 이런, 너무 위험하네. 자칫 교주를 신봉하는 무리들이 이 사실을 알면 자네는 물론이고 그분까지 위험해질 걸세."

"사령들이 명령을 전하면 그걸로 끝입니다. 내용이 문제지 종이쪼가리가 문제가 아니니까요. 그러니 들킬 염려는 없습니다. 그리고 어차피 이판사판입니다. 지금쯤은 그분도 후회하고 있을지 모르지 않습니까."

"자네, 음……. 이만 가세. 아무래도 그 일에 대해선 사람들과 상의를 해봐야 할 것 같네."

"먼저 가십시오. 둘이서 같이 나가면 의심할 수도 있으니 저는 술이나 한잔 더하고 가겠습니다."

"…그럼 나 먼저 가겠네. 자네의 교에 대한 충정은 이해하네만 너무 무리하지는 말게."

"저도 그쯤은 압니다."

웅경은 방 안에서 이야기를 나누던 사람 중 하나가 나오려 하자 조심스럽게 뒤로 물러섰다.

그리고 일각 후 웅경은 철혈단 동료 다섯을 모두 불러들였다. 그때까지도 곡사령이라는 자는 별원에서 술을 마시고 있었다.

똑똑!

"뭐야?"

"시키신 술하고 안주 가져왔습니다."

"술? 들어와!"

이종명이 웅경을 향해 눈짓을 보냈다. 웅경도 고개를 끄덕이고는 한 자 길이의 단검을 소매 속에서 빼내 들었다.

덜컥!

이종명이 문을 열고 안으로 들어갔다.

술과 안주를 들고 안으로 들어가는 이종명의 등판으로 스며든 웅경.

잠시 상대의 눈이 이종명에 의해 가려진 사이 창문이 덜컹거리자 곡사령이라는 자의 눈이 창문으로 향한다.

순간, 웅경이 이종명의 뒤에서 튀어나가고, 곡사령이란 자가 고개를 돌리자 이종명의 손이 쟁반 밑으로 들어갔다. 그사이 세 사람이 안으로 들어서며 문을 닫았다.

상대는 술에 취해 있는 상태. 게다가 웅경과의 무공 차이도 그리 나지 않는 데다 이쪽은 다섯이다.

웅경을 발견한 그가 게슴츠레한 눈을 뜨고 놀라 소리쳤다.

"뭐, 뭐야? 네놈들은 누구… 끄억!"

그러나 흐느적거리는 몸은 너무도 느렸다. 미처 일어서기도 전에 이종명의 단검이 쟁반 밑에서 튀어나와 몸에 깊숙이 박혔다. 동시에 웅경도 단검을 곡사령이란 자의 목에 꽂아버렸다.

생각보다 쉽게 곡사령이라는 자를 제압한 웅경은 재빨리 그의 품속을 뒤졌다. 품속 깊은 곳에서 둘둘 말려 있는 뭔가가 잡힌다.

꺼내 들어 내용을 훑어봤다.

'이거다!'

곡사령이라는 자가 말한 명령서였다.

"가자!

그런데 막 문을 열고 밖으로 나서려 할 때다.

웅경의 눈에 한 여인이 들어왔다. 아니, 여인이라기보단 소녀였다. 잘해봐야 열서너 살 먹은 소녀. 그녀는 동그란 눈으로 방에서 나오는 웅경을 바라보고 있었다.

'아무리 신경을 방에 집중했다 해도 소녀가 다가오는 것을 몰랐다니…….'

웅경은 이를 지그시 깨물며 주먹을 움켜쥐었다.

목격자다. 죽여야 한다. 한주먹이면 죽일 수 있다.

웅경은 손을 뻗어 멍하니 자신을 바라보는 소녀의 입을 잽싸게 틀어막았다. 그리고 그녀의 천령개를 내려치기 위해 오른손을 들었다.

하필 그때 웅경과 소녀의 눈이 마주쳤다. 소녀의 눈은 잔뜩 겁에 질려 있었다. 그렁그렁 눈물마저 맺힌 채.

'이익!'

손이 떨린다. 빨리 죽이고 떠나야 하거늘.

"대주, 시간이 없습니다."

이종명이 속삭이듯 말했다. 그러나 들어올린 손에 힘이 들어가지를 않는다.

'사, 살려주세요.'

소녀의 떨리는 눈빛이 그리 말하는 것만 같다. 웅경의 깨문 입술에서 피가 배어 나왔다.

'차마… 차마 죽일 수가 없다. 어찌 이런 아이를…….'

그는 소녀를 바짝 당겨 으르렁거리듯 속삭였다.

"너, 절대 모른다고 해야 한다. 네가 본 것을 말하면 그 사람들이 너를 죽일 거야. 그러니 일단 몸을 숨겨라. 너는 이곳에는 오지 않은 것이다. 무슨 말인지 알지?"

"예? 예, 예, 나리……."

소녀는 웅경이 가만히 손에 힘을 풀자 정신없이 대답하며 뒤로 물러섰다. 순간, 주춤거리며 물러서는 소녀의 눈빛이 찰나간 묘하게 반짝였다. 결코 순수함이 깃든 눈빛이 아니다. 교활함이 숨겨져 있는 눈빛이다.

하지만 웅경은 이종명이 눈살을 찌푸리며 재촉하는 바람에 미처 그녀의 그런 눈빛을 보지 못했다.

"대주, 목격자를 남겨놓으면……."

웅경은 이종명을 노려보았다. 모르는 바가 아니다. 그러나 도저히 죽일 수가 없다.

이 아이가 무슨 죄란 말인가. 이런 아이를 죽이면서까지 정보를 모아야 한단 말인가.

"내가 책임진다."

웅경을 다섯 사람을 돌아보았다. 둘은 고개를 끄덕이고 셋은 미간을 찌푸린다. 그러나 어쨌든 결정권자는 자신이다.

"가자. 장사를 떠난다."

방을 나서며 조그맣게 한마디를 덧붙였다.

"단주라 해도 이리 결정하셨을 것이다."

결국 소녀를 살려서 그냥 내보낸 채 웅경 일행은 그렇게 장사를 떠났다. 그리고 새벽이 되기 전부터 추적이 시작되었다.

추적자가 서신을 뺏기 위한 혈천교의 구교도들인지, 아니면 혈천교의 사령을 죽인 범인을 잡기 위한 신마천궁의 놈들인지는 모른다.

확실한 것은 둘 다 적이라는 것, 그리고 자신들이 발각된 것은 그 소녀 때문이라는 것이다. 그렇지 않고서야 자신들의 용모파기까지 돌리며 이렇듯 신속한 추적을 할 수는 없었을 터. 그 소녀는 자신들이 떠나자마자 혈천교에 자신들을 고해바쳤음이 분명했다.

자신의 잘못이다.

한순간의 망설임으로 형제와 같은 동료 셋이 적의 손으로 넘어간 것이다.
그로 인해 사흘간의 도주 동안 웅경은 통한의 눈물을 흘려야만 했다.

*   *   *

악양에 들어선 웅경과 두 철혈단원의 모습은 꼴이 말이 아니었다. 하긴 사흘간 제대로 먹지도 못하고 달리기만 했으니 서 있는 것만도 다행이라 할 수 있었다. 철혈무각에서의 혹독한 훈련이 아니었다면 어림도 없는 일이었다.
세 사람이 어찌나 허름하고 지저분해 보이던지, 설사 혈천교에서 배포한 용모파기를 보더라도 세 사람을 구분해 내기가 힘들 정도였다. 특히 단 삼 일 만에 바짝 마른 웅경의 모습은 두 사람에게도 안타까워 보일 정도였다.
개방의 거지나 다름없는 세 사람이 칠상객잔을 찾은 것은 그들이 악양에 들어선 지 한 시진 정도가 흘러서였다.
칠상객잔의 현판을 바라본 웅경의 입에서 메마른 음성이 나직이 흘러나왔다.
"마침내… 온 건가?"
손님을 받기 위해 밖으로 나오던 점소이가 그런 웅경을 바라보며 퉁명스럽게 물었다.
"뭐… 잡수러 왔수?"
"객잔의 주인을 만났으면 하네만……."
여전히 메마른 목소리로 입을 연 웅경이 손바닥 위에 상자를 쓰자 그제야 점소이가 태연하게 주위를 둘러보며 입을 열었다.

"일단 들어오시구랴."

3

포달랍궁을 떠난 지 칠 일째.

당고랍산맥(唐古拉山脈)을 넘어 온통 바위와 자갈로만 이어진 협곡을 빠져나오자 창도(昌都)로 가는 관도가 구불구불 녹색 비단을 펼쳐 놓은 듯한 대초원을 가로질러 뱀처럼 이어져 있다.

창도를 지나 금사강을 건너면 사천 땅이라 했다. 당고랍산맥을 넘던 중에 만난 원주민과 손짓 발짓으로 이야기를 나누고 알아낸 사실이다.

뒤로는 만년설을 이고 있는 이만 척 높이의 준봉이 병풍처럼 둘러서 있고, 앞에는 푸른 대초원이 펼쳐져 있다. 가슴이 탁 트이는 풍경. 휘는 탄성을 터뜨리지 않을 수 없었다.

"좋군! 정말 멋져!"

하마터면 죽을 뻔한 위기를 모면한 사람에게는 더욱더 가슴에 와 닿는 풍경이었다.

문득 그때가 생각나자 휘는 자신도 모르게 어깨를 부르르 떨었다.

뇌옥이 무너지고 빨려들어 간 지하 공동에 갇혔을 때만 해도 죽는 것이 아닌가 했다. 하지만 아직 하늘은 자신의 목숨을 거둘 생각이 없는지, 아니면 누구 말대로 명줄이 길어서인지 몰라도 그 지독한 상황에서도 살아 나올 수 있었다. 그야말로 천행에 천운마저 따라준 결과였다.

천천히 하늘을 향해 고개를 드는 휘의 입가에 옅은 웃음이 떠올랐다.

"아버지들이 하늘에서 보살펴 주신 건가?"

콕 찌르면 파란 물이 뚝뚝 떨어질 듯한 하늘에서 아버지들이 환하게 웃고 있는 것만 같다.

―휘아야! 걱정 마라! 아버지들이 있잖냐!!

"예, 아버지!"

휘는 하늘을 향해 크게 소리쳤다. 대초원에서 노닐던 양 떼가 놀라 사방으로 흩어질 정도로.

휘이이잉!

한참을 바람 앞에 서 있던 휘의 입을 비집고 문득 나직한 중얼거림이 흘러나왔다.

"어떻게 됐는지 모르겠군."

수많은 것이 함축된 말이었다.

한 달이 훨씬 넘었으니 분명 무슨 변화가 있을 것이다.

묵운산장이 정말 무너졌을까?

다른 사람들은 다 무사할까?

서하는? 사부님의 가족들은? 만상문의 사람들은?

"일단 소식부터 알아봐야겠군."

4

모용서하는 화원 가득 피어난 모란꽃을 보며 가만히 쪼그리고 앉아 속삭였다.

"모란아, 너는 알고 있니? 그분이 언제 오시려는지?"

하얀 모란꽃이 벙긋 웃는다.

모용서하도 조용히 웃음 지으며 배를 쓰다듬었다.

"그분은 아실까, 너처럼 예쁜 아이가 뱃속에 있다는 걸?"

모란꽃이 환하게 얼굴을 붉힌다. 붉은 모란꽃보다 더 붉어진 얼굴로 모용서하가 자그맣게 속삭였다.

"그분도 좋아하실 거야. 너도 그렇게 생각하지?"

살랑대는 바람결에 모란꽃이 고개를 끄덕인다.

모용서하는 수줍음 가득한 미소를 지으며 천천히 몸을 일으켰다. 그리고 손으로 해를 가리고 하늘을 올려다봤다. 티없이 맑은 하늘에는 뭉게구름이 둥실 떠 있다. 소나기라도 한바탕 내리려는 것인지…….

모용서하가 안으로 들어가기 위해 몸을 돌릴 때였다. 공유유가 월동문으로 들어오는 것이 보였다. 모용서하가 손을 들어 자기가 화원에 있음을 알리자 공유유가 부드러운 웃음을 지으며 입을 열었다.

"언니, 나와 계셨어요? 만 숙부님께서 찾으시던데……."

"총호법님이?"

"예. 호남에서 비선(秘線)을 통해 서찰이 하나 왔는데 그 때문에 간부들을 소집하시나 봐요."

"그래? 그럼 가볼까?"

최근 들어 중요한 일이 있을 때마다 만시량은 모용서하를 회의에 참석시켰다. 문주인 휘의 부인 자격이라기보다는 모용서하 본인의 뛰어난 능력을 인정하고 있기 때문이었다.

만상전에 들어서자 공이연과 서수장, 그리고 경백후 등을 비롯해 청해로 떠난 간부들을 제외한 나머지 십여 명의 간부가 모두 모여 있었다. 모용서하가 자리에 앉자 만시량이 입을 열었다.

"악양지단에서 한 통의 특급 비밀을 요하는 서찰이 접수되었소. 서찰을 전한 자는 웅경, 수신자는 문주님이오. 웅경이란 자는 전에 성수곡에서 서신을 전한 영호련과 함께 문주님이 철혈성에 계실 당시 문주님의 곁을 보좌하던 자외다. 한데 그의 말에 의하면 자신들이 몇 달간의 정보 수집 끝에 혈천교가 천도맹을 친 증거를 찾았다 하오. 그리고 혈천교가 신마천궁의 하부 세력이라는 일말의 증거까지. 어찌 처리했으면 좋겠소?"

만시량이 좌중을 둘러보며 묻자 호법 중 한 사람인 궁마(弓魔) 종리강이 되물었다.

"그 정보의 가치가 어느 정도나 됩니까?"

"필요한 자에게는 만금의 가치가 있을 거라 생각하오."

공이연이 미간을 좁히며 물었다.

"어차피 혈천교는 적이라 할 수 있는 곳인데 그런 정보가 필요한 곳이 있을까?"

그 말에 모용서하가 조용히 입을 열었다.

"천도맹주 위지혁성이라면 그 정보가 꼭 필요할 거예요."

"위지 맹주가?"

공이연이 눈을 동그랗게 뜨자 모용서하가 고개를 끄덕였다.

"다 아시다시피 위지세가는 상인의 가문이죠. 한데 그들의 거래처 중 가장 큰 비중을 차지하는 곳이 바로 동정상단이에요. 그리고 동정상단은 장사에 있고요. 사실 천도맹이 혈천교를 적으로 지목하고서도 직접적인 공격하지 못하고 있는 이유가 바로 동정상단을 잃을까 봐서죠. 만일 확실한 정보만 있다면 천도맹은 동정상단을 잃지 않고도 혈천교를 칠 수 있으니 그들에게 이 정보는 만금보다도 더 가치가 있다고 봐야 해요."

"호오, 문주 부인께서 어떻게 그런 것까지 아시오?"

공이연의 너스레에 모용서하가 살짝 얼굴을 붉혔다. 부인이라는 말 때문이었다.

"혈천교에 대한 천도맹의 행사가 너무 소극적인 것이 이상해서 그간 들어온 정보들을 취합해 봤어요. 그랬더니 그 이유가 보이더군요."

그녀의 말에 만시량은 흐뭇한 표정을 지었다. 그리고 모용서하에게 유

향당을 맡긴다 했을 때 자신의 탁월한 선택을 노망 든 노인의 생각으로 취급했던 공이연을 향해 한마디 했다.
"도둑놈의 눈에는 기껏 해봐야 어디서 무얼 훔칠까 하는 것밖에 안 보일 거다."
그러고는 공이연의 얼굴이야 일그러지든 말든 만시량은 억지로 웃음을 참고 있는 사람들을 향해 기분 좋게 입을 열었다.
"이 정보는 천도맹에 넘기기로 하겠소. 진행은 화 단주가 맡아주시구려."
교령선자 화사랑이 웃음을 참느라 벌게진 얼굴로 답했다.
"알겠습니다. 제가 맡지요."

5

금사강(金紗江)은 청해 남부 파당하(巴唐河)에서 시작해 사천성과 서장을 가르며 남쪽으로 흐르다 운남에서 꺾여 다시 사천성에서 민강과 합류하는 곳까지를 말한다. 한마디로 사천과 서장을 가르는 경계 지표와도 같았다.
험준한 거산준봉을 가르고 흐르다 보니 그 물살이 여타 강보다도 거칠고 험했다.
콰과과과!
거대한 황톳물 줄기가 깎아지른 듯한 절벽 사이로 흘러내려 간다.
휘는 금사강이 작고 성질 급한 황하와도 같다는 생각이 들었다. 거친 물살이 바위에 부딪치며 피어오른 물보라와 양편의 바위 절벽은 가히 절경이라 부르기에 손색이 없었다.
강폭은 사십여 장. 아무리 가까운 곳이라 하여도 삼십 장이 넘어 보였다.

절벽 위로 올라가 바람을 탄다면 충분히 건널 수도 있을 것 같았다. 그러나 대낮에 사람들을 놀래키며 경공을 자랑하고 싶지도 않았고, 강을 건네주는 배가 따로 있음에야 굳이 그럴 필요도 느끼지 못했다.

선착장이 있는 곳으로 나가자 강을 건너려는 사람들이 이십여 명 정도가 모여 있었다.

거세게 용틀임하다 넓어지며 잔잔해지는 곳. 근처에서 배가 건너갈 만한 곳은 그곳밖에 없었다.

휘가 다가가자 사람들이 고개를 돌려 휘를 바라보았다. 대부분이 원주민들이었지만 개중에는 중원인으로 보이는 사람도 여럿 있었다. 그들 중 몇 명은 상인인 듯 짐 보따리를 하나 둘씩 메고 있었다.

중원의 상인들은 잠시 휘를 바라보다가 관심을 끊고 자신들끼리 이야기를 주고받느라 정신이 없었다. 대부분의 이야기가 이번 상행에서 얼마나 벌었고, 지금 가지고 가는 물건으로 얼마나 이익을 남길 것인가에 대한 것들이었다.

하지만 중원인은 상인만 있는 것이 아니었다.

세 명의 삼십대 중, 후반으로 보이는 장한들. 그들은 결코 상인들이 아니었다. 허리에 도를 찬 자, 등에 검을 멘 자, 그리고 나머지 한 사람은 허리띠에 두 자루 단창을 끼고 있었다.

세 사람은 모두 빛 바랜 청의를 입고 있었다. 눈빛이 날카롭긴 해도 사기가 없는 것을 보니 나름대로 수련을 한 정파의 인물로 보였다.

그들은 휘가 남루한 옷차림임에도 검을 차고 있는 것을 보고 호기심 어린 눈으로 한참을 바라보았다.

일각이 지나지 않아 건너편에서 출발한 배가 선착장으로 들어왔다.

배는 줄로 매어 있었는데 아무래도 거친 금사강의 물살을 견디기 위해서인 듯했다.

배를 타고 중간쯤 건너갈 때였다. 도를 찬 장한이 휘에게 다가왔다.

"친구, 보아하니 중원의 무사 같은데 어디를 다녀오시는 길인가?"

말투에 사투리가 잔뜩 섞여 있어 알아듣는 데 애를 먹었지만 그렇다고 완전히 못 알아들을 정도는 아니었다.

"납살에 들렀다 성도로 가는 길입니다."

"호! 납살까지 다녀왔다고? 젊은 친구가 여행을 꽤나 좋아하나 보군."

"오래전에 한 약속을 지키기 위해서 다녀오는 길이지요."

"흠, 검이 보통의 것이 아닌 걸로 봐서 낭인 무사는 아닌 것 같은데, 사문이 어떻게 되시나?"

어정쩡한 존대에 휘는 빙그레 웃음을 지었다. 문득 도강언에서 만났다가 이제는 같은 만상문의 형제가 된 무연송이 생각난 것이다.

"삼령문이라고 하시면 아실는지……."

"삼령문?"

알 수가 없는 것이 당연하다. 천하에서 그 이름을 아는 사람 자체가 그리 많지 않으니까.

이번에는 휘가 물었다.

"그런데 세 분은 어딜 다녀오시는 길입니까?"

"우리 말인가? 흠, 우리는 이 길을 자주 다닌다네."

언뜻 장한의 입가에 슬며시 웃음이 걸렸다, 마치 놀리는 사람이 놀림 당하는 사람을 보며 재미있어하는 그런 웃음이.

장한이 옆구리의 칼을 툭툭 건드리며 말했다.

"우리 형제들은 이 길을 지나는 사람들을 보표해 주며 먹고살거든."

"아!"

휘는 그제야 장한들이 자신에게 신경 쓴 이유를 조금이나마 알 것 같았다. 이들은 휘가 상인들에게 위해가 될 사람인지를 파악하기 위해 자신을 살핀 거였다.

고개를 끄덕이던 휘는 문득 드는 생각에 도를 찬 장한을 향해 물었다.

"혹시 최근의 강호 소식에 대해서 아시는 것이 있으십니까? 제가 중원을 오래 떠나 있다 보니 아는 게 없어서……."

보표라면 지나다니는 상인들로부터 많은 것을 주워들었을 것이라는 것이 휘의 생각이었다. 아니나 다를까, 그는 고개를 끄덕이며 자랑스럽게 입을 열었다.

"아마 이 일대에서 우리만큼 많은 이야기를 아는 사람도 없을걸?"

휘의 눈이 반짝였다.

정보란 항상 한걸음 먼저 아는 것이 중요한 법. 당문이나 사천성의 커다란 도시에 도착해서 정보를 수집하려면 아무리 빨라도 이틀은 걸린다. 한데 같은 이야기를 이들에게서 들을 수 있다면 적어도 하루는 빨리 움직일 수가 있지 않겠는가.

"가는 길에 이야기 좀 해주시겠습니까? 보다 정확한 이야기를 해주신다면 적잖은 사례를 할 용의도 있습니다만……."

"하하하! 이야기 좀 하는 것 가지고 무슨 사례까지……. 뭐, 어쨌든 자네가 듣고 싶다면 내 아는 대로 이야기를 해주겠네. 요즘은 하도 이야깃거리가 많아서 다 할 수나 있을지 모르겠지만 말이야."

불감청이언정 고소원이었다. 많이 알면 알수록 좋았다.

"한데 어디까지 보표를 하시는 겁니까?"

"덕격(德格)까지가 기본이네만 때로는 화주가 원하는 데까지 가기도 하지. 저분들은 덕격까지 가기로 했으니 이번 일은 거기에서 끝나게 될 걸세."

휘가 빙그레 웃으며 고개를 끄덕였다.

"그렇군요. 그럼 제가 이야기 대가로 덕격에서 식사 대접을 하지요."

"하하하하! 거, 젊은 친구가 얼굴만 잘생긴 것이 아니라 끊고 맺는 것도 시원시원하구먼. 우리는 금사삼걸이라 하네. 자네 덕분에 가는 길이 심심하지는 않겠군. 자네, 이름이 뭔가?"

"진… 휘라 합니다."

* * *

덕격까지는 하루 반나절의 거리. 휘는 가는 도중에 금사삼걸로부터 많은 이야기를 들을 수 있었다. 그들은 나름대로 자신들이 들은 이야기 중 확실한 것만을 골라 이야기해 줬다.

수많은 이야기 중 가장 중요한 것은 세 가지였다.

첫 번째는 무림맹의 결성에 대한 소문이었다.

구대문파와 오대세가가 힘을 합쳐 임시 무림맹인 정무맹을 만든다고 한다.

그에 반해 칠패 중 천검보와 삼양신문, 그리고 오룡회와 천도맹은 척마맹을 결성하기 위해 사패주의 회동이 있을 거라고 한다.

무림의 힘이 두 개의 무림맹으로 재편된 것이다. 비록 임시라 하지만 신마천궁이라는 마도문파 하나를 상대하기 위해서 전 강호의 대문파가 모두 일어섰다는 것은 놀랄 만한 일이었다.

휘로서도 놀라지 않을 수 없는 이야기였다.

"놀라운 일이군요. 수십 년간 소 닭 보듯 하던 사람들이 뭉치기로 했다니 말입니다."

금사삼걸 중 둘째 안승요는 자신의 이야기에 스스로가 흥이 나는지 고개를 끄덕이며 말을 이었다.

"그뿐이 아니네. 중소 문파들이 죽련을 중심으로 뭉쳤으니 실제로는 셋이라 해야 맞을 것이네."

안승요의 말에 휘의 눈이 반짝였다.

"대홍산의 싸움에서 죽련의 피해가 적지 않았다 하던데……."

"피해야 많았지만 죽림삼우의 의기에 모여드는 사람들이 워낙 많다 보니 오히려 사람들은 더 늘었다고 봐야 할 것이네."

역시 죽림삼우의 움직임은 당금 강호의 흐름에서 가장 큰 변수라 할 수 있었다. 묵운산장을 쳤을 때도 만일 죽련이 한 축을 맡지 않았다면 천검보와 삼양신문의 연합이나 무당과 제갈세가 등은 더욱 큰 피해를 입었을 것이다, 승패를 장담할 수 없었을 정도로.

두 번째는 무당을 비롯한 호북무림 대문파들의 요청으로 정무맹이 결성되면 귀마련을 칠 거라는 소문이었다.

귀마련의 호법이었던 두 사람의 증언에 의하면 귀마련의 주인이 바뀌었단다. 한데 문제는 바뀐 주인이 바로 신마천궁의 하수인인 혼원쌍도와 정체불명의 괴인이라는 사실.

그 사실이 무당에 알려지자 무당은 즉시 몇몇 문파에 소식을 전했고, 결국은 정무맹 회합의 주요 안건으로 올려진 것이다. 게다가 죽련에서도 귀마련을 치는 일에 상당한 관심을 가지고 있어 어쩌면 정무맹과 죽련이 손을 잡고 귀마련을 칠지도 모른다는 소문마저 돌고 있다고 했다.

휘는 다른 어떤 이야기보다도 혼원쌍도라는 이름에 신경이 쓰였다.

"혼원쌍도요?"

"그렇다네. 죽은 줄로만 알았던 그 괴물들이 신마천궁의 하수인이었다니 얼마나 놀라운 일인가? 그런데 귀마련주 귀왕 갈무엽을 죽인 것은 그들이 아니라 정체를 알 수 없는 괴인이라고 하더군."

안승요는 정말 놀랍다는 표정으로 휘를 향해 과장된 몸짓을 했다.

휘는 그런 안승요를 향해 피식 웃는 모습을 보였지만 속으로는 가슴이 차갑게 가라앉았다. 혼원쌍도와 괴인이라면 당연히 그가 관련되어 있기 때문이었다. 바로 철군명 그가.

'그놈이 귀마련을?'

그런데 철군명이 아직도 귀마련에 머물고 있을까?

당시 부상을 당한 채 마신의 품에 들려 도망갔으니 귀마련에 있을지도 모른다. 그러나 확신할 수는 없었다. 만상문에 보다 더 확실한 정보가 들어와 있으면 좋으련만.

'어쨌든 확인은 해봐야겠군.'

세 번째는 감숙을 뒤흔들었던 잔마혈전과 감숙 삼대세력 간의 전쟁에 대한 이야기였다.

"새롭게 철혈성의 성주가 된 철무명이라는 젊은 성주가 삼대세력과 연합해서 잔마혈전을 무너뜨렸다고 하네. 아직 삼십도 안 된 젊은 성주라던데 그 무위가 대단하다 하더군."

그 말에 휘의 눈이 번쩍 뜨였다.

"철혈성주가 바뀌었다고요? 그럼 전대 성주인 철운성은……? 설마 죽었단 말입니까?"

"죽은 것은 아니고, 몸이 안 좋다고 하더군."

"아, 예."

철운성이 철무명에게 성주 자리를 넘겨주었다면 그만큼 철혈성이 안정되었다는 말과도 같았다. 휘로선 잘된 일이라 볼 수 있었다. 철운성이 성주 위에서 물러난 이상 사부님도 부담없이 철혈성을 떠날 수 있을 것이 아닌가.

휘가 고봉천에 대한 생각을 하고 있을 때였다. 안승요가 이제야 생각났다는 듯 젓가락에 들린 음식을 입으로 가져가다 말고 큰 소리로 물었다.

"참! 자네, 천옥대공에 대한 이야기는 들어봤나?"

"예? 글… 쎄요. 그게… 누굽니까?"

"이거, 내가 정신이 없구먼. 강호를 뒤흔든 천하제일의 기남아에 대한 이야기를 빠뜨리다니. 근데… 자네도 행색이 남루해서 그렇지 얼굴 하나는 천옥대공 뺨치게 잘생겼군."

"……."

6

신마전의 깊숙한 곳에서 경악성이 터져 나온 것은 무양산 절벽을 타고 짙은 안개가 넘실거리는 아침 나절이었다.

"뭣이?! 사령불이 포달랍궁을 치고 나서 사라졌다고?"

단언코 야율황이 이토록 놀란 적은 단 한 번도 없었다.

신마천궁의 사람이라면 누구나 알고 있는 사실이었다. 그래서인지 엎드려 있던 흑의인은 전신이 오그라드는 것만 같았다.

"포달랍궁에서 수백의 승려가 죽었다 하옵니다. 그로 봐서 사령불이 포달랍궁을 친 것은 사실로 판단되옵니다. 하오나 그 이후에 어디에서고 사령불의 모습을 봤다는 자가 없사옵니다."

"본 자도 없고, 사령곡에도 없다면 대체 어디로 사라진 것이란 말이냐?"

"백방으로 찾고 있사오나 흔적이 보이지 않사옵니다. 다만… 포달랍궁의 뇌옥이 있던 원형 건물이 사라졌다는 보고만 올라왔사옵니다."

"뇌옥이라고? 그럼 사령불이 스스로 뇌옥에 들어가기라도 했단 말이냐?"
"아직 확실한 것은……."
잠시 만근 무게의 침묵이 대전의 공기를 짓누르며 내려앉았다.
야율황이 굳게 입을 닫고 허공만 노려보자 누구도 말문을 열지 못했다.
그렇게 일각이 지났다.
긴장감으로 대전의 공기가 터져 버리기 직전, 침묵은 야율황의 입이 열리며 깨어졌다.
"사령불과 사령수라강시의 힘은 능히 천인을 당할 수 있는 힘이다. 결코 포달랍궁이 당할 수 있는 힘이 아니다. 찾아라. 수단과 방법을 가리지 말고 그들의 행방을 찾아라!"
"존명!"
흑의인이 뒷걸음으로 대전을 나가자 야율황은 두 명의 마천황을 향해 입을 열었다.
"만일 사령불을 찾지 못한다면 계획을 전면 수정하는 수밖에 없네."
"수정한다고? 그럼 중원으로 나가시겠다는 겐가?"
대꼬챙이처럼 빼빼 마른 흑의노인 흑마천황의 말에 야율황은 천천히 고개를 저었다.
"지금의 상황에서 그건 무리야."
"그럼?"
"사령불을 이용할 수 없다면… 마백령을 좀 더 빨리 출관시키는 수밖에."

* * *

"귀마련이 본 궁의 예하 세력이 되었다는 것을 안 이상 놈들은 결코 가만있지 않을 것입니다."

"그렇다고 그냥 철수하기에는 아깝지 않으냐?"

"후후후, 그냥 철수할 수야 없지요. 그곳을 놈들의 무덤으로 만들어줄 생각입니다."

혁군명의 말에 혁수명은 흐뭇한 웃음을 지었다.

"좋은 생각이다. 돌아가는 상황을 보니 신마대전에서 뭔가 심상치 않은 일이 있었던 듯하다. 굳이 무리한 싸움을 해서 힘을 낭비하지 마라."

"예, 아버님. 일단 귀마련의 싸움은 전적으로 혼원쌍도에게 맡길 생각입니다."

"흠, 그들로 되겠느냐?"

"단강신에게 들으니 야율무궁이 북천로주였을 당시 포섭해 놓은 강호의 마도문파들이 제법 되더군요. 묵운산장이 워낙 급작스럽게 공격을 받는 바람에 그들은 아직 노출되지 않았습니다. 귀마련과 그들이라면 정파의 어리석은 놈들에게 적지 않은 타격을 입힐 수 있을 것입니다."

"하하하하! 그리 되면 중원이 더욱 혼란스러워질 테니 잘하면 앞으로의 일이 수월해지겠구나."

하지만 문제점이 없는 것도 아니었다. 혁군명은 이마를 찌푸리며 한 가지 문제점을 지적했다.

"문제는 신도연백이 어떻게 나오느냐에 달려 있습니다. 그는 결코 제가 잘되는 것을 바라지 않을 테니까요. 자칫하면 재주만 부리고 이득은 놈이 챙길지도 모릅니다."

분명 그러할 것이다. 혁군명이 공적을 올리면 올릴수록 신도연백의 입지는 약화될 수밖에 없다. 그런 만큼 신도연백 또한 흘러가는 상황을 가만히 지켜보고 있지만은 않을 터이다.

"그렇겠지. 그는 네가 앞서 나가는 것을 절대 바라지 않을 것이다. 허나……"

말을 끊은 혁수명의 눈빛이 사이하게 빛났다.

"놈은 결코 너의 앞길을 방해할 수 없을 것이다. 결코."

"예? 혹시……?"

의아해하던 혁군명의 입가로 희미한 웃음이 떠올랐다.

"아버님께서 뭔가 계획이 있으시군요?"

"흐흐흐, 이 아비가 야율무궁을 만났다는 것은 알고 있겠지? 놈이 그러더구나. 신도연백을 죽이고 싶다고. 그래서 놈을 도와줄 생각이다, 아주 기분 좋게."

혁군명의 입가에 떠오른 웃음이 더욱 짙어졌다.

"마신이 필요할지도 모르겠군요?"

"완벽을 기하기 위해선……. 후후후후후."

2장
가짜라고?

1

소리없이 전 무림이 움직이고 있었다.
각 문파의 고수들은 마를 응징한다는 대의명분 하에 산을 내려오고, 자신들의 터전을 떠나서 이합집산하고 있었다.
휘가 강호의 본격적인 움직임에 대해 들은 것은 금사삼걸과 헤어진 지 닷새 만에 성도에 도착했을 때였다.

"혹시 팔상객잔이 어디에 있는지 아십니까?"
서문 밖에서 좌판을 벌여놓고 노리개를 팔던 기칠은 좌판을 정리하다 말고 옆에서 들리는 소리에 고개를 들었다. 석양을 받아 금빛으로 물든 잘생긴 젊은이가 자신을 바라보고 있었다. 행여나 물건을 하나 팔 수 있을까 잔뜩 기대를 한 기칠은 즉시 친절한 말투로 대답했다.
"팔상객잔이라구요?"
"예, 서문 쪽 어디에 그런 객잔이 있다 들었습니다만……"

"서문 쪽이 아니라 동문 쪽에 그런 객잔이 있긴 있는데……."
"아, 그래요? 제가 잘못 알았나 보군요."
휘가 고개를 갸웃거리며 아무것도 사지 않고 뒤돌아서자 기칠은 재수 더럽게 없다는 눈빛으로 휘의 등을 쏘아보고는 냅다 가래침을…….
"아, 참! 혹시 이 부근에 옷 파는 데 없소?"
"컥컥!!"
기칠은 목구멍에 걸린 가래침을 뱉어내려 용을 쓰면서 손으로 한쪽을 가리켰다.
"아, 저기 있군. 고맙소."

찢어진 옷을 갈아입고 한참을 가자 장사꾼의 말대로 팔상객잔은 동문으로 나가는 대로의 끝에 위치해 있었다. 그리 크지 않은 객잔임에도 많은 사람들로 붐비는 것이 제법 장사가 잘되고 있는 듯 보였다.
휘가 자리에 앉자 점소이가 즉시 달려왔다.
"공자님, 뭘 드시겠습니까?"
휘는 조용히 웃음 지으며 탁자에 상(像) 자를 빠르게 썼다 지웠다.
"누구나 먹을 수 있는 거라면 상관없소만 뭐 특별한 거라도 있소?"
순간 점소이의 눈빛에 이채가 떠올랐다.
"그게 어디 한두 가지입니까요. 정 특별한 것을 찾으신다면 안으로 드셔서 드시지요."
휘는 고개를 끄덕였다.
"하긴 날도 저물었으니… 방이나 하나 주시구려."
방으로 들어가자 좀 전의 점소이가 아닌 삼십대의 장한이 주전자를 들고 들어왔다. 그는 주전자를 탁자에 내려놓고 무심히 휘를 바라보다가 갑자기 눈을 휘둥그렇게 떴다.

"호, 혹시… 무, 문주… 님?"

휘는 장한이 자신을 알아본 듯하자 빙그레 웃으며 고개를 끄덕였다.

"수고가 많습니다."

그 말에 장한의 몸이 철버덕 무너져 내렸다.

"팔단의 제삼조장 곡대길이 문주님을 뵈오이다!"

"반갑습니다. 그만 일어나세요."

"어, 어떻게 문주님께서……."

더듬거리며 일어서던 곡대길은 무슨 생각이 났는지 고개를 번쩍 쳐들었다.

"어디 가셨다는 말을 들었는데… 혹시 지금 돌아오시는 길입니까?"

"그렇다고 봐야겠지요. 그러지 말고 그리 앉으시구려."

"예? 예."

곡대길이 머뭇거리며 자신의 앞에 앉자 휘는 궁금한 것부터 묻기 시작했다.

"현재 본 문의 상황은 어떻소?"

"너무 잘나가고 있어서 탈일 정돕니다."

"잘나가서 탈이다?"

"정무맹이나 척마맹을 비롯해서 강호의 모든 세력들이 본 문을 주시하고 있습니다. 당금 강호를 뒤흔들고 있는 정보의 출처가 본 문이란 것이 밝혀지면서 더욱 그렇습니다. 그리고 무엇보다도… 천옥대공이 만상문, 그러니까 문주님이라는 소문이 돌자 강호의 관심은 온통 본 문 이야기뿐입니다. 얼마 전 전 강호의 강자들이 신마천궁 때문에 난리가 난 이후로 천옥대공은 사람이 아니라는 소문이……. 반로환동한 백 년 전의 기인이라고도 하고……. 뭐, 다 헛소문이지만 말이죠."

휘는 머쓱한 표정을 지으며 곡대길에게 물었다.

"본 문의 현재 움직임에 대해선 아는 바가 없소?"

"뭔가 일이 있는 듯합니다만 워낙 극비 사항인지라……."

'극비 사항이라…….'

답답하긴 했지만 탓할 수도 없었다. 일개 지단의 책임자로선 극비로 진행하는 일까지 알기에는 무리가 있을 수밖에 없는 일.

휘가 말을 돌려 다시 물었다.

"이곳의 문파들은 어떻게 하고 있소?"

"당가와 아미, 청성이 정무맹에 가담하기로 했는데, 그 때문에 중소 문파들이 위기감을 느끼는 것 같습니다. 들어온 정보로는 죽련에 사람을 보내 삼 파의 압박에서 벗어나려 하는 것 같았습니다."

"흠, 듣자 하니 귀마련에 대한 소문이 돌고 있다고 하던데요. 어찌 된 겁니까?"

"예, 적인풍 호법님께서 성수곡에 가던 도중 흑살지주와 귀혼유사를 만났다고 합니다. 그들에게서 귀마련의 변을 듣고 총단에 소식을 전했다고 합니다."

흑살지주와 귀혼유사란 이름을 듣고 휘는 눈을 가늘게 떴다.

'귀마련의 호법이라는 두 사람이 그들이었던가 보군.'

묘한 인연이다. 악연으로 만난 사이가 기이하게 이어지고 있다. 한데 가만, 성수곡?

"조금 전에 적 호법님이 성수곡에 간다고 했던 것 같은데, 그게 무슨 말입니까?"

"그게… 좀 전에 말씀드린 대로 극비 사항으로 처리되고 있어서……."

극비 사항, 성수곡.

한 가지 가정이 휘의 머릿속에서 빠르게 정리되었다.

성수곡에서 극비 사항으로 처리될 일은 한 가지뿐이다.

초혼몽의 생산지에 대한 추적!

'영호련이 뭔가를 알아냈구나!'

휘가 생각에 잠겨 있자 곡대길이 머뭇거리며 물었다.

"저… 총단에 문주님께서 돌아오신 것을 알려도 되겠습니까?"

곡대길의 눈에는 이 기막힌 소식을 알리고픈 열망으로 가득 차 있었다.

천옥대공의 귀환 소식을 알린다는 것. 이 얼마나 영광된 일인가! 동료들에게 어깨를 쭉 펴고 일 년 내내 자랑할 일이 아닌가 말이다.

휘는 곡대길의 열망을 충족시켜 줬다.

"제가 서신을 써주겠습니다. 일단은 그것만 전하세요."

그거면 충분했다, 뭘 보내든 휘가 돌아왔음을 알리는 데는.

곡대길은 설레는 마음으로 자신이 알고 있는 최근의 소식을 휘에게 말해주고는 밖으로 나갔다.

"편히 쉬십시오. 곧 지필묵을 준비해서 보내 드리겠습니다."

휘는 곡대길이 나가자 찻물을 한 모금 들이키고는 깊은 생각에 잠겼다.

눈을 감자 서신을 받아 든 모용서하의 기뻐하는 모습이 선하게 그려진다. 한데 그때다. 모용서하를 생각하다 보니 자신도 모르게 헛웃음이 나왔다.

'훗! 그러고 보니 총단에 한번도 가보지 못했네?'

그 사실이 우습기만 했다.

'도대체 내가 문주이기는 한지……. 후, 입이 열 개라도 할 말이 없군.'

진세를 닫아걸고 열어주지 않는다 해도 할 말이 없을 지경이었다.

하는 수 없다, 구구절절 사연을 담은 서신이라도 보내는 수밖에.

'사랑한다는 말이라도 적어 보내면 마음이 조금 풀리려나?'

잠시 후 점소이가 지필묵과 간단한 다과를 가져왔다.
그때부터 휘는 지필묵과 씨름해야만 했다. 휘는 밤새도록 써서 다섯 장에 달하는 서신을 작성했다. 썼다 지웠다 하며 근 이십여 장을 버리고서야 자신이 목적했던 내용을 그럭저럭 서신에 담을 수 있었다.
휘가 다섯 장의 연서에 가까운 서신을 완성하고 붓을 내려놨을 때 밖에는 어느새 어스름한 새벽이 밝아오고 있었다.
"음, 벌써? 날 샜군."

운기조식으로 피곤을 털어내고 아래층에 내려가자 아침이 일러서인지 손님은 한 사람도 없었다. 잠시 후 찻잔을 든 점소이 양이가 공손한 기색으로 다가왔다.
"편히 주무셨습니까?"
사실 한숨도 못 잤다. 하지만 말이라도…….
"덕분에 푹 쉬었네."
묘한 눈으로 바라보는 점소이의 눈초리가 왠지 거슬렸지만 휘는 모른 척 고개를 돌려 버렸다. 그러자 양이가 다시 은근한 말투로 물어왔다.
"저… 제가 연서(戀書) 쓰는 법을 가르쳐 드릴까요?"
헉! 어떻게 알았을까? 혹시?
"봤… 나?"
"좀 전에… 구석에 몇 장이 떨어져 있는 것을 치우다가……. 그리고 밤새도록 불이 켜져 있기에……."
중요한 것이 아니기에 대충 치우긴 했지만 그러한 것을 아무렇게나 놔둔 것은 자신의 잘못이었다. 어쨌든 그건 그렇고…….

"자신은 있고?"

휘의 머쓱한 물음에 양이가 씨익 웃었다.

"소인이 배운 것은 없어도 그 방면의 글재주는 좀 있습죠."

결국 휘는 날 새며 쓴 서신을 없애고 다시 서신을 작성했다, 열아홉 살 양이의 지도에 충실히 따르면서.

그리고 한 시진 후,

"지급으로 보내주시오."

휘는 만족한 표정으로 서신을 삼조장에게 건네고는 팔상객잔을 나섰다, 당가가 있는 당가타를 향해.

2

선착장에는 배에서 물건을 내리는 사람들로 북적거리고 있었다.

휘는 무심코 선착장 앞을 지나가려다 자신도 모르게 걸음을 멈추고 주위를 둘러보았다. 그때,

"이봐! 거기!"

헉! 그녀다!

"왜 돌아서지 않는 거지? 당신, 뭐야?"

휘는 후회막심이었다. 그냥 갈 것을 왜 머뭇거려서…….

그래도 돌아선 휘의 입가에는 어느새 잔잔한 미소가 걸려 있었다.

"오랜……?"

어? 그런데 당소연이 아니다. 목소리는 똑같았는데 자신을 부른 여자는 이제 열서너 살 정도밖에 안 되어 보이는 아직 앳된 소녀였다.

"당신……. 우와! 겁나게 잘생겼네!"

'말투 하고는.'

문득 한 가지 생각이 머릿속을 스쳐 갔다.

"내 동생에 비하면 나는 상대도 되지 않는다니까. 그 애에게 잘못 걸리면 빠져나가지도 못해."

당가삼화 중 막내 당소민. 당소연의 말대로라면 분명 그녀였다.
휘를 중심으로 빙 한 바퀴 돌던 그녀가 뭘 봤는지 눈을 크게 떴다.
"그 검… 우왓!! 진조… 읍!"
휘는 재빨리 그녀의 입을 손으로 누르고는 누를 때보다 더 빨리 떼어 냈다. 눈치 하나는 대단한 아이였다, 검을 보고 자신의 정체를 알아채다니.
"쉿!"
워낙 빠른 손동작이라 다른 사람들은 보고도 눈치를 채지 못할 정도였다. 휘가 손을 떼고 당소민을 바라보자 당소민의 얼굴이 벌게져 있었다.
"이, 이… 어디서 숙녀의 입에 더러운 손을……!"
음? 어째 반응이 이상하다. 이게 아닌데…….
"요즘 천옥대공 진조여휘를 흉내 내고 다니는 놈들이 하도 많아서 그러잖아도 짜증날 지경인데 더럽게 손으로 입을 틀어막아?"
'허억!'
뭐? 흥… 내?!
"그래도… 지금까지 본 남자 중에서 제일 잘생겼으니까 봐준다, 뭐."
이걸 고마워해야 되나?
"고, 고맙다."
그래도 고맙다는 말은 하고 봤다. 잘못 걸리면 빠져나가지도 못한다는 데야 별수있나.
"근데 어디 가는 거야, 예쁜 오빠?"

예, 예쁜……? 끙! 쪼그마한 걸 때릴 수도 없고…….
"어… 당가."
"우리 집?"
"어……."
"그럼 내가 안내해 줄게. 가!"
휘는 털레털레 팔자걸음으로 걸어가는 당소민의 뒤를 졸졸졸 따라갔다. 그러자 사람들이 다 쳐다본다, 안됐다는 눈빛으로. 하기는 자신이 생각해도…….
'어휴! 왜 이리 당가에는 억센 여자들이 많은 거지?'

당가의 정문에 이르자 전에는 못 봤던 위사가 정문을 지키고 서 있었다. 그는 당소민을 바라보더니 표정을 굳혔다.
"막내 소저, 또 선착장에 갔다 오시는 겁니까?"
"응, 언니가 못 나가니 나라도 나가야지."
"오늘은 멀쩡하시네요?"
어째 이리 똑같은 말이 이어지는지……. 한데 언니가 못 나간다고? 그 답은 안쪽에서 들리는 말로 알 수 있었다. 역시나 당필문이었다.
"너도 다리 부러져서 들어오려고?!"
다만 반응이 다를 뿐.
"아버지, 지금 예쁜 딸 다리 부러지길 바라시는 거예요?"
꼼짝 못했던 당소연에 비하면 당찬 대꾸였다. 과연 당소연이 동생을 자신보다 위에 놓았던 이유가 있었다.
"쯔쯔쯔, 누가 데려갈지…….
"흥! 걱정 마세요! 여기 데려왔잖아요!"
엉? 누굴? 나를? 내가 왜 너를 데려가는데?

휘가 어이없는 표정으로 당소민을 바라볼 때다.
"이게 누구신가?"
문 쪽으로 돌아 나오던 당필문이 그제야 휘를 보고는 놀란 눈을 크게 떴다.
"오랜만입니다, 당 대협."
"하하하, 어서 오시게. 천하에서 제일 바쁜 천옥대공이 바쁜 걸음을 멈추고 본 가를 찾아오다니! 영광이구먼!"
과장된 당필문의 인사에 휘의 얼굴이 붉어질 지경이었다. 그때, 휘를 향해 눈을 치켜뜬 당소민의 한마디.
"저거 가짜야, 가짜! 아버지는 가짜 천옥대공 처음 봐?!"
"……."
"……."
"그렇게도 사람을 못 알아볼까? 아빠도 참. 쯔쯔쯔."
털레털레…….

* * *

가주인 당한문은 정무맹의 창맹으로 인해 무당에 갔다고 했다. 그러나 당가의 최고 원로인 당수경은 당가에 남아 있었기에 휘는 일단 당수경을 만나보기로 했다.
후원으로 들어서자 휘가 왔다는 말을 전해들었는지 당수경은 방문을 활짝 열고 휘를 맞이했다.
"어서 오게나."

잠시 후, 당수경과 마주 앉은 휘는 아직도 입가에 웃음을 띠고 있는 당수경을 바라보다 어색함을 지우기 위해 찻잔을 집어 들었다.

'그렇게 재밌나?'

그래도 대소가 멈춘 것이 다행이었다. 당필문의 이야기를 듣고 대소가 터져 나왔을 땐 얼굴마저 붉어졌으니까.

입가로 가져간 차로 살짝 입술을 적시던 휘의 눈에 감탄이 떠오른 것은 그때였다.

"좋군요!"

차 때문이었다. 별다른 관심을 가지지 않았던 찻물이 어느새 황금빛을 띤 녹색으로 물들어 있었다. 한데 맑은 향이 가슴조차 시원하게 해준다. 거기다 조금 단 듯한 맛에는 그야말로 휘의 안계를 넓혀줄 정도로 신선함이 배어 있다.

휘가 차를 마시다 말고 감탄성을 터뜨리자 당수경의 표정에도 기분 좋은 미소가 걸렸다. 조금 전과는 다른 그런 미소였다.

"몽산의 몽정황아(夢頂黃芽)라네. 사천에서 나는 차 중 가장 유명하다 할 수 있지."

"저 같은 문외한이 마셔도 좋게 느껴지니 확실히 좋은 차는 뭔가 달라도 다르군요."

"헐헐헐, 마음에 들었다니 다행이구먼."

휘는 한 모금을 더 마시고는 찻잔을 내려놨다. 몇 마디 말을 나누는 사이 편안한 분위기가 되어 있었다. 휘가 먼저 말문을 열었다.

"제가 부상당한 몸을 치료하고 돌아와 보니 그동안 많은 일이 있었더군요."

당수경도 차를 한 모금 마시고는 조용히 입을 열었다.

"아무래도 그럴 수밖에 없는 상황이었지."

그럴 수밖에 없는 상황?

'하긴…….'

그 심정을 이해할 만했다. 묵운산장의 대회전은 모두를 공포로 몰아넣기에 충분했으니까. 천도맹과 죽련의 방해로 혈천교가 가담하지 않은 상황에서도 일천이 넘는 무사가 고혼이 되지를 않았던가.

"사천의 무림만 해도 그렇지 않은가. 사천연합이랍시고 자신만만해하다가 기껏 꼬리를 자르면서 수백의 목숨을 잃었으니 대홍산의 대회전 소식을 듣고 어찌 겁이 나지 않겠는가. 아마 정무맹이 아니라 중원무림맹을 만든다고 해도 달려갔을 것이네."

"저 역시 그 점은 충분히 공감이 갑니다. 한데… 한 가지 물어봐도 되겠습니까?"

"내가 대답해 줄 수 있는 거라면 해주겠네. 물어보게나."

"실혼인에 대해 아시는 것이 있는지요."

휘의 물음에 당수경의 표정이 살짝 굳어졌다.

"실혼인이라……. 대홍산의 싸움에서 괴물 같은 놈들이 날뛰었다는 말은 들었네. 그들을 말하는 건가?"

그들과 휘가 말한 실혼인과는 조금 차이가 있었다. 하지만 휘는 고개를 끄덕여야만 했다. 지금으로썬 어떤 단서라도 필요한 상황.

"그들과 비슷합니다. 강한 정도의 차이가 있을 뿐이지요."

당수경의 눈이 부릅떠졌다.

"더 강하단 말인가? 그들만 해도 절정고수가 둘은 상대해야 할 정도로 대적하기가 힘들었다고 하던데?"

"지금으로썬 제가 말한 실혼인은 상대할 수 있는 사람이 강호에서 다섯 명을 넘지 않을 거라 생각하고 있습니다."

"음, 참으로 무섭구먼."

끝내 당수경의 입에서 침음성이 흘러나왔다. 한낱 실혼인을 천하에서 다섯 명 정도만이 상대할 수 있다니… 대체 얼마나 강하기에…….

그러나 당수경이 휘의 마음을 알았더라면 그는 벌린 입을 다물지 못했을 것이다. 휘가 생각하는 다섯 사람. 그들은 휘 자신과 화정월, 그리고 신마천궁의 마백지주와 두 명의 마천황을 말함이었으니…….

"그러니 혹시라도 실혼인에 대해 아시는 게 있다면 그들을 상대할 적절한 방법 또한 당가에 있는지를 알고 싶은 것입니다. 방법만 있다면 많은 피해를 줄일 수 있을 테니까요."

휘가 곧바로 대별산으로 가지 않고 당가를 찾아와 실혼인을 언급한 데에는 그런 이유가 있었다. 그리고 또 다른 이유가 하나 있었지만 그것은 누구에게도 말할 수 없는 그런 이유였다.

휘의 말을 듣고 곰곰이 생각을 하던 당수경이 나직한 목소리로 말문을 연 것은 침묵이 가라앉은 지 반 각가량이 지나서였다.

"실혼인을 만드는 방법은 대체적으로 두 가지가 있네. 사악한 무공을 이용하는 방법과 약물을 이용하는 방법 말이네."

당가는 독에 관한 한 강호에서 세 손가락 안에 들어가는 문파다. 그리고 실혼인은 초혼혈단이라는 미약을 이용해 만든 괴물. 독약을 다루는 당가가 미약을 모를 리 없다. 그렇다면 뭔가 방법이 있으리라.

휘는 기대감이 가득한 표정으로 다시 물었다.

"놈들은 초혼몽으로 만든 초혼혈단이라는 약을 이용해 실혼인을 만들었습니다. 혹시 아시는 약재입니까?"

순간 초혼몽이라는 이름을 들은 당수경의 안색이 창백하게 굳어졌다.

"초혼몽? 자네 지금 초혼몽이라 했나? 혹시 그게 강미족의 초혼몽을 말하는 것인가?"

"예, 그렇습니다만……."

이를 악다문 당수경이 휘를 뚫어지게 바라보며 입을 열었다.

"이, 이런! 그 저주의 단약이 끝내 만들어졌단 말인가?!"
"초혼몽에 대해 잘 아십니까?"
이번에는 휘가 놀란 표정을 지었다.
"알다 뿐인가! 어쩐지 실혼인의 무공이 지나치게 강하다 했더니 설마 초혼몽으로 저주의 단약을 만들어 제련된 실혼인이라니……."
가늘게 떨리는 말투에는 뭔가 사연이 있는 듯 보였다.
"초혼몽은 오래전에 사라진 것으로 알고 있습니다만……."
"남들은 잘 모르지만 그것이 사라진 데에는 본 가의 영향이 컸네."
"예?"
"본 가에선 우연히 강미족의 비전으로 전해지는 초혼몽에 대한 것을 알고 그 약재에 대한 것을 조사한 적이 있네. 그때만 해도 초혼몽은 당가의 어떤 약보다 수면 작용과 진통 작용에 탁월했거든. 한데 아주 우연히 그 물건의 부작용을 알게 되었지."
오랜 기억을 더듬는 표정으로 눈을 반쯤 감은 당수경이 천천히 입을 열었다.
"초혼몽을 연구하던 제독당의 당주가 자꾸 이상한 증상을 보이는 것이었어. 내공이 강하다 보니 시력은 그리 심하게 잃지 않았지만 정신적인 것에 문제가 생긴 것이지. 본 가에선 즉시 초혼몽의 연구를 중지시키고 이번에는 초혼몽의 부작용에 대해서 조사해 봤네. 그러다 알게 됐지. 초혼몽을 장기 복용시키면 그 사람은 초혼몽을 복용시킨 사람의 말만 듣는다는 것을 말이야."
사람을 상대로 직접 실험을 했다는 말인가?
휘는 의문이 들었지만 '당가는 독을 연구하기 위해서라면 자신들이 직접 독을 복용하기도 한다'는 말을 들었기에 그러려니 했다.
"그럼 초혼몽만으로도 실혼인이 된다는 말씀입니까?"

"그건 아니네. 실혼인이라기엔 조금 약하고, 그렇다고 정상적인 사람이라고 하기에도 조금 문제가 있는 정도였을 뿐이야. 문제는… 다른 약재를 섞었을 때 과연 어떻게 될까 하는 것이었지. 부작용만 없앨 수 있다면 초혼몽은 최고의 약재라 할 수 있었으니까 말일세."

당수경은 잠시 말을 끊더니 한숨을 내쉬며 다시 말을 이었다.

"휘유, 본 가에선 수십 가지, 아니, 수백 가지의 약재를 섞어봤다네. 약도 섞고, 심지어는 독도 섞어봤지. 하지만 어느 것도 그냥 초혼몽을 복용한 것보다 실혼 상태가 심화되지도, 부작용이 없어지지가 않았네. 결국은 십 년 만에 포기하고 말았다네."

포기했다고? 휘의 머릿속에선 의혹이 더욱 짙어졌다.

"그럼 실패했다는 말씀이신데… 초혼혈단의 무서움은 어떻게 아셨습니까?"

순간 당수경의 얼굴이 와락 일그러졌다. 뜻밖의 반응. 뭔가 사연이 있는 듯 보였다. 공연한 물음이었나 생각이 들 정도다.

하지만 당수경은 뭔가를 깊이 생각하는 듯하더니 하는 수 없다 생각했는지 쥐어짜는 듯한 목소리로 입을 열었다.

"실험이 계속 실패하자 사람들은 초혼몽을 약품 창고의 깊숙한 곳에 처박아두고 거들떠보지도 않았지. 그런데… 그렇게 약품 창고에 넣어둔 초혼몽을 몰래 손댄 사람이 있었다네."

가늘게 떨려 나오는 자신의 말투에 당수경은 목이 타는지 차를 한 모금 마시고는 계속 말을 이었다.

"그는 심한 가슴 병을 앓고 있었는데, 본 가의 어떤 약도 그의 통증을 가라앉히지 못했어. 그 바람에 그는 매일같이 하루 두 시진 가슴이 찢어지는 고통에 시달려야 했지. 당사자가 아니면 누가 그 마음을 알겠는가. 그는 남들 몰래 약품 창고를 뒤져 자신의 고통을 줄여줄 약을 찾곤 했지.

그러다 초혼몽을 발견한 그는 혹시나 하는 마음으로 초혼몽을 먹어봤다네. 그리고 알게 되었지, 그토록 지독하던 통증이 하루 종일 한 번도 찾아오지 않았다는 걸. 그때부터였네. 그가 몰래 초혼몽을 손을 댄 것은……."

휘는 점점 당수경의 이야기에 빠져들었다.

어찌 생각하면 당가의 비사라 할 수 있는 이야기였다. 그럼에도 당수경이 털어놓는 것은 그만큼 초혼혈단이 중요하다는 말과도 같았다.

"그런데 어느 날, 그가 느닷없이 미쳐 버렸다네. 사람들은 미쳐 날뛰는 그를 잡으려 했지만 그의 무공이 워낙 강해서 도저히 그냥 잡을 수가 없었어. 하는 수 없이 독을 썼지. 그러나 독도 소용이 없었어. 참으로 놀라운 일이었네, 무방비 상태에서 독이 통하지 않다니. 그렇게 사로잡으려고 망설이는 동안 본 가의 무사들만 스무 명 이상이 죽거나 중상을 입었다네. 본 가의 사람들은 믿을 수가 없었네. 그의 무공이 본래 강하기는 했지만 그렇다고 그 정도는 아니었거든. 결국… 사로잡는 것을 포기하고 그를 죽여야 했지."

당수경이 일그러진 얼굴을 쳐들고 휘를 바라보았다. 언뜻 그의 노안에 물기가 서린 것처럼 보인 것은 휘만의 착각인지…….

"가주를 비롯해 오대당주가 합공을 하고서야 그를 죽일 수 있었다네. 나는 끝까지 그 모습을 지켜보았지. 그런데… 그는… 죽어가면서도 나를 못 알아보더군."

"……?"

"자신의… 아버지를 말이야."

맙소사! 그럼 지금까지 당수경은 자신의 아들이 형제들에게 죽어가는 것을 이야기했단 말인가?

새삼 저주라 말한 그의 심정이 이해가 갔다.

"죄송합니다, 노선배님. 미처 그런 일이 있었을 줄은 몰랐습니다."

"아니네, 아니야. 이제는 흘러간 일이라네. 잊을 때도 됐지. 이게 어찌 자네 잘못이겠나."

당수경은 편안해진 표정으로 두 사람의 빈 찻잔에 차를 따랐다. 어느새 찻잔이 비어 있었던 것이다.

차를 따르며 당수경이 다시 입을 열었다.

"평상시보다 세 배에 가까운 힘을 낸 원인을 찾을 수는 없었지만 미쳐 버린 원인은 찾을 수가 있었네. 지난 세월 오랜 실험 기간이 있었으니까 말이야. 그런데 말이네, 우습게도 사람들은 자신의 형제가 미쳐서 죽은 것보다 죽은 형제가 세 배에 가까운 힘을 낸 원인에 더 골몰하더군."

비정한 일면이었다. 당수경은 당가의 치부라 할 수 있는 일을 아무렇지도 않게 말했다, 진정 모든 것을 잊은 사람마냥.

"다시 십 년을 찾아 헤맸다네. 결국은 찾지 못했지만. 그러나 언제고 또 이런 일이 있을지 모르는 일. 사람들은 그 원인을 제거하기로 했지. 자신들이 하지 못한 일이니 다른 사람도 할 수 없을 거라는 오만한 생각으로 말이야."

그랬던가? 강미족이 사라진 데에는 그런 사연이 있었던가?

"강미족 중에 살아 계신 분이 있습니다. 그분이 그러더군요. 부족의 명예를 되찾아야 한다고 말입니다. 어쩌면 당가가 그분께 드려야 할 것이 있을 듯하군요."

"줘야겠지……. 줄 수 있는 것이라면 뭘 못 줄까."

당수경이 강미족에 대한 일을 순순히 인정하며 고개를 끄덕이자 휘는 이를 지그시 깨물고 그를 향해 마지막 질문을 던졌다.

"초혼혈단으로 제련된 실혼인의 정신을 되돌릴 방법이 정말 없겠습니까?"

당수경은 골똘히 생각해 보더니 천천히 고개를 저었다.
"본 가의 수십 년 연구로도 초혼몽의 부작용조차 해소할 방법이 없었네. 하물며 초혼몽으로 만든 초혼혈단이라면 더욱 그러하지 않겠는가?"
당수경으로선 단순하고도 당연한 대답이었다. 그러나 그 말을 듣는 휘의 가슴은 천길 나락으로 떨어지는 것만 같았다.
'정녕 방법이 없단 말인가? 정녕……'

      *   *   *

비록 자신이 목적한 바를 이루지는 못했지만 어쨌든 하나의 답은 얻었다. 어디엔가 자신이 원하는 또 다른 답이 있을지, 아니면 더 이상의 답이 없을지는 몰라도 당가에서 하루를 보내기에는 걸리는 일이 너무 많았다. 그리고 아직 당소연과 당소령이 나오지 않았을 때 떠나는 것이 정신적으로 이로울 것 같기도 했고.
"언제고 지나는 일 있으면 들러주게. 내 다음에는 이리 쉽게 보내주지 않을 걸세."
휘는 당필문의 아쉬워하는 작별 인사에 웃음으로 답했다.
"하하하, 다음에는 저도 당가의 맛있는 음식을 질릴 때까지 먹고 가겠습니다."
그렇게 당필문과 나란히 후원을 나서서 정문으로 향할 때다. 한쪽 건물의 귀퉁이에서 고개만 삐죽 내민 당소민이 보였다.
얼굴을 내밀기가 미안한가 보다. 가짜로 취급하고 함부로 대했던 것을 후회하는 것 같다, 발로 죄없는 기둥을 툭툭 차대며 힐끔거리는 모습이.
'훗!'
휘는 시무룩한 얼굴로 힐끔거리는 당소민을 향해 빙그레 웃으며 가볍게 손을 흔들어줬다. 그제야 당소민의 얼굴에 슬그머니 환한 웃음꽃이 피었다.
"헤헤! 예.쁜. 오.빠, 잘 가!!"
'또……'
끙! 괜히 손을 흔들어줬나?

3

철썩! 철썩!
강바람이 뱃머리에 부딪쳐 튀어 오르는 물보라를 날리며 시원하게 불어온다.
휘는 상선의 일반 선객을 위한 선실의 입구에 기대앉아 얼굴을 스치는 강바람을 만끽했다. 습하면서도 시원한 민강의 강바람은 끈적끈적한 한여름의 무더위를 날리기에 부족하지 않았다.
배를 타고 민강을 흐른 지 네 시진.
휘가 탄 상선은 주변의 풍광을 밀어내며 거칠 것 없는 속도로 남하하고 있었다.
"배를 타길 잘한 것 같군."
깎아지른 듯한 강가의 절벽을 바라보던 휘의 입에서 절로 흥에 겨운 목소리가 터져 나왔다. 아미산을 그냥 지나친 것이 조금 아쉽기는 했지만 지금 딱히 아미파를 들를 이유가 없었으니 그다지 마음 둘 것도 없었다.
다만 아쉽다면 성수곡을 들르지 않은 것 정도다.
호북으로 넘어가는 방법은 두 가지다.
하나는 북쪽의 촉도(蜀道)를 타고 들어가는 것, 또 다른 하나는 조금 위험하기는 해도 장강의 물길을 타고 삼협(三峽)을 지나는 것.

휘는 망설이지 않고 장강을 타기로 했다. 빠르기도 빠르기지만 전부터 말로만 들었던 삼협의 장관을 구경하기 위해서였다. 특히 모용서하의 고향이라 할 수 있는 무산(巫山)만큼은 지나치면서라도 꼭 보고 싶은 마음이었다.

"신녀봉(神女峰)이 그렇게 아름답다고 하던데……."

휘가 무산신녀봉과 모용서하의 얼굴을 겹쳐 떠올리며 자신도 모르게 슬며시 웃음을 짓고 있을 때였다. 배가 제법 심하게 흔들렸다. 밖을 바라보자 마침 지나치던 선부가 휘에게 말했다.

"금사강과 만나는 곳이라 흔들림이 조금 있을 겁니다."

고개를 돌려 선창 너머를 바라보았다. 두 줄기 커다란 강줄기가 만나는 곳이 보였다. 선부의 말대로 금사강(金砂江)과 민강(岷江)이 만나는 곳이었다.

더 내려가다 보면 타강(沱江)과 가릉강(嘉陵江) 등 사천의 이름이 유래된 근원, 사대강이 모두 모일 것이다. 과연 그 모습은 또 어떠할까.

"모이고 모여 장강이 되고, 모이고 모여 집단이 되고, 사람들이나 자연이나 흐르다 모여 하나가 되는 것은 마찬가지구나."

휘가 중얼거리는 소리를 들었는지 옆쪽에 있던 누군가가 휘에게 다가오더니 말을 걸어왔다.

"거, 젊은 친구가 제법 풍취를 즐길 줄 아는구먼."

그는 휘보다 앞서 배에 타고 있던 중년의 무인이었다. 선실에는 이십여 명의 상인과 다섯 명의 무인, 그리고 두 명의 문사가 타고 있었는데 그는 일행으로 보이는 다섯 명의 무인 중 한 사람이었다.

"처음 보는 구경거리가 그냥 즐거울 뿐이지요."

"무사 같은데… 사문이 어디신가?"

휘의 허리에 걸려 있는 만양을 바라본 그가 담담한 목소리로 물었다. 고요한 눈빛, 정갈한 복장에 흔들림없는 자세. 휘는 첫눈에 그가 보통 무인이 아님을 짐작할 수 있었다. 그렇다고 곧이곧대로 말하기도 좀 그랬다. 금사삼걸과는 또 다른 경우였다.

"강호에 알려지지 않은 사문이니 말씀드려도 잘 모르실 것입니다."

"허허, 하긴 사문이 무에 그리 중요할까, 이야기를 나눌 사람이 앞에 있으면 그뿐이지. 나는 엄요생이라 하네."

'엄요생? 그럼……?'

"진… 휩니다. 이런 곳에서 점창의 사일객 엄 대협을 뵙게 될 줄은 몰랐습니다."

사일객(斜日客) 엄요생. 점창파의 삼대검객 중 하나. 그러나 사람들은 엄요생을 점창일객이라 칭하기를 더 좋아했다. 그 이유는 단 하나였다. 점창의 누구보다도 강하다는 것, 심지어 장문인인 추일신검 도정환보다도.

그러나 그를 아는 사람들은 또 다른 이유를 들었다.

―엄요생의 검이 강하기는 하지만 천하제일을 다투기에는 부족하다. 그러나 그의 무인으로서의 정신은 천하제일을 다투어도 손색이 없다.

그런 엄요생도 성도에서 배에 오른 휘의 기도가 마치 있는 듯 없는 듯 어느 정도 경지를 맛봤다는 자신조차 종잡을 수가 없어 강한 호기심이 동하던 차에 마침 휘의 중얼거리는 소리가 들려오자 말을 걸어본 것이다. 그런데 아니나 다를까, 자신의 이름을 듣고도 눈빛 한 점 흔들리지 않는다.

엄요생은 왠지 모르게 기분이 좋아졌다, 마치 오랫동안 헤어졌던 친구를 만난 것처럼.

"운남 오지에만 머물다 오랜만에 나왔는데 나오자마자 자네 같은 젊은이를 보게 되다니 정말 기분이 좋군."

"과찬의 말씀입니다."

"한데 어디를 가는 길이신가?"

듣기에 편안한 목소리. 목소리만으로도 상대의 수양을 느낄 수 있을 정도다. 휘는 새삼 엄요생을 왜 사람들이 높이 평가하는지를 알 수 있을 것 같았다.

"삼협을 지나 의창까지 갈 생각입니다."

"호! 우리 역시 의창까지 가려 하는데 잘됐군."

아마 무당으로 가기 위해 나선 듯하다. 한데 조금 이상한 점이 있다. 왜 바로 가지 않고 성도에 들렀던 것일까?

하지만 물어보지는 않았다. 자신 역시 정확한 대답을 하지 않으면서 남에게 대답을 강요할 수는 없는 일이 아닌가.

한데 그때다. 엄요생의 일행 중에서 날카로운 인상을 지닌 젊은 무사가 엄요생이 있는 곳을 향해 말했다.

"사숙, 종호 사제가 드릴 말씀이 있답니다."

"종 사질이? 잠시 실례하겠네."

엄요생이 여전히 변함없는 표정으로 자신의 일행에게 돌아가자 휘는 다시 눈길을 강가로 돌렸다.

그런데 잠시 후, 뒤에서 들리는 소리에 휘의 입가로 씁쓸한 미소가 떠올랐다. 다름이 아니었다. 엄요생이 종호라는 젊은 무사에게 다가갔을 때다.

"사숙, 저자는 가짜 진조여휘 행세를 하는 잡니다."

"무슨 말이냐?"

마치 들으라는 듯 제법 큰 목소리로 말을 하니 듣지 않을 수가 없었다. 게다가 비아냥거리는 말투다.

"사숙, 틀림없습니다. 요즘 그런 사람이 많다 들었습니다."
"종 사질, 근거가 없는 말은 함부로 하는 것이 아니다."
"현재 강호의 상황을 생각해 볼 때 그가 여기에 있을 리가 없잖습니까? 저렇게 무게 잡는 것도 다 가짜일 겁니다."
"어허, 그래도!"

엄요생의 엄히 나무라는 소리가 들린다. 그러나 휘는 밖을 바라볼 뿐 그들을 향해 눈길을 주지 않았다.

'가짜가 많긴 많나 보군. 훗, 하루에 두 번이나 같은 말을 듣다니. 휘유…….'

다시 면구를 쓰고 검을 숨겨서 가지고 다녀야 할 모양이다, 이런 일이 있을 때마다 일일이 대응할 수도 없는 노릇이니.

그런데 만일 초평우나 풍인강이 있었다면 어땠을까?

'훗! 아마 난리가 났을걸?'

비록 가끔씩 엉뚱한 일을 벌이기도 하지만 그들이 없으니 옆구리가 허전하게 느껴진다. 청해로 갔다고 했는데 잘하고 있는지, 혹시라도 놈들에게 당하지는 않았는지 걱정이 된다. '바로 청해로 갔어야 했나?' 하는 생각이 들 정도다.

'하다못해 성수곡이라도 들러볼 걸 그랬나?'

그런 한편으로는 하루가 다르게 급변하는 강호의 상황 때문에 성수곡을 들르지 못한 것이 못내 아쉽기만 했다.

총단으로 의원을 보내주고 여러 가지 귀한 약품을 보내줬다고 했는데 아무리 값을 치렀다고 해도 고마운 마음이 드는 것은 매한가지였다. 요즘처럼 흉흉한 강호에서 살아가다 보면 부상이란 무사들의 일상과도 같으니 의원이 필요한 때가 어디 정해져 있을까.

'언제고 시간이 나면 꼭 들러봐야겠군. 그것에 대해서 알 수 있을지

모르고…….'

한편, 자신들의 이야기를 들었을 텐데도 휘가 아무런 말이 없자 엄요생은 사질들에게 조용히 하라는 눈짓을 보내고는 곤혹스런 표정으로 휘를 바라보았다.

'저런 기도는 아무나 가질 수 있는 것이 아니다. 이 아이들과는 차원이 다른 기도다. 꾸민다고 꾸밀 수 있는 게 아니거늘.'

그렇다고 이제 와서 다시 물어보기도 그렇다.

들은 소문대로라면 천옥대공 진조여휘는 만상문의 문주로 천하 정세에서 가장 중요한 인물 중 하나로 부상한 자이다. 그러니 자신이 생각해도 그런 사람이 한가하게 장강 유람이나 하고 있을 리가 없다는 생각이 들었던 것이다.

'가만, 이름이 진휘라고 했는데……?'

이러지도 저러지도 못하는 사이 배는 장강을 타고 서쪽으로 쉼없이 흘러갔다.

4

석양이 장강의 상류를 황금빛으로 물들일 무렵, 마침내 휘가 탄 배는 사천의 사대강 중 가릉강이 합류하는 중경(重慶)에 다다를 수 있었다.

과거 이천여 년 전 주대(周代) 파국(巴國)의 수도였을 만큼 오랜 역사가 숨쉬고 있는 곳. 게다가 서남부 수륙 교통의 요충지로 서로는 사천의 내륙, 남으로는 귀주로 가는 관문과도 같은 곳이 바로 중경이었다.

배는 이곳에서 밤을 지새고 내일 아침 또 다른 물건을 싣고 출발한다고 한다.

"내일 아침 신시 말에 출발하니 손님들께선 시간을 잘 맞춰서 나오시기 바랍니다!"

선부의 커다란 목소리가 울리자 사람들은 모두 밖을 내다보았다.

중경의 해질 무렵의 경관은 강가에 늘어선 배들의 돛과 오랜 세월을 버텨온 고택들이 시뻘게진 석양과 어우러져 아름답기 그지없었다.

"모두 하선하십시오!"

선부의 목소리가 다시 울리고, 사람들이 배에서 내릴 때쯤에는 소항(蘇杭)의 밤거리에 못지않다는 중경의 밤거리에 오색 등불이 걸리기 시작했다.

휘는 배에서 내리자마자 바로 근처의 객점을 찾아 들어갔다.

객점에는 배에서 내린 사람들을 비롯해 수많은 사람들로 붐비고 있었다. 이층을 바라보자 마침 비어 있는 탁자 하나가 눈에 들어왔다.

휘가 간단한 음식을 시키고 음식이 나오기만을 기다리고 있을 때였다. 여전히 휘 혼자서 탁자를 차지하고 앉아 있자 점소이가 다가왔다.

"헤헤헤, 저… 손님, 죄송하지만 같이 합석 좀 시키겠습니다."

양해를 구하는 것이 아닌 통보다, 합석이 당연하다는 듯. 그러더니 휘가 뭐라 답할 틈도 없이 점소이가 한쪽을 향해 손짓했다.

"이리 오십시오. 헤헤헤."

점소이의 손짓에 따라 휘의 자리로 온 사람들은 중후한 풍채를 지닌 오십대 초반의 장년인과 이십대 중반 정도의 훤칠하게 잘생긴 청년, 그리고 청년과 얼굴이 비슷해 보이면서도 피부가 거무스름해서인지 묘한 아름다움을 지닌 여인 등 세 명이었다.

한데 결코 평범한 자들이 아니다. 내재된 내력이 상당한 자들. 특히 장년인은 휘가 다시 한 번 쳐다볼 정도다.

그들은 자리에 앉으며 휘에게 가볍게 포권을 취해 고마움을 표시했다.

"합석을 허락해 줘서 고맙소, 소협."

"별말씀을."

휘가 마주 인사하자 고개를 든 여인의 눈빛이 묘하게 빛났다. 마치 새로운 뭔가를 발견한 듯한 눈빛이다.

휘는 여인의 눈빛이 집요하게 자신을 향하는 것을 느끼고는 고개를 자연스럽게 창밖으로 돌렸다. 그런 휘의 머릿속은 기억의 편린을 되돌리느라 분주히 돌아가고 있었다.

장년인의 손 때문이었다. 손가락이 네 개뿐인 좌수.

사실 강호인 중 손가락이 한두 개 잘린 사람은 부지기수다. 그럼에도 휘가 관심을 가질 수밖에 없었던 것은 없는 손가락이 엄지인 데다 엄지가 없는 한 사람에 대해서 들은 바가 있었기 때문이다. 세외의 고수들인 팔황(八荒) 중 한 사람이며 지법에 관한 한 천하제일을 다투는 자.

'구지신군(九指神君) 관욱이라 했던가?'

휘의 예상을 증명이라도 해주려는 듯 옆에서 가벼운 탄성이 들려왔다.

"이게 누구십니까? 관 형님이 아니십니까?"

장년인은 고개를 돌리다 다가오는 사람이 점창의 엄요생이라는 것을 알고는 밝은 표정으로 몸을 일으켰다.

"엄 노제가 어쩐 일이신가?"

"무당에 가는 길입니다. 저야 그렇다 치고, 형님이야말로 어인 일이십니까?"

"허허허, 그랬군. 나는 대오(大悟)로 가는 길이네."

"대오요? 그럼 혹시 죽련으로 가시는 겁니까?"

"그렇다네. 뭔가 하긴 해야겠는데 구대문파나 오대세가의 사람도 아니니 정무맹은 좀 그렇고, 그렇다고 척마맹에 들어가기는 싫고. 할 수 있나, 남 형이 두 아우와 죽련을 다시 일으켰다 하니 그곳에나 힘을 보태볼까 하네."

"하하하, 정무맹이 꼭 구대문파나 오대세가 사람이 아니더라도 들 수 있다는 것을 모를 리 없는 형님이신데 어째 변명이 너무 서투십니다."

"그런가? 허허허, 그렇다고 말코들이나 땡추들의 답답한 소리를 듣기 싫어서 죽련에 간다고 말하기는 그렇지 않은가?"

"뭐 어떻겠습니까? 어디에 속해 있든 마를 물리치고 강호에 정의를 실현해 보자는 마음만 같다면 다 동지인데 말입니다."

"그건 그렇지. 내 이래서 엄 아우를 좋아한다니까."

이야기가 길어지자 휘의 앞자리에 앉아 있던 여인이 관욱을 향해 넌지시 물었다.

"숙부님, 혹시 이분이 점창의 엄 대협 아니신가요?"

"어이쿠, 내가 그만 깜박했구나. 인사드려라. 이분이 바로 점창일객 엄요생 대협이다."

여인이 일어서더니 엄요생을 향해 공손히 인사를 했다.

"엄 대협께 인사드립니다. 소녀는 한경설이라 합니다."

그러자 그 옆에 있던 젊은 자도 포권을 취하며 인사를 했다.

"저는 이 아이의 오라비가 되는 한장설이라 합니다."

한장설의 인사말에 한경설은 그를 얄미운 표정으로 흘겨봤다.

"나는 엄요생이라 하네. 반갑군. 한데 혹시 아버님의 함자가 신 자, 양 자를 쓰시지 않는가?"

"엄 대협의 말씀이 맞습니다."

성이 한 씨이니 합하면 한신양이라는 말이다. 휘는 그제야 젊은 남녀의 출신을 정확히 알 수 있었다.

'칠절신군(七絶神君) 한신양의 자제들인가 보군.'

세외팔황 중 서열 일, 이위를 다투는 사람이 바로 칠절신군 한신양이다. 엄요생이 능히 감탄을 할 만한 이름.

"오호, 한 대협의 자제들을 이곳에서 보게 되다니 정말 반갑구먼."

엄요생은 정말 놀랐다는 듯 눈마저 크게 떴다. 그러더니 한쪽에 멀뚱히 서 있는 자신의 사제와 사질들을 불렀다.

"이리 와서 인사드려라. 이분은 구지신군이라 불리는 천하제일지 관 형님이시다."

분분히 몰려와 인사를 나누다 보니 정신이 없을 지경이다.

"점창의 상시걸이 관 대협을 뵈오."

"관 대협을 뵙게 되어 영광입니다. 형오라 합니다."

"말학 비연추가 상 대협을 뵙습니다."

"말학 종호가……."

"그리고 이쪽은 칠절신군 한신양 대협의 자제 분들이다."

"아!"

놀람도 잠시, 또다시 인사말이 오가느라 북새통이 되었다.

그런데 인사가 끝나갈 때쯤 종호가 휘를 바라보더니 나직이 입을 열었다, 은근히 겁주는 말투로.

"이봐, 음식 값은 우리가 내줄 테니 다른 자리로 좀 옮겨주지 않겠나?"

휘는 음식을 기다리며 묵묵히 창밖을 바라보던 중 종호라는 자의 말이 들리자 무심한 눈길로 고개를 돌렸다. 그러나 휘보다도 엄요생이 먼저 종호를 야단쳤다.

"어허, 종 사질! 어찌 그렇게 무례하게 말을 하는가?"

"그게 아니오라, 어차피 음식도 안 나왔으니 다른 곳에 가서 해도 될 것 같아서……. 음식 값도 들어가지 않을 테니……."

"그만!"

엄요생은 길어지는 종호의 말을 자르고 휘를 바라보았다.

"미안하네. 내 사질을 잘못 가르쳐서 실수를 한 듯하이."

어이가 없어 내심 '줘 패? 참아?' 하며 갈등을 하고 있던 터이다.

한데 엄요생이 먼저 고개를 숙인다. 나이 먹은 사람이 먼저 사과하며 고개를 숙이는데 뭐라 하기도 그랬다. 더구나 고개를 숙인 사람이 강호에서 진정한 무인 중 한 사람이라는 엄요생이 아닌가.

버릇을 완전히 뜯어 고쳐 주고 싶은 마음이 굴뚝같이 솟구쳤지만 엄요생의 진정이 느껴지는 사과를 받고 나자 그런 마음도 다 풀어져 버렸다.

하긴 철없는(?) 작자하고 말다툼하면 뭐 하랴.

그리고 사실 합석한 상대가 혼자이고 아직 음식도 나오지 않은 데다 아는 사람을 만났으면 누구라도 양해를 구할 법도 한 일이었다. 다만 방법과 말투가 문제였을 뿐.

휘는 더 이상 중간에 끼어 앉아 있기도 싫었다. 그때 마침 건너편 쪽에 자리가 빈 것이 보였다.

"제가 비켜 드리지요. 서로 아는 분들 같은데."

휘는 자리에서 일어서서 자기 할 말만 하고는 건너편 빈자리로 걸음을 옮겼다. 그러자 휘의 행동을 오해한 종호가 비아냥거리는 말투로 중얼거렸다.

"진작 그럴 것이지, 굼뜨기는."

누구도 그 말을 듣지 못한 사람은 없었다. 하지만 당사자인 휘에게서 별다른 반응이 없자 제지 또한 하지 않았다. 그런데 그런 휘의 무반응에 누군가의 눈빛이 달라진다.

한경설, 바로 그녀였다.

'뭐야? 겉만 그럴싸하고 배알도 없는 사람이었나?'

평소의 그녀였다면 절대 나서지 않았을 일이다. 하지만 기대가 크면 실망도 큰 법. 그녀는 자신이 사람을 잘못 봤다는 마음에 공연히 화가 났다. 동시에 그 화가 말로 튀어나왔다.

"신경 끄세요! 배알도 없는 사람 상대하지 마시구요."

'어머! 내가 왜……?'

자신이 말하고도 어이가 없다. 하지만 이미 쏟아진 물이다. 주워 담을 수도 없는 일. 어쩔 줄 모르는 한경설의 가무잡잡한 얼굴에 어두운 노을이 졌다.

하지만 종호는 또 달랐다. 아름다운 여인이 자신을 위해주는 말을 하자 그는 절로 신이 났다. 그 바람에 해서는 안 될 말까지 해버렸다.

"알겠습니다, 한 소저. 좌우간 저래서 부모와 스승을 잘 만나야 하는 겁니다. 자식을 보면 그 부모를 알 수 있다고……."

그때였다!

"그만! 거기까지!"

낮게 깔린 짤막한 한마디가 멈춰 선 휘의 입에서 터져 나왔다. 종호는 자신도 모르게 어깨를 움찔 떨고는 그런 자신이 못미더웠는지 휘를 향해 소리쳤다.

"뭐야? 방금 나에게 말한 거……!"

"그만 하라 했다! 귀 먹었나?"

"뭐, 뭐? 얼굴만 미끈한 계집 같은 놈이 감히……!"

더듬거리는 종호를 향해 휘가 돌아섰다.

휘의 눈빛은 처음과 같이 무심하게 가라앉아 있었다. 그러나 무저의 심해처럼 깊은 그곳에서는 심혼을 짓누르는 뭔가가 잠에서 깨어나려는 듯 꿈틀거리고 있었다.

"하! 웬만 하면 참고 살려고 했더니……."

저벅, 휘가 한 걸음을 내디뎠다.

상황이 이상하게 흐르고 있다는 것을 제일 먼저 느낀 것은 엄요생이었다. 그렇게 나무랐건만 철없는 사질이 끝내 일을 저지르고 만 것이다. 관욱에게 한 가지 질문을 한 그 짧은 시간에 일어난 일이었다.

알 수 없는 불안감에 뇌리에서 경종을 울린다.

'안 돼! 중지시켜야 해!'

엄요생은 휘를 소리쳐 불렀다.

"이보게, 진 소협!"

휘는 걸음을 멈추고 엄요생을 바라보았다.

엄요생의 눈에 안도의 빛이 떠오른다. 종호는 사숙의 말에 휘가 걸음을 멈추자 '제까짓 게 그러면 그렇지' 하는 표정이다.

휘가 여전히 무심한 음성으로 입을 열었다.

"좀 전에 저자가 그러더군요. 부모와 스승을 잘 만나야 한다고. 그래서 한번 알아볼 생각입니다. 얼마나 잘난 스승이 가르쳤기에 저 나이 먹도록 저렇게 철이 없는지 말입니다."

"그, 그게 무슨……?"

종호의 스승은 엄요생의 사형이자 점창의 장문인이다. 휘의 말은 점창의 장문인을 모욕하는 말이나 다름없는 말. 그러나 잘못은 종호가 먼저 했으니 딱히 뭐라 할 수도 없다.

엄요생이 마땅히 반박할 말을 찾지 못해 머뭇거리자 비연추가 나섰다.

"감히 그대가 점창을 모욕하겠다는 것인가?"

휘가 말했다.

"나는 저자를 내 방식대로 교육시켜 볼 생각이야. 밥도 굶고 하는 일이니 대가는 나중에 점창의 이름으로 받도록 하지."

"뭐라고?!"

"막을 수 있으면 막아봐. 단, 앞으로 일어나는 불상사는 책임지지 못하니까 그대가 이해해."

저벅저벅…….

휘가 다시 걸음을 옮겼다. 바닥을 울리는 발자국 소리가 묘하다. 마치 객잔 사방에서 울리는 것만 같다.

순간 구지신군 관욱과 엄요생이 누가 먼저라 할 것도 없이 벌떡 일어섰다. 그 모습에 한정설과 비연추가 두 사람의 앞으로 나섰다.

"숙부님, 엄 대협, 이 일은 저희가……."

관욱이 한정설의 어깨를 밀어내며 굳은 얼굴로 입을 열었다.

"비키거라. 너희가 막을 수 있는 자가 아니다. 너는 네 동생이나 보호해 주거라."

"예?"

그사이 휘와 종호의 거리는 이 장 정도로 줄어들었다. 기껏해야 일고여덟 걸음의 간격.

정체를 알 수 없는 압박감이 전신을 짓눌러 온다. 그런데도 뒤로 물러설 수가 없다. 심장이 오그라드는 것 같은 기분.

이를 악문 종호와 비연추가 동시에 검을 뽑아 들었다.

쩡! 쨍!

그걸 본 엄요생이 소리치며 앞으로 나섰다.

"물러서라!"

하지만 휘의 신형이 흐릿해진다 느껴진 순간,

"헉! 놈!"

종호와 비연추가 동시에 급박한 소리를 내지르며 검을 내질렀다. 찰나, 휘의 흐릿한 신형 속에서 손 그림자 하나가 환영처럼 튀어나오며 두 사람을 덮어버렸다.

쩡! 우수수…….

단말음과 함께 종호의 검이 휘의 손아귀에서 가루로 부서지고,

쾅! 콰직!

"크윽!"

비연추가 부러진 손목을 부여잡고 신음을 흘리며 바닥으로 무너져 내렸다. 그야말로 눈 깜박할 시간에 벌어진 일이었다.

"멈추게!"

엄요생이 소리치며 휘를 향해 달려들었다.

관욱도 휘를 향해 검지를 내뻗었다.

그런 두 사람을 향해 붉게 물든 좌수를 털 듯이 흔드는 휘. 휘의 좌수의 끝에서 맑은 천홍이 뿌려졌다.

떵! 쾅!

동시에 두 마디의 공명음이 객잔의 이층을 뒤흔들었다.

주르륵 물러선 엄요생이 눈을 부릅뜬 채 고개를 쳐들었다.

무겁게 두 걸음을 물러선 관욱은 일그러진 얼굴로 휘를 노려보았다. 한 수에, 그것도 가볍게 휘두른 단 한 번의 손짓에 자신들이 밀려났다는 것이 못내 믿을 수 없다는 눈빛이다.

아연한 표정에 말을 잃은 사람들. 그들을 향해 휘가 무심히 말했다.

"이자는 제가 교육을 좀 시켜야겠습니다."

휘의 손에는 어느새 새파랗게 질린 종호의 멱살이 잡혀 있었다. 휘는 사람들의 대답을 기다리지 않고 고개를 돌려 한경설을 바라보았다. 한경설의 기다란 속눈썹이 가늘게 떨리고 있다.

"배알이 없다고 그랬나? 화는 입에서 나온다는 말이 있지. 조심해야 할 거야. 나는 여자라 해서 봐주는 법이 없거든."

그에 대한 대답은 한경설의 앞을 막아선 한정설의 입에서 나왔다.

"당신이… 감히 우리가 누군 줄 알고……!"

휘의 입가에 차가운 조소가 걸렸다.

"칠절신군이 이 자리에 있다고 해도 상황은 변하지 않아. 그러니 입 다물어."

한경설이 칠절신군의 자식임을 알고 있다는 말. 그 말에 한경설은 분노한 표정으로 휘를 직시했다.

하지만 한경설이야 분노를 하든 말든 휘는 신경도 쓰지 않고 다시 엄요생을 향해 고개를 돌렸다.

"이곳은 식사를 하는 곳이니 더 이상 이곳에서 소란을 피우고 싶지 않습니다. 선착장 옆에 숲이 있더군요. 반 시진 후 이자를 찾아가세요. 그럼."

더 이상 할 말이 없다는 듯 말을 마친 휘는 우수를 휘저어 마혈이 짚인 종호를 옆구리에 끼었다. 그러자 상시걸과 형오가 재빨리 검을 뽑아 들고 휘의 앞을 가로막으며 소리쳤다.

창! 츠릉!

"허튼수작 마라!"

그걸 본 엄요생이 다급한 목소리로 두 사람을 제지했다.

"물러서라, 사제!"

"사형?!"

두 사람은 의아한 눈으로 자신들의 사형을 바라보았다. 사질이 납치될 상황인데 물러서라니? 무엇 때문에?

그때 휘가 나직한 목소리로 엄요생을 향해 말했다.

"죽이지는 않을 겁니다. 비록 내 손에 수없이 많은 사람이 죽었지만 그렇다고 살인을 즐기는 사람은 아니니까요."

수없이 많은 사람을 죽였다고?

엄요생의 얼굴이 딱딱하니 굳어버렸다. 자신과 관욱이 한 수에 밀린 것으로 봐서 거짓은 아닌 것 같다. 그런데 그런 말을 아무렇지도 않게 하다니……. 소름이 돋을 일이 아닌가.

엄요생이 자신만의 생각에 잠겨 있을 때다. 태연하게 말을 마친 휘는 바람에 쓸린 낙엽처럼 창밖을 통해 객잔을 빠져나갔다. 그럼에도 엄요생과 관욱은 움직이지를 않았다. 그러다 보니 다른 사람들도 두 사람의 눈치만 볼 뿐 휘를 쫓지 못했다.
　"으음……."
　휘의 흔적이 완전히 사라지자 엄요생의 입에서 절로 침음성이 흘러나왔다. 그러자 형오가 분노한 음성으로 크게 소리쳤다.
　"사형, 쫓아가야 하지 않겠습니까?!"
　그러나 엄요생은 형오의 기대를 저버린 채 엉뚱한 말만 했다.
　"그는 진짜다."
　"예?"
　"그가 진짜인 이상 우리로선 그를 어쩔 수 없다."
　엄요생의 엉뚱한 말에 관욱이 답답하다는 표정으로 물었다.
　"진짜? 무슨 말인가, 엄 노제? 자네는 저자가 누군지 아는가?"
　엄요생이 대답했다.
　"그가 바로… 천옥대공 진조여휩니다."
　쿵!
　"사, 사형……?"
　"당금 천하에서 나와 관 형님을 한 손으로 물리칠 수 있는 사람이 몇이나 된다고 생각하느냐?"
　"하지만……."
　"좋다. 그가 아무리 천하의 고수라 해도 점창의 자존심을 위해 참을 수 없다 하자. 한데 일이 왜 벌어진 것이더냐? 게다가 배에서 벌어진 일은 사제도 잘 알지 않느냐? 한 번도 아니고, 두 번, 세 번 종호가 그를 모욕했는데 대체 무슨 명분으로 그를 다그친단 말이냐?"

형오가 아무 말도 못하자 엄요생은 한숨을 몰아쉬며 고개를 저었다.
"후우, 그는 약속을 어기지 않을 것이다. 그러니 우리는 반 시진 후에 종 사질을 찾으러 가면 된다."
보다 못한 한정설이 아직도 분노가 가시지 않은 표정으로 물었다.
"그래서 그냥 기다리실 거란 말씀입니까?"
답은 관욱이 했다.
"기다린다."
"숙부님?!"
관욱은 단 한 마디만을 내뱉고는 눈을 감았다.
'나와 엄 노제는 가벼운 부상을 입었다, 그가 가볍게 휘두른 단 한 수에. 만일 그가 마음먹었다면 여기에 있는 누구도 살아남지 못했을 것이다.'
천옥대공에 대한 소문은 들었다. 하지만 반도 믿지 않았었다. 이제 삼십도 안 된 자가 천하제일을 다툰다는 게 말이 되는가 말이다.
그런데 이제는 누가 자신에게 '천옥대공의 무위가 어느 정도던가?' 라고 묻는다면 자신있게 말할 수 있다.
나도 몰라.

반 시진 후 엄요생과 관욱 등은 선착장 옆의 송림으로 달려갔다. 그들이 몰려가자 밤이 깊어진 선착장에서 배를 손보고 있던 선부 하나가 고개를 갸웃거리며 말했다.
"송림 안에서 개 잡는 소리가 한참 동안 들리던데… 이제 다 끝났는가 보구먼유."
다급히 송림 안으로 들어가자 대 자로 누워 있는 종호가 보였다.
얼마나 맞았는지 종호는 혈도가 풀렸음에도 일어서지 못한 채 처절한 표정으로 눈물을 흘리고 있었다, 마치 지옥에 빠졌다 살아 나온 사람처럼 감격에 겨워.

그런 그의 옆에는 팔뚝 굵기에 넉 자 크기의 생소나무 가지 하나가 껍질이 벗겨진 채 놓여 있었다. 사람들은 부서지다시피 한 소나무 가지를 보고 자신들도 모르게 온몸을 부르르 떨어야만 했다.

그리고 객잔으로 돌아온 다음날, 어느 정도 정신을 차린 종호는 자신이 살아 있다는 게 믿어지지 않는다는 표정으로 덜덜 떨며 입을 열었다.

"으으, 그는 사람이 아닙니다. 아무 말도 하지 않고 사람을 반 시진 동안 쉬지 않고 패다니……. 팬 데 또 패고, 때린 데 또 때리고……. 다시는, 다시는 다른 사람을 모욕하지 않을 것입니다. 크흐흑!"

일반적으로 구타를 당하면 원한을 갖는 게 당연하다. 그런데 기이하게도 종호의 눈빛이나 말투에는 원한 따위는 눈을 씻고 찾아봐도 없었다.

사람들은 한결같이 생각했다.

'교육 하나는 확실하게 시켜놨군.'

3장
장강삼협(長江三峽)

1

 모용서하의 눈에 서렸던 이슬이 굵은 눈물 방울이 되어 서신 위로 뚝 떨어졌다.
 근 두 달 만의 소식이었다.
 서장에 갔다는 것은 알고 있었지만, 그러면서도 그리움이 가슴에 싹을 틔워 이제는 줄기에 열매가 열리기 직전이었다. 그런데 소식이 왔다. 구구절절 그리움이 배인 연서였다.
 보고 싶다는 둥, 잠잘 때마다 얼굴이 떠올라 미치겠다는 둥, 깨어나면 옆에 있을 것만 같은데 보이지 않아 멍하니 앉아 있기만 한다는 둥, 그리고 마지막 한 줄.

 내 모든 것을 바쳐 사랑하오, 서하!

 이 사람이 이렇게 연서를 잘 썼나? 혹시 전문적인 기질이 있는 거 아냐 하는 의심이 들 정도다.

눈물이 뚝뚝 떨어지는 얼굴로 모용서하는 묘한 웃음을 지었다.

"피이! 몇 마디 말로 내 마음이 풀릴 줄 알아요?"

휘로부터 서신이 왔다는 소식이 만상문 총단 전체에 퍼지는 데는 일각도 걸리지 않았다.

소식을 들은 공유유는 두근거리는 마음으로 모용서하의 방을 들어서다 묘하게 웃고 있는 모용서하를 보고는 의아한 생각이 들었다.

"언니, 뭐 안 좋은 일이라도 있어요?"

공유유가 들어서자 모용서하는 눈물을 찍어내며 고개를 저었다.

"아니야, 동생."

"그런데 왜……? 문주님이 서장에서 돌아오셨다면서요?"

"응, 오긴 왔는데 바로 못 온대. 아마 귀마련 때문인가 봐."

"어머? 총단부터 들르시지. 언니가 기다리시는데……."

"남자들 다 그렇잖아. 자기들 일이 먼저인 거."

"너무해."

"그래서 총단에 들어올 때 고생 좀 시키려구."

"예?"

어리둥절한 표정으로 모용서하를 바라보던 공유유가 난데없이 웃음을 터뜨렸다. 모용서하의 말뜻을 알아들은 것이다.

"호호호, 정말 좋은 생각이시네요."

"아무래도 진세를 좀 더 무서운 것으로 바꾸어야겠어. 어떤 것이 좋을까?"

그때부터 두 여인은 머리를 맞대고 어떻게 하면 휘를 혼내줄 수 있을까를 궁리하기 시작했다. 휘의 연서 작전은 결국 실패로 끝난 것인가?

두 여인이 휘를 골탕 먹일 방안을 궁리하고 있을 때, 만시량은 몇몇 원로와 함께 성도지부로부터 날아온 서신을 검토하고 있었다.

"마침내 문주께서 돌아오시자마자 성도지부에 들르셨다 하오. 한데 의창으로 가실 것 같소. 아무래도 귀마련 공격에 가담하시려는 것 같은데……."

만시량의 말에 서수장이 무표정한 얼굴로 물었다.

"문주께서 본 문의 움직임을 알고 계실까?"

"극비로 움직인 만큼 모르실 가능성이 크네. 성도지부에서도 모르는 사항이니 말해줬을 리도 없고."

"그럼 일단 그 사실을 먼저 알려야겠군."

"아무래도 그래야겠지. 자칫 생길지도 모를 불필요한 희생은 막아야 하지 않겠나."

그 말에 잠자코 두 사람의 대화를 듣고 있던 공손척이 미간을 찌푸리며 고개를 끄덕였다.

"어차피 문주가 정무맹과 함께하려 해도 그들이 좋아하지 않을 테니 그리하는 것이 낫겠네."

만시량이 공손척을 돌아보았다.

"그들이 문주를 싫어할 이유가 없지 않습니까?"

"세상은 너무 앞서가는 사람을 좋은 눈으로 보지 않네. 특히 나름대로 자부심을 지닌 자들은 더욱 그렇지. 하니 그들은 문주를 마냥 좋게 생각하고 있지만은 않을 거야."

"죽련도 귀마련을 치기 위해 움직이지 않았습니까?"

"죽련은 일시적인 단체가 아닌가? 더구나 죽련을 이끄는 사람들이 죽림삼우고, 죽련에 속한 무인들은 강호에서 협의를 중시하는 사람들이야.

한마디로 죽련이 비록 힘은 약해도 그 구성과 본질은 작은 강호라 할 수 있네. 제아무리 정무맹이라 해도 그들을 외면할 수는 없는 일. 오히려 그들과는 협력 관계를 유지하기를 바랄 것이네."

듣고 있던 공이연이 잔뜩 찌푸린 얼굴로 입을 열었다.

"좌우간 있는 놈들이 더한다더니……. 쯔쯔쯔, 그럼 별수없네요. 귀마련을 치는 것은 정무맹과 죽련에 맡기고 빨리 돌아오라고 하죠, 뭐."

"돌아오란다고 해서 문주가 신마천궁의 마인들을 놔두고 그냥 돌아올 사람인가?"

공손척의 핀잔에 공이연이 샐쭉한 표정으로 말했다.

"그야… 문주 부인께서 편찮으시다고 하면 돌아오실지도…….''

"응?"

순간 공손척의 눈빛이 기이하게 빛났다.

'그렇지. 그런 방법이 있군. 서하의 신상을 알리면…….'

모용서하의 뱃속에 아기가 있다는 사실을 알고 있는 사람은 세 명에 불과하다. 모용서하와 자신, 그리고 공유유 정도. 아직은 모두에게 밝힐 때가 아니란 생각에 쉬쉬하고 있는 상황이다. 예로부터 좋은 소식은 널리 알리라 했지만 지금은 난세. 될 수 있으면 조심을 하는 것이 더 나았다.

"험, 좌우간 내 따로 서신 한 장을 써줄 테니 문주께 전해주시게."

사람들의 시선이 모두 공손척에게로 향했다.

서신 한 장? 그걸로 문주의 발걸음을 돌릴 수 있단 말인가?

의아한 생각이 들었지만 공손척이 입을 다문 이상 채근할 수도 없는 일.

만시량은 사람들을 둘러보며 다음 안건을 꺼내 들었다.

"척마맹이 혈천교를 공격하기 시작했습니다. 모두 아시다시피 혈천교에 대한 정보를 건넨 것이 본 문인지라 방관할 수만도 없는 상황입니다. 해서 호남을 맡고 있는 제오단의 보고 체계에 변화를 주고자 합니다."

"보고 체계에 변화를 준다? 직접 척마맹에 정보를 건네기라도 하겠다는 말인가?"

공이연이 지나가듯이 던진 한마디에 만시량이 고개를 끄덕였다.

"바로 그거네. 아무래도 본 문을 통해 정보를 건네다 보면 시간이 걸릴 수밖에 없네. 정보 전쟁에서 시간에 뒤쳐진다는 것은 아주 치명적인 일이지."

자신의 말이 제대로 들어맞았음을 안 공이연은 득의한 표정으로 다시 입을 열었다.

"음하하! 그건 그렇지. 한데… 정보료는 어떻게 받고?"

만시량이 간단히 답했다.

"후불!"

"후불?"

"그래, 후불. 정보를 건네주고 그 정보의 정확성이 검증되는 대로 정보료를 청구하는 거네. 아주 획기적인 방법이 아닌가? 빠르게 정보를 건네고, 정보가 입증되면 정가를 다 받고 말이야."

공이연이 어이없다는 듯 코맹맹이 소리로 만시량을 다그쳤다.

"킁! 뭘 믿고? 걔네들이 나중에 떼어먹으면?"

그러자 만시량이 고개를 내밀며 강한 어조로 말했다.

"도둑놈들은 안 줄지 몰라도 그들은 줄 것이네."

"아, 글쎄 그걸 어떻게 장담하냐니까?"

"그들은 문주님과 적이 되어서 좋을 게 없다는 걸 잘 알고 있거든. 자네 같은 도.둑.놈.과는 생각하는 것 자체가 다르지."

2

봉절(奉節)을 지나 구당협에 들어서자 물살이 빨라지기 시작했다.
한시도 눈을 뗄 수 없는 구당협의 풍광에 사람들은 탄성을 터뜨리며 구경하기에 여념이 없었다.
휘는 느긋이 선실 벽에 기대고 앉아 빠르게 스쳐 가는 구당협의 위용을 바라보았다.
이천 척 높이의 깎아지른 듯한 절벽이 끝없이 이어져 있다. 흐르는 물살에 몸을 내맡긴 배가 좌우로 흔들릴 때마다 뱃전에 부딪치는 물살이 물보라가 되어 휘의 얼굴로 날아든다.
"정말 멋지군!"
휘의 입에서도 탄성이 터져 나왔다.
구당협을 지나면 무협과 서릉협을 지나치게 될 터인데, 그곳은 또 어떤 모습일까? 자못 궁금하지 않을 수가 없다.
휘가 나름대로 즐거움을 만끽하고 있을 때다.
"어제는 본의가 아니었어요. 미안해요."
옆에서 영롱한 여인의 목소리가 들려왔다. 들어본 목소리. 한경설이라는 여인의 목소리다.
휘는 돌아보지도 않고 입을 열었다.
"더할 이야기가 없다면 비켜주시겠소? 햇빛이 가려지오만."
한경설은 입술을 잘근 깨물고 다시 입을 열었다.
"항상 여자에게 그런 투로 말하나요?"
여자라…….
'그래도 그런 나를 이해해 주고 좋아하는 여자가 있소. 어쩌면 그녀는

나보고 잘했다고 할 거요.'

 문득 휘의 입가로 가느다란 미소가 그려졌다. 너무나도 포근해 보이는 미소. 마치 꿈을 꾸는 듯한 그런 미소다.

 한경설은 멍하니 미소 짓는 휘의 옆모습을 바라보다가 뭔가를 깨달은 듯 눈꺼풀을 가늘게 떨며 뒤돌아섰다.

 '이 사람의 가슴은 누군가를 사랑하는 마음으로 꽉 차 있구나. 누굴까? 어떤 여인이기에 언제 어느 때든 생각하는 것만으로도 미소를 짓게 만드는 걸까. 하아…….'

 배에는 엄요생과 관욱 일행이 모두 타고 있었다.

 배를 탔을 때다. 휘는 선실 안에 앉아 있는 그들이 보이자 망설이지 않을 수 없었다. 그렇다고 다시 내리자니 그 또한 어색한 상황. 휘는 태연히 한쪽에 자리를 잡고 앉아 밖의 경치만 바라보았다. 그러자 도리어 어색해진 것은 엄요생과 관욱 일행이었다. 특히 종호는 마치 호랑이를 본 강아지마냥 부들거리며 온몸을 떨었다.

 그렇게 삼 장의 거리를 두고 같은 배를 탄 지 세 시진.

 한경설이 어깨를 늘어뜨린 채 자신의 자리로 돌아간 지 한 시진 정도가 지났을 즈음, 배는 구당협을 빠져나와 무협을 질주하고 있었다.

 무산 신녀봉이 구름 위로 신비스런 모습을 드러내자 휘는 한시도 눈을 떼지 않고 신녀봉을 바라보았다.

 '모용서하가 살았다는 곳이 저 너머에 있다고 했던가?'

 휘는 신녀봉의 절벽에 모용서하의 얼굴을 그려봤다, 해맑은 웃음이 가득한 그녀의 얼굴을. 한데 어느 순간부턴가 웃음 진 얼굴이 침울하게 변해간다.

 마치 집 나간 서방을 원망하는 표정이다.

그때 문득 드는 생각.
'정말 진을 열어주지 않으면 어떡하지?'
얼마를 더 가자 선부가 선실을 향해 소리쳤다.
"서릉협(西陵峽)에 들어섰으니 배가 많이 흔들릴 겁니다! 모두 조심하시기 바랍니다!"
어지간한 배는 삼협을 다니지 못하는 이유가 서릉협 때문이라 했다. 세상에서 험하기로 유명한 여울들은 서릉협에 다 모여 있다는 말이 나올 정도다.
휘는 제갈공명이 병서와 보검을 숨겼다는 병서보검협(兵書寶劍峽)을 지날 때쯤 선부의 말을 실감할 수 있었다. 요동치는 물살에 배가 춤을 춘다. 멀쩡하던 사람들도 배를 움켜쥐고 안간힘을 다해 멀미를 참고 있다.
천하장사도 견딜 수 없다는 배 멀미. 휘도 속이 울렁거리자 슬그머니 지음의 기운을 끌어올렸다. 출렁거리는 물결에 배는 계속 좌우로 흔들리고, 그럴수록 휘의 얼굴도 점점 해쓱하니 질려간다.
그러던 어느 순간이었다.
날렵한 모양새의 배 한 척이 휘가 탄 상선을 스쳐 지나갔다. 요리조리 여울을 피해 나아가는 조타 실력이 보통이 아니다. 휘는 찌푸려진 얼굴로 그 배를 바라보았다. 그때,
'응?'
배를 바라보던 휘의 눈에 이채가 서렸다.
배의 선미. 그곳에는 머리카락을 휘날리며 한 명의 짙은 남색 옷을 입은 중년인이 우뚝 서 있었는데, 얼굴에는 이마에서부터 목까지 길게 그어진 상처가 있어 매우 강렬한 인상을 풍겼다.
'누굴까?'

담담한 눈으로 그를 바라보는 휘의 눈빛이 더욱 깊어졌다.

중년인이 뿜어내는 기도는 결코 예사로운 것이 아니었다. 휘의 느낌대로라면 중년인의 무위는 구지신군에 비해 그리 떨어지지 않았다. 당금 강호에서 저 정도의 고수는 잘해야 사오십 명. 대체 누굴까?

휘는 이십여 장으로 멀어진 중년인의 뒷모습을 바라보며 여기저기서 주워들은 이야기들을 빠르게 더듬어봤다. 그러다 한순간, 휘는 살짝 굳은 표정으로 몸을 일으켰다.

'그렇군. 저자는 수월당의 당주 수월신마(水月神魔) 어을량이다.'

수월당(水月黨)은 사천성 동쪽에 자리 잡은 정사 중간의 문파이다. 당주는 수월신마 어을량. 당금 마도의 고수 중에서도 정상급으로 평가되는 십삼마(十三魔) 중 한 사람이었다.

한데 한 가지 이상한 점이 있다. 그의 주 무대는 사천성 동부 일대이다. 그런 그가 장강을 타고 내려오고 있다. 아무런 표식도 되지 않은 배를 타고서. 왜?

3

서릉협을 지나자 장강은 마치 만취해 난리를 피우다 잠이 든 사람마냥 거짓말처럼 온순해졌다. 그제야 여기저기서 안도의 한숨이 터져 나왔다. 어떤 이는 절을 하며 용왕에게 감사했고, 어떤 이는 부처를 찾으며 다음에도 무사 통과하게 해주십사 빌고 있다.

그렇게 항상 지나는 이들이 무사 통과를 염원하는 곳. 그곳이 바로 삼협이었다.

휘는 충분히 그들의 마음을 이해할 수 있을 것 같았다. 그가 생각해도 삼협은 대자연의 위대함과 흉포함이 공존하는 곳이었던 것이다.

사람들이 안도의 한숨을 내쉬며 가슴을 쓸어내리고 있을 때다. 선부가 선실에 대고 소리쳤다.
"내리실 때 놓고 가는 물건이 없는지 잘 확인하고 내리십시오!"
마침내 의창이 코앞이었다.

의창에 도착해 휘가 배에서 내리려 하자 그때까지 입을 다물고 있던 엄요생이 말문을 열었다.
"언제고 좀 더 많은 이야기를 나누고 싶구려."
휘도 담담히 웃으며 고개를 끄덕였다. 비록 사소한 일로 소원해지긴 했지만 어쨌든 마음에 드는 사람이다.
"어쩌면 머지않아 보게 될지 모르겠습니다."
휘의 대답에 엄요생의 옆에 있던 관욱이 의아해하는 눈으로 휘를 바라보았다. 무슨 뜻인지 고심하는 듯한 눈빛이다.
하지만 눈이 마주치자 휘는 그들을 향해 가볍게 고개를 숙여 보이고는 몸을 돌려 버렸다. 그리고 한경설이 자신을 뚫어지게 바라보고 있다는 것을 알고 있으면서도 못 본 척 그냥 내려와 버렸다.
배에서 내린 휘가 저잣거리로 들어가기 위해 오른쪽으로 몸을 돌렸을 때다.
'응? 저 배는?'
자신이 내린 배에서 오른쪽으로 네 척의 배를 사이에 두고 병서보검협에서 봤던 배가 정박되어 있었다. 폭이 좁고 날렵하게 뻗은 선미. 지금도 거기에 수월신마 어을량이 서 있는 것같이 느껴진다.
'목적지가 여긴가? 아니면 쉬어가려고?'
또다시 의문이 고개를 들기 시작했다.

4

땡그랑!

아침부터 분타주가 개 잡는 타구봉으로 개 대신 자신의 대가리를 두들겨 팰 때부터 오늘은 삼 년에 한 번씩 돌아오는 재수 더럽게 없는 날이 될지도 모른다고 생각했다. 그런데 아니나 다를까, 가는 곳마다 문전박대를 당하고 하루 종일 얻어먹은 것이 식은 밥 한 덩이였다.

비루개는 그래도 자신의 별호답게 눈물 한 방울 흘리지 않고 꿋꿋하게 참고 견뎠다, '언젠가는 그놈의 분타주 대가리에 벼락이 떨어지는 것을 보고 말리라' 하는 기대감을 가지고.

그렇게 한나절. 걸어다닐 힘조차 떨어져 버리자 강바람이 시원하게 불어오는 선착장의 구석에 몸을 누이고 눈을 감은 채 재수없는 분타주를 깔아뭉개는 상상을 하고 있던 터이다.

그런데, 땡그랑?

실눈을 뜨고 우그러질 대로 우그러져 있는 깡통을 바라보았다. 자신의 보물 일호 철밥통에 밥 대신 하얀 뭔가가 떨어져 있는 것이 보인다.

'서, 설마… 은자?'

저것이 은자가 맞다면 족히 한 냥짜리다. 은자 한 냥이면 열흘은 배곯지 않고 살 수 있다.

설마 꿈은 아니겠지?

'꿈에서 깨어보니 돌이더라' 하는 개 같은 일이 벌어지는 것은 아니겠지?

비루개는 남이 볼세라 몰래 허벅지를 꼬집어봤다.

'크윽! 으메, 아픈 거!'

아픔을 꾹 참고 다시 자신의 철밥통을 바라보았다.

있다. 하얀빛이 번뜩이는 은자가 있다.

획!

재빨리 은자를 회수한 비루개의 눈에 검은 가죽신이 들어온 것은 그때였다.

"한 가지 묻고 싶은 게 있는데……."

'음, 역시 공짜가 아니었나?'

하긴 그러면 또 어떠랴, 은자를 손에 쥔 것만으로도 배가 불러오는데. 거금 은자 한 냥을 공짜로 먹으려는 놈이 도둑놈이지.

"뭔데 그러시오? 물어보시구려."

슬쩍 가죽신을 따라 고개를 쳐들었다. 그러자 보였다. 햇빛에 반사되어 환하게 빛나는 얼굴.

'조명 죽여주네.'

한데 자세히 보니 조명 때문이 아닌 것 같다. 눈에 억지로 힘을 주자 그럭저럭 가죽신의 주인 얼굴이 제대로 보였다.

'억! 드럽게 잘생긴 놈이다! 나만큼.'

"혹시 만상문의 분타가 어디 있는지 아시오?"

가죽신의 주인이 묻는 말에 비루개의 얼굴로 완전히 똥 씹은 표정이 역력하게 드러났다.

'씨바! 물을 것이 그렇게 없나? 하필 그런 것을……. 은자 한 냥이 그냥 날아가는구나. 크흑!'

하지만 아직 완전히 포기할 단계는 아닌 듯 가죽신의 주인이 중얼거린다.

"흠, 개방과 본 문은 서로 협력하기로 해서 알지 모른다 생각했는데……."

본 문?

비루개의 표정에 다시 희망의 불씨가 살아났다.

"혹시… 만상문 분……?"

순간 비루개의 머릿속에서 뭔가가 번쩍 스쳐 지나간다.

천천히 고개를 내리는 비루개의 눈이 가슴을 지나 허리로 내려오더니 움직일 줄을 몰랐다, 완만하게 휘어진 만양에 틀어박힌 채.

"처, 처, 천옥… 대공……?"

휘는 행여나 두 번이나 들었던 엉뚱한 말이 개방의 거지 입에서 나올까 봐 재빨리 선수를 쳤다.

"진.짜.요!"

"예?"

5

쌍상루(雙像樓).

비루개가 알려준 곳은 선착장에서 그리 멀지 않은 곳에 있었다. 아무래도 의창에서 정보를 가장 많이 대할 수 있는 곳이 선착장이다 보니 선착장 가까이 분타를 만든 듯했다. 그리고 그것은 현명한 선택이었다, 의창은 삼협이 시작되는 곳이니만큼 일대에서 정보가 가장 많이 모이는 곳이 바로 선착장이었으니까.

휘가 쌍상루로 들어서자마자 점소이가 다가왔다.

"헤헤헤, 공자님. 후원이 비어 있는데 그리 가시지 않겠습니까?"

말을 하면서도 자연스럽게 하는 손짓이 만상문의 암어다. 휘는 이들이 이미 자신의 존재를 알아챘음을 느꼈다. 아마도 선착장에 발을 디뎠을 때부터 알고 있었던 것 같다.

"그게 좋겠군. 어차피 쉬었다 갈 생각이었으니."

아니나 다를까, 후원으로 들어서자 쌍상루의 주인이자 의창지부장인 문인형이 휘를 맞이하며 말했다.

"의창지부장 문인형이 문주님을 뵈옵니다. 배에서 문주님이 내리시는 것을 보고도 보는 눈이 있어 직접 안내하지 못했습니다. 용서하십시오."

선착장을 감시하는 눈이 따로 있는 듯하다. 아마 휘가 찾아오지 않았다면 그때는 이들이 직접 나섰을 것이다. 그런 철저한 움직임은 용서하기보단 칭찬해야 마땅한 일이었다.

"아닙니다. 잘하셨습니다."

휘는 만족한 표정으로 고개를 저었다.

한데 자신을 알아봤다면 또 다른 자들도 알아봤을 터. 휘는 분명 그러할 것이란 확신을 가지고 궁금해하던 것을 물었다.

"한 가지 물을 것이 있습니다. 혹시 내가 배에서 내리기 전 다른 배에서 내린 사람에 대해 모아놓은 정보가 있습니까?"

"누굴 찾으시는지요?"

"서릉협을 내려오던 중에 수월신마 어을량으로 짐작되는 사람을 보았습니다. 한데 그의 배가 선착장에 정박해 있더군요."

잠시 생각을 하는 듯하던 문인형이 눈을 빛내며 휘를 바라보았다.

"혹시 선수의 폭이 좁은 배를 말씀하시는 것은 아니신지……?"

"맞소, 바로 그 배요."

휘의 대답에 문인형은 놀란 눈을 크게 떴다.

"맙소사! 그 배에서 수상한 무인이 십여 명 내리는 것을 봤다는 정보가 들어오긴 했습니다만 철립으로 얼굴이 반쯤 가려 있어 정확한 정체는 확인하지 못했습니다. 그럼 그중에 수월신마 어을량이 있었단 말씀이시군요."

얼굴이 반쯤 가려져 있었다면 못 알아볼 수도 있다. 그런데 얼굴을 가렸다 하니 의문이 또 생긴다.
 수월문의 주인인 어을량이 정체를 숨기고 의창에 들어올 일이 과연 뭘까?
 "그들의 행방을 알아볼 수 있겠습니까?"
 문인형이 자신있게 고개를 끄덕였다.
 "수상한 무리들이라는 생각으로 꼬리를 붙여놨습니다. 그들이 의창을 떠나지만 않았다면 아직 꼬리는 떨어지지 않았을 것입니다."

 저녁이 깊어진 해시 초. 문인형이 휘를 찾아왔다.
 "어을량의 뒤를 따르던 꼬리로부터 급한 정보가 들어왔습니다."
 "급한 정보?"
 "예, 문주. 의창에 모인 고수는 어을량뿐이 아닌 듯합니다. 어을량이 의창 외곽에서 몇 사람을 만났다 합니다."
 휘의 눈이 깊게 가라앉았다.
 어을량뿐이 아니라면 단순한 일이 아니다.
 "어을량이 만난 자들 중 정체가 밝혀진 자가 있습니까?"
 "몇몇은 밝혀졌습니다. 형주의 사신 절흉마도 백진우, 호남의 절정고수인 일권파산, 그리고 행적이 묘연하다던 적룡삼살과 동정사마도 그들 중에 섞여 있습니다."
 휘의 눈매가 굳어졌다. 하나같이 강호에서 고수라 칭해지는 자들이다. 그것도 마도의 인물들.
 "그들이 지금도 의창에 있습니까?"
 "아닙니다, 문주. 급하게 연락이 온 것도 그들이 의창을 떠났기 때문입니다."

"떠났다? 하면 어느 쪽으로 가고 있답니까?"

"그들이 만난 곳은 의창 외곽에 있는 선가장이란 곳입니다. 밤이 되자 갑자기 선가장을 나서더니 서북쪽으로 가고 있다 합니다."

"서북쪽?"

휘의 눈에 의혹이 떠올랐다. 밤에 길을 떠난다는 것은 상식적으로 이해할 수 없는 일이다. 굳이 그래야만 될 필연적인 이유를 꼽으라면 일이 아주 급하다거나, 아니면 자신들의 행적을 숨기기 위해서이다. 어쨌든 두 가지 다 그냥 보고만 있기에는 수상한 면이 너무 많았다.

휘가 생각에 잠기자 문인형이 다시 입을 열었다.

"저… 엄요생과 관욱 일행도 길을 떠났다 합니다, 문주님."

"그들이? 그들이 떠난 것과 어을량 일행이 선가장이라는 곳을 떠난 것과 관계가 있습니까?"

"확실하지는 않습니다만 점창일객 엄요생의 사제인 상시걸이 개방의 의창분타를 찾아갔다는 정보가 있습니다. 아무래도 개방이 그들에게 정보를 건네준 것 같습니다."

"음… 아무래도 오늘 잠자기는 다 틀린 것 같군."

휘가 잠자는 것을 포기하고 쌍상루를 떠난 지 한 시진가량이 흘렀을 즈음, 한 마리 전서구가 쌍상루의 후원으로 날아들었다. 그리고 곧바로 문인형의 다급성이 터져 나왔다.

"이런, 지금쯤 선가장을 떠나셨을 텐데!"

그는 급히 밖으로 나와 수하 하나를 불렀다.

"선가장으로 가서 덕가를 만나라! 만일 문주님이 떠나셨거든 이것을 덕가에게 전해주고 즉시 문주님을 쫓아가라고 해라! 어서 가!"

6

자정을 알리는 산사의 종소리가 길게 울려 퍼진다.
야조들만이 먹이를 찾아 헤매는 야심한 시각. 의창성 외곽 선가장에서 백여 장 떨어진 울창한 백양나무 숲에 한 마리 거대한 새가 날아 내렸다.
유난히 밝게 빛을 뿜어내는 달빛 아래 드러나는 모습. 그는 쌍상루를 떠나온 휘였다.
휘가 달빛 아래 내려선 지 얼마 되지 않았을 때였다.
부으엉! 부으웅!
술 취한 부엉이가 울어대는 것마냥 어색한 새소리가 들려온다.
휘는 실소를 흘리며 어둠 속을 향해 나직이 물었다.
"훗, 만상의 덕 형제요?"
휘가 정확히 상대의 신분을 밝히자 잠시 후 어둠 속에서 한 사람이 걸어나왔다.
"제가 덕 모입니다만 뉘신지요?"
"진조여휩니다."
누구? 어디서 들어본 이름 같은데…….
"진조여……? 어헉!"
고개를 갸웃거리던 덕수공은 튀어나올 듯이 부릅뜬 눈으로 휘를 바라보았다.
"서, 설마… 무, 무, 문주… 님? 어떻게 여기에……?"
달빛 아래서 고개를 끄덕이며 웃음 짓는 휘의 모습에 덕수공은 말을 잃어버렸다. 하는 수 없이 휘가 속으로 한숨을 내쉬며 먼저 입을 열었다.

"지부장에게서 연락을 받았소. 그들이 간 방향은 어느 쪽이오?"

"저, 저쪽으로……."

"얼마나 됐소?"

"한 시진쯤……."

"몇 명 정도 되오?"

"열 명이 조금 넘는 정도……."

휘는 씁쓸한 웃음을 지으며 고개를 끄덕였다.

"뒤는 내가 쫓을 테니 덕 형제는 지부로 돌아가도록 하시오."

"예? 예!"

휘가 흐릿한 잔영만 남긴 채 서북쪽으로 사라지자 덕수공은 그제야 정신을 차리고 중얼거렸다.

"진짜 잘생겼다. 화향루의 월선이보다 훨씬 더. 히히히."

7

어을량이 쉬지 않고 가던 길을 멈춘 것은 노군산을 지척에 둔 광산에 이르렀을 때였다.

"쫓아오는 자들을 먼저 처리해야겠어."

"훌륭한 선물이 될 것이외다."

절홍마도 백진우의 비릿한 살기가 풍기는 말에 어을량은 천천히 고개를 끄덕였다.

"후후후, 경고의 의미도 담겨 있으니 일석이조라 할 수 있겠지."

그러자 한쪽에 묵묵히 서 있던 적룡삼살의 둘째 음살(淫殺)이 요악(妖惡)한 살소를 풍기며 입술을 핥았다.

"크크크크, 놈들 중 계집이라도 하나 있으면 좋겠군요."

"하하하, 좋아! 만일 계집이 있다면 내 그대에게 넘기도록 하지!"
"크카카카! 과연 어 당주십니다! 그 말씀, 잊지 않겠습니다!"

8

"노군산(老君山) 쪽으로 가고 있습니다. 아무래도 그들이 가고자 하는 곳이 귀소산인 듯합니다."
"귀소산? 그럼 그들이 가는 곳이 귀마련이란 말인가?"
관욱의 질문에 엄요생은 입술을 지그시 깨물며 답했다.
"정확하지는 않습니다만 현재의 진행 방향만을 본다면 그리 생각됩니다."
"귀마련이라……."
상시걸이 개방에서 정보를 얻자마자 개방의 발빠른 제자 하나를 데리고 정신없이 의창을 떠나온 지 만 하루가 지났다. 곧 무당에 모인 정마련의 고수들이 귀마련을 치기 위해 움직일 터. 그런 상황에서 마도의 고수들이 귀소산으로 모여든다는 정보가 들어왔으니 엄요생으로선 그냥 지나칠 수 없는 일이었다.
그렇다고 놈들을 직접 막을 생각은 아니었다. 자신들만으로 그들을 상대할 수 없단 것을 누구보다도 엄요생이 잘 알고 있었다. 그러니 일단은 죽련과 정무맹의 고수들이 도착할 때까지 정확한 상황이라도 파악해 놓아야만 했다.
"정무맹과 죽련의 공격 시점을 알지 못하니 애매하구먼."
"일단은 정보라도 모아놓아야 하지 않겠습니까? 만일 개방이 말한 자들 외에도 더 많은 마도의 고수들이 모여 있다면 자칫 큰 피해를 볼지도 모르니까요."

"음, 그건 자네 말이 맞네. 귀마련에 마도의 고수들이 모여든다는 것은 귀마련과 마도, 또는 신마천궁과 중원의 마도인들 사이에 모종의 관계가 이미 성립되어 있다는 말이나 다름없네. 그것은 판세에 커다란 영향을 미칠 거야."

"일단 안창에 도착해서 상황을 알아보도록 하죠."

"음, 그렇게 하세. 아무래도 급히 서두른다고 해서 될 일이 아닌 것 같네."

관욱의 말이 백번 옳았다. 상대는 자신들보다 강자들. 서두른다고 될 일이 아니다.

게다가 지리를 잘 모르는 자신들을 위해 개방에서 붙여준 개방 제자의 숨소리가 성난 황소의 것마냥 울려온다.

엄요생은 자신들을 안내해 온 개방의 제자를 바라보았다. 거친 숨을 몰아쉬는 개방 제자의 이마에는 굵은 땀방울이 맺혀 있었다. 그럴 수밖에 없는 것이, 식사를 할 때와 볼일 볼 때 외에는 계속 달리기만 했으니 지쳐서 쓰러지지 않은 것만도 다행으로 생각해야 할 것이다. 그는 그저 발이 빠른 것일 뿐, 일류고수와 보조를 맞추기에는 내공이 턱없이 부족했던 것이다.

"우리가 너무 우리 상황만 생각한 것 같구먼. 워낙 중요한 일이다 보니 그만 실수한 것 같네. 이해하시게나."

'이해는 개뿔! 씨바! 밥 먹자마자 뜀박질시키는 놈들이 어딨냐?'

비루개는 속으로는 온갖 욕을 해대면서도 겉으로는 전혀 표를 내지 않았다. 그렇다고 공손히 답하지도 않았다. 퉁명한 대답이 비루개의 입을 비집고 흘러나왔다.

"어쩔 수 있습니까요. 강호의 정.의.를 위한 일인데."

'쌈 싸먹지도 못할 정의는, 조또!'

"허허허, 안창에 가면 좀 쉴 터이니 조금만 참으시게."
"거야 당연히 참아야 합죠. 참지 않으면……."
계속 퉁명하니 대꾸하던 비루개는 옆에서 형오가 잡아먹을 듯이 눈을 부라리자 찔끔하며 고개를 슬며시 옆으로 돌렸다.
'제기미, 씨바! 저놈의 눈깔, 콱 누가 뽑아버렸으면 좋겠네.'

4장
살고 싶소, 죽고 싶소?

1

 정의 수호라는 웅대한 뜻을 좇아 무당에 모여든 고수들의 숫자는 근 오백. 언뜻 생각하면 그리 많은 것 같지도 않았다. 그러나 구파일방, 오대세가의 장로급 인물들만 해도 오십여 명에 이르고, 비록 세(勢)는 그들에 미치지 못하나 강호의 대문파라 할 수 있는 곳에서 대표로 보낸 고수들도 절정에 달한 고수가 다수였다. 또한 각파에서 차출된 무사들은 정예 중의 최정예. 그 점을 생각하면 오백도 결코 적은 숫자가 아니었다.
 게다가 그들이 일차로 모인 사람들이었으니 그것만으로도 전통있는 대문파들이 웅크리고 있는 힘이 어느 정돈지 짐작하게 해주고도 남았다.
 거대한 힘이 모이자 그들은 생각했다.
 ―이 정도의 힘이면 신마천궁 따위는 한번에 쓸어버릴 수 있지 않겠는가?

태양이 이글거리며 타오르던 유월 초. 서른 한 명의 각파 대표들은 정무대전을 열고 맹주를 뽑는 투표에 들어갔다.

비록 한시적으로 운용되는 무림맹이지만 백 년래 최초의 정파맹주라는 자리는 영광의 자리였다. 그런 만큼 처음에는 맹주의 자리를 두고 소림의 장문인 심향 대사와 각축을 벌일 거라 예상했다. 그러나 소림이 용혈궁의 발호를 견제하느라 제대로 된 힘을 지원하지 못한 것이 결정적으로 청천 도장에게 유리하게 작용하는가 싶더니 서른한 명 중 스물다섯 명이 무당의 청천 도장을 지명함으로써 정무맹의 맹주는 별다른 각축도 없이 무당의 청천 도장이 맡게 되었다.

초대 맹주가 확정된 그날, 청천 도장의 일성이 선양궁을 울렸다.

"맹우들께서 우화등선할 날만을 기다리는 노도를 맹주로 뽑아주신 것은 가기 전 세상을 해롭게 하는 악을 제거하여 힘이 없어 핍박받는 이들을 구하라는 천명으로 알아듣겠소이다! 하여 노도는 본 맹의 첫 번째 거사로 악의 온상 신마천궁의 하수인으로 밝혀진 귀마련을 칠까 하오이다!"

넘치는 힘이 고여 있으면 어떤 이유로든 썩기 마련이다.

청천 도장은 단 며칠 사이에 은연중 파벌이 생긴 것을 직시하고 그 힘을 귀마련을 상대로 풀기로 결정했다. 어찌 보면 성급하다 할 수 있는 면도 없지 않았지만 신마천궁을 상대하기도 전에 힘이 나누어져서는 곤란하다는 것이 그와 몇몇 사람들, 즉 신마천궁의 무서움을 익히 알고 있는 사람들의 생각이었다.

그렇게 맹주의 선출이 있고서 단 삼 일. 밤을 낮 삼아 쉬지 않고 회의가 열린 끝에 귀마련 토벌대가 조직되었다.

장로 등 원로 고수 칠십이 명으로 이루어진 대정단.

중견 고수들 일백사십사 명으로 이루어진 승천단.

후기지수들로 이루어진 이백팔십팔 명의 신룡단.

각 문파의 고수들이 뒤섞인 삼단이 만들어지자 우선적으로 간단한 일차 율령이 제정되었다.

하나, 전시에는 상명하복을 원칙으로 한다. 단, 사심이 깃든 명을 내려서는 안 되며, 명을 따르지 않았을 경우에는 각 단의 조장급 회의에서 정당성의 여부를 가리도록 한다.

둘, 파벌을 지어 타인에게 위해되는 행동을 해서도 안 된다.

셋, 무공을 익히지 않은 자를 죽여서는 안 된다. 단 무공을 익히지는 않았으나 독이나 기관 등으로 해를 끼쳤다 확신이 든 자는 예외로 둔다.

넷, 행여 적을 치고 노획물이 생겼을 경우 모든 노획물은 정무맹에 귀속시킨 다음 공정하게 배분한다.

기본 조직이 구성되고 간단한 율령이 만들어지자 이제 한시가 급한 것이 신마천궁의 멸살. 정무맹의 귀마련 토벌대는 사기충천한 그대로 곧바로 무당산을 떠나 귀소산으로 향했다.

휘가 수월신마의 뒤를 쫓아 의창을 떠난 바로 다음날, 휘와 함께 동천에 떠오르는 황금빛 태양을 함께 바라보며.

2

이글거리는 태양을 등진 채 짙푸른 송림에 들어선 휘의 눈은 차갑게 굳어 있었다.

안창에서 개방의 제자를 만나 수월신마의 행적을 들은 후 노군산 쪽으로 흐르듯이 달려갈 때다. 침묵이 내려앉은 송림에서 피어오르는 음울한 기운, 사자(死者)의 기운이 느껴졌다.

자신의 앞을 지나간 자들은 엄요생과 관욱 일행. 귀마련, 정확히는 신마천궁과 싸우기 위해 나온 그들인 만큼 수상하게 느껴진 수월신마 일행의 목적을 파악하기 위해 머뭇거리지 않고 쫓았을 터. 여기서 그들과 조우한 듯하다.

아니면 누군가가 뒤를 쫓고 있다는 것을 알아챈 수월신마와 마도 고수들이 여기서 기다렸든지.

충분히 가능한 생각이다. 그들의 목적지가 귀마련이라면 신마천궁의 마접이 그들에게 정보를 제공하고 있을 테니까.

사실이 그렇다면 생각보다 더 심각한 상황이다. 정보에서 신마천궁이 앞서고 있다는 말이 아닌가.

휘는 생각을 정리하며 재빨리 주위를 훑어봤다.

도검에 의해 거칠게 베어진 나뭇가지, 여기저기 깊게 파인 바닥의 흔적들, 그리고 코를 찌르는 피 냄새.

시신은 보이지 않지만 격렬한 싸움이 벌어졌다. 한두 명이 아닌 적어도 열 명이 넘는 사람들이 한꺼번에 격전을 치렀다. 그리고 누군가가 희생되었다.

누굴까?

가만히 서서 숲이 말하는 소리에 귀를 기울였다.

십 장, 이십 장, 삼십 장…….

조용하다. 적어도 근처에서의 싸움은 이미 종결되었다. 그리고 어디론가 옮겨갔다.

어디로 옮겨갔을까?

자연의 소리에 정신을 집중한 채 묵묵히 서 있던 휘가 어느 순간 천천히 고개를 들더니 송림의 안쪽을 바라보았다. 유난히 조용한 곳, 숲속의 생명들이 숨을 죽인 채 떨고 있는 곳을.

휘가 나무에 기대선 채 죽어 있는 비연추의 시신과 마주친 것은 방향을 잡고 오 리 정도를 전진했을 때다.

구멍이 뚫린 가슴을 부여잡은 그의 부릅뜬 눈엔 공포가 배어 있었다. 자신이 왜 여기서 죽어야 하는지 이해하지 못하겠다는 빛이 이미 생기가 가신 눈에 그대로 남아 있었다.

'생사를 가르는 전장이 이런 곳인 줄 몰랐단 말인가?'

휘는 비연추의 눈을 쓸어 감겨주었다. 시신을 그대로 남겨놓고 갔을 정도로 엄요생 등은 경황이 없었던 것 같다. 극한 상황에 처했다는 말.

지금쯤 살아 있는 사람은 몇이나 될까? 살아 있는 사람이 있기나 할까?

휘는 신형을 솟구쳐 주위에서 가장 높은 나무 위로 올라갔다. 그리고 삼령의 기운을 끌어올리고서 한쪽 방향을 향해 집중했다. 자신이 처음에 느꼈던 방향, 노군산의 줄기를 타고 완만히 흐르는 능선 너머로.

그때다.

쩡.

절벽 위에서 돌 조각 하나가 떨어져 바위에 부딪치는 소리라 해도 할 말이 없을 정도로 작은 소리가 메아리친다. 하지만 그 순간 휘의 느낌이 소리치고 있었다.

'기(氣)가 부딪치는 소리다. 인위적인 기가 부딪쳐 대자연과 불협화음을 이루고 있다.'

확신이 서자 휘는 비월신영을 펼쳐 바람을 타고 능선을 향해 날아갔다.

3

　엄요생은 이마를 타고 흐르는 피를 닦을 틈도 없이 이를 악물고 검을 움켜쥐었다.
　안창을 지나 숲에 들어서면서 위험을 느꼈다. 그러나 아직 거리가 있을 거라 생각하고는 설마하며 지나쳤다. 그때 자신의 느낌을 믿었어야 하거늘. 그랬다면 이리 쉽게 당하지는 않았을 것을.
　느낌을 믿지 않은 대가는 너무도 컸다.
　사질인 비연추가 죽고 사제인 상시걸과 형오는 엄중한 부상을 당했다. 그리고 자신과 관욱조차 적지 않은 부상을 입었다. 적들의 공격은 갈수록 사나워지고 있건만.
　뜻밖이라면 종호가 별다른 부상을 입지 않았다는 것. 종전이라면 되지도 않는 자존심을 내세우며 정면 대결을 하던 종호이다. 그러나 지금은 오직 생존을 위해서 온몸을 굴리고 있다, 상대하던 적들이 하찮게 생각하며 신경 쓰지 않을 정도로.
　엄요생은 눈을 빛내며 재빨리 종호에게 전음을 보냈다.
　"종 사질, 상황을 봐서 빠져나가도록 해라. 개방에 마도의 고수들이 합류하고 있다는 사실을 알려야 한다. 내 뒤에 바짝 서 있다가 내가 전력을 다해 공격하거든 그 틈에 빠져나가거라. 알았느냐?"
　종호의 고개가 미미하게 끄덕여진다. 그러자 엄요생은 검을 쥔 손에 모든 공력을 집중시키고는 관욱을 향해 눈짓을 했다. 기회는 단 한 번.
　"간다!"
　팍!
　엄요생이 갑자기 뛰쳐나가자 어을량의 눈에서 살광이 번뜩였다.
　열둘 중 두 명이 죽고 두 명이 부상을 당했다. 엄요생과 관욱에게.

독 안에 든 쥐라 생각하고 경시한 것이 잘못이라면 잘못이었다. 점창일객과 구지신군이라는 이름을 듣고도 설마했었으니. 그러나 더 이상의 희생은 자존심 때문에라도 용납하고 싶지가 않았다.

"가소로운 짓!"

어을량의 일갈이 터짐과 동시에 그의 독문무기인 한 자 직경의 혈반(血盤)이 엄요생을 향해 날아갔다.

절홍마도 백진우는 관욱을 향해 자신의 기형도를 내려치고, 적룡삼살은 음흉한 음소를 흘리며 한정설과 한경설을 덮쳤다. 상시걸과 형오를 향해 달려드는 동정사마. 오직 빛 바랜 갈의를 입고 있는 중년인만이 무표정한 눈으로 조용히 전장을 지켜볼 뿐이다.

"타앗!"

한순간, 엄요생의 석 자 길이의 장검에서 파란 검강이 한줄기 쭉 뻗더니 어을량의 혈반을 거세게 퉁겨 올렸다.

"지금!"

순간, 엄요생의 입에서 뜻 모를 일성이 터지자 종호는 죽을힘을 다해 신형을 날렸다.

어을량은 이 장 거리에서 몸을 날리는 종호를 보고도 손을 쓰지 않았다. 엄요생을 상대하기도 벅찬 데다 위협이 되지도 않는 종호를 잡기 위해 모험을 할 필요를 느끼지 못한 것이다.

또한 백진우는 관욱의 지풍을 파훼하느라 눈 돌릴 겨를이 없었다.

그때까지만 해도 모든 것이 생각대로 되는 듯했다. 한데 종호가 전장을 벗어나 다시 몸을 날리려 할 때다. 누군가가 종호의 앞을 가로막았다. 그는 한쪽에서 지켜보기만 하던 갈의인이었다.

앞이 막히자 종호는 앞뒤 가리지 않고 젖 먹던 힘까지 다해 검을 휘둘렀다, 죽음과 삶이 교차하는 순간 뚫지 못하면 죽는다는 심정으로.

"우왁! 비켜!!"

그동안 벽에 막혀 익히지 못했던 분광검의 후반 초식들이 줄줄이 쏟아진다. 자신조차 자신이 지금 무슨 초식을 펼치는지 모르는 상태. 종호는 오직 살기 위해서 자신이 그동안 몸으로 느껴왔던 모든 것을 쏟아냈다.

그 모습이 뜻밖이라는 듯 갈의인의 입에서 탁한 쇳소리가 흘러나왔다.

"과연 점창이라는 건가?"

절대 변할 것 같지 않던 갈의인의 눈에 희미한 냉기가 서리고, 종호가 광기 들린 사람처럼 갈의인의 목을 향해 검을 뻗으며 달려든 순간,

갈의인의 뒷짐 진 손이 종호의 검로를 막으며 휘둘러졌다.

쾅!

"크읍!"

답답한 신음. 뒤로 튕겨지는 종호의 입에서 피분수가 뿜어졌다.

예상치 못한 상황에 엄요생이 대경하며 소리쳤다.

"종 사질!"

하지만 눈앞에 있는 상대는 수월신마 어을량이다. 조금도 한눈을 팔 수 없는 절정의 고수. 잠시 잠깐 한눈을 판 대가는 작지 않았다.

팟!

어을량의 혈반이 엄요생의 허술해진 검막을 뚫고 옆구리를 훑으며 지나가 버렸다.

"흡!"

주르륵 물러선 엄요생의 옆구리가 순식간에 붉게 물들었다.

일그러진 얼굴, 악다문 입. 결코 작은 부상이 아닌 듯하다.

엄요생이 또다시 부상을 당하자 악전고투를 하고 있던 상시걸과 형오도 급격하게 흔들리기 시작했다. 그때 또다시 비명 소리가 숲 속에 울려 퍼졌다.

"아악!"

여인의 목소리. 한경설의 비명 소리였다.

음살의 음혼조에 어깨를 격중당한 한경설이 찢어진 옷자락을 움켜쥔 채 정신없이 물러서고 있었다. 축 늘어진 팔, 창백한 얼굴. 보아하니 어깨뼈마저 상한 것 같다. 그런 한경설을 향해 음살이 다음악한 웃음소리를 흘렸다.

"흐흐흐, 정말 운이 좋군, 이런 기막힌 계집을 얻다니."

한정설이 그 모습을 보고 경악성을 터뜨렸다.

"설아야! 물러서!"

쌍둥이 동생이 음마의 손에 넘어가기 직전이었다. 그러나 자신 역시 생사를 가늠할 수 없는 상황. 좌우에서 달려드는 귀살과 혼살을 향해 옥소를 떨쳐 보지만 적룡삼살 중 둘을 막아내기에는 역부족이다.

한경설은 음살에게 잡히기 직전인 데다 한정설마저 어찌할 줄을 모르고 당황하자 관욱은 노성을 내지르며 마지막 남은 내력을 모조리 끌어올렸다.

"이놈!!"

두 손의 구지 끝으로 시퍼런 강기가 굼실거린다.

네 개의 손가락밖에 남지 않은 우수로 절홍마도 백진우가 펼쳐 내는 도강을 내리찍고, 좌수로는 음살을 향해 명혼지를 튕겨냈다.

떠덩!

백진우의 기형도가 울음을 터뜨렸다.

명혼지에 맞서 칠장을 연달아 쳐낸 음살이 와락 구겨진 표정으로 세 걸음을 물러섰다.

그러나 관욱이라 해서 온전한 것은 아니었다. 무리한 기의 운용으로 내부가 뒤틀려 시뻘건 핏물이 입술을 비집고 흘러나온다.

그때 어을량이 냉랭한 어조로 입을 열었다.

"시간이 없네. 너무 오래 끌었어. 빨리 처치하고 다른 사람들과 합류해야 하네."

어을량의 말이 떨어지자 종호를 일 권에 패대기친 갈의인 일권파산 독고웅이 묵묵히 고개를 끄덕이더니 종호에게 다가가고, 음살은 아쉬운 눈으로 한경설을 바라보더니 무슨 생각을 했는지 음흉한 웃음을 흘렸다.

"흐흐흐, 데리고 가는 것은 상관없겠지요?"

"맘대로 하게. 단 움직이는 데 방해가 되어선 안 되네."

"걱정 마십시오."

어을량 등이 서둘러 끝장을 내려 하자 관욱이 다급히 소리쳤다.

"모두 한곳으로 모이게!"

엄요생이 관욱의 옆으로 다가오고 형오와 상시걸이 비틀거리며 합류하자 이를 악다문 한정설이 떨리는 목소리로 입을 열었다.

"관 숙부, 경아는……."

쌍둥이 여동생을 저 음악한 마두에게 내줄 수는 없는 일이 아닌가.

얼굴이 일그러진 관욱이 참담한 표정으로 한정설을 바라보았다.

"일단 네 목숨을 더 중히 여겨라. 네가 살아야 설아도 구할 것이 아니겠느냐?"

하지만 한정설이 대답할 시간도 없이 어을량이 손에 든 혈반을 엄요생을 향해 날렸다.

"염불이 끝났으면 이제 목을 늘어뜨려라!"

열 명이 한꺼번에 펼치는 공격은 집요하고도 무서웠다.

엄요생과 관욱이 비록 어을량 등보다 개개인으로는 강하지만 그 차이는 극히 미미한 수준. 지금의 상황에서 그 정도 차이는 아무런 도움이 되지 못했다.

오 초가 지나자 상시걸이 백진우의 절홍도에 목이 반쯤 잘려 버렸다.

십 초를 지나기도 전 동정사마 중 창마의 단창이 형오의 복부를 뚫어 버렸다.

"으아! 이놈들!"

엄요생이 미친 듯이 어을량을 향해 달려들었다.

사질들의 뒤를 따라 사제들이 놈들에게 당하고 있다. 살아간다 한들 어떻게 점창의 하늘을 본단 말인가.

죽이리라! 한 놈이라도 죽이고 죽을 것이다!

냉정을 잃고 달려드는 엄요생의 어깨를 어을량의 혈반이 훑어 내린다. 한순간이었다. 그러나 솟구치는 선혈은 아랑곳하지 않고 엄요생은 검을 곧추세운 채 어을량의 전신을 쓸어갔다.

움찔, 어을량이 놀란 표정으로 황급히 몸을 날렸다.

사악!

엄요생의 검에 어을량의 옷자락이 잘려 나갔다. 하지만 그뿐이다. 오히려 동정사마가 달려들자 어을량에게 피해를 입히지 못한 엄요생이 위기에 몰렸다.

"크읍!"

부마의 도끼가 허리를 길게 베고 지나간다. 도마의 칼날이 오른쪽 허벅지를 한 뼘 이상 베어버렸다. 누구도 도와줄 수 없는 상황. 엄요생은 이제 끝장임을 깨닫고 검신일체가 되어 독고웅을 향해 몸을 날렸다.

자신은 죽더라도 종호만은 살리기 위함이었다.

종호의 머리를 향해 일권을 내려치려던 독고웅은 눈살을 찌푸리며 뒤로 물러섰다. 평상시라 해도 상대하기 힘든 엄요생이다. 그런 엄요생이 오직 한 가지 생각만으로 펼친 검은 사납기 그지없었다. 수많은 약점이 보이지만 오히려 그것이 공격을 망설이게 한다.

독고웅이 뒤로 물러서자 엄요생이 종호에게 소리쳤다.

"종 사질! 어서 도망가라! 어서!!"

그리고 다시 뒤에서 달려드는 사람들은 아랑곳하지 않고 독고웅을 향해 몸을 날렸다.

그제야 두려움에 벌벌 떨고 있던 종호가 비칠거리며 일어섰다.

"엄 사숙!"

"어서 도망가!"

소리를 지르는 엄요생의 등을 향해 어을량의 혈반이 날아든다, 죽음의 기운을 동반한 채.

종호는 비감에 찬 목소리로 울부짖었다.

"엄 사숙! 조심하세요!"

한데 그때였다.

땅!

묘한 곡선을 그리며 엄요생의 등으로 날아들던 혈반이 마치 무형의 벽에 부딪치기라도 한 듯 허공으로 튕겨졌다. 동시에 어을량의 놀란 외침이 터져 나왔다.

"헛! 누구냐?!"

하지만 들려오는 소리는 처절한 비명뿐이다.

"캐액!"

한경설의 옷을 잡아 찢던 음살이 삼 장 밖으로 날아가 고목에 반쯤 틀어박혔다. 가공할 광경.

대경한 어을량이 재빨리 돌아서며 다시 소리쳤다.

"어떤 놈이냐?!"

순간!

후우웅!

대기가 뒤틀리는 기이한 음향이 사람들의 귀청을 멍하게 만드는가 싶더니 또다시 울리는 처절한 비명 소리.

"크악!"

창마가 부러진 창대를 움켜쥐고서 허리가 뒤로 접히고 두 눈이 튀어나온 채 그 자리에서 무너지고 있었다.

순식간에 두 명이 쓰러지자 살기충천하던 싸움이 일순간에 멈춰 버렸다. 대기가 천근만근 무겁게 느껴진다.

어을량은 딱딱하게 굳은 표정으로 주위를 쓸어보았다.

이제 엄요생이나 관욱이 문제가 아니었다. 온전할 때의 그들이라 해도 음살과 창마를 저렇게 할 수는 없다. 그렇다면 답은 한 가지. 누군가 절대의 고수가 나타났다.

"어느 분이 어 모의 행사를 방해하시는 거요?"

"흥! 천하의 수월당주가 쓰레기와 함께 어울리다니, 강호의 소문도 믿을게 못 되는군!"

낭랑한 목소리. 목소리로 봐서 상대가 의외로 젊은 사람인 듯하자 어을량은 불안해하던 마음을 가라앉히고 고개를 쳐들었다. 그러자 보였다, 젊고 여인보다도 더 아름다운 얼굴을 지닌 청년이.

휘는 오 장 높이의 나무 위에 내려서자마자 음살과 창마를 몽여화로 날려 버리고는 고개를 쳐드는 어을량을 바라보았다.

"한 가지만 묻겠소."

휘가 입을 열자 그때를 기다리기라도 한 듯 음살을 잃은 귀살과 혼살이 대노하며 신형을 날렸다.

"네놈이 감히 내 형제를 해치다니!"

"이놈! 죽어!"

순간 어을량이 놀라 소리쳤다.
"물러서! 그자는 너희들의 상대가 아니다!"
하지만 이미 두 사람의 신형은 오 장 위로 떠올라 있었다.
그때다. 휘의 좌수에서 붉은 빛이 번쩍이고 영롱한 혈화가 피었다 싶은 순간,
콰콰!
"크억!"
두 사람은 동시에 신음을 토해내며 올라갈 때보다 더 빠르게 떨어져 내렸다.
퍽!
땅바닥에 곤두박질친 두 사람, 귀살과 혼살의 몸이 반쯤 땅속으로 파묻혀 버렸다. 그런 두 사람의 이마에서 피처럼 붉은 혈화가 점점 크게 피어난다.
사람들은 갑작스런 상황에 누구도 쉽게 입을 열지 못했다.
겨우 버티고 서 있던 엄요생만이 쥐어짜는 음성으로 입을 열 뿐이다.
"역시 천옥대공… 진조여휘……."
들릴 듯 말 듯, 그러나 그 말은 천둥 소리보다 더 커다랗게 마도 고수들의 귀를 파고들었다.
쿠궁!
저 젊은 청년이 진조여휘라고?
당금 천하를 뒤흔든 그 천옥대공?
검성 화정월조차 한 수 양보한다는 무림의 신성?
휘는 자신을 괴물 보듯 바라보는 사람들의 시선을 피해 어을량에게 물었다.
"당신들은 귀마련으로 가는 중이오?"

어을량은 이를 지그시 깨물었다. 진짜인지 가짜인지는 모른다. 다만 귀살과 혼살을 일격에 죽음으로 내몬 이상 자신들로서는 상대할 수 없는 고수임은 분명했다.

그렇다고 이대로 굽히고 들어가기도 싫었다.

자신이 누군가? 수월신마 어을량이 아니던가?

"내가 왜 그 물음에 답해야 하지?"

어을량이 최대한 목소리를 낮게 깔고 되묻자 휘는 하얀 웃음을 지으며 말했다.

"살기 위해서. 죽고 싶다면 안 해도 되겠지."

대답을 하지 않으면 죽이겠다는 말. 그런 말을 어떻게 저리 웃으며 할 수 있는지 의문일 정도다.

"건방진……!"

어을량이 분노가 치미는 목소리로 으르렁거리며 이를 갈 때다.

휘가 천천히 나무 위에서 내려왔다. 아니, 천천히 내려오는 것 같았는데 어느 순간 휘의 신형이 희미하게 사라져 간다.

어을량이 제일 먼저 상황을 짐작했다.

"헛! 피해!"

뜬금없는 명령에 동정사마 중 삼마는 멍하니 어을량을 바라보고, 일권파산 독고웅과 절홍마도 백진우만이 뒤로 빠르게 물러섰다.

순간 흐릿하게 변하던 휘의 신형이 다섯 갈래로 갈라지더니 갈라진 휘의 환영이 일제히 동정삼마의 머리 위에서 한 걸음을 내디뎠다. 천중무(天重舞)!

동시에 허공을 점하며 삼권이 내질러진다. 천붕신권.

콰우우!

허공이 비틀리며 거대한 기운이 머리 위를 짓누른다. 머리가 터져 버릴 것만 같은 기분. 안색이 새파랗게 변한 동정삼마는 혼신을 다해 무기를 쳐들었다.

하지만 당랑거철(螳螂拒轍). 사마귀가 수레에 정면으로 대드는 꼴이다.

퍽!

부마가 자신의 도끼와 함께 이 장 밖으로 날아간다.

쨍! 와직!

도마의 두툼한 도신이 수수깡처럼 부러지면서 부러진 도신이 도마의 목을 반쯤 잘라 버리고, 내장 섞인 선혈을 한 바가지나 토해낸 검마가 두 눈을 부릅뜬 채 무너져 내린다.

순식간이었다. 동정삼마가 바닥을 기며 꿈틀거리기까지 걸린 시간은 고개를 좌우로 두어 번 돌린 사이에 벌어진 일이었다. 두 눈을 빤히 뜨고도 믿을 수 없는 광경.

하지만 아직 끝난 것이 아니었다.

아연한 눈길이 휘를 향할 때다. 휘의 신형이 또다시 좌우로 흔들리는 듯하더니 어을량을 향해 날아간다.

경악한 눈으로 동정사마를 바라보던 어을량은 정신없이 뒤로 신형을 날렸다. 그리고 소리쳤다.

"함께 달려들어!"

그제야 정신을 차린 백진우와 독고웅이 휘를 향해 달려들었다.

우리들은 결코 동정사마와 동격이 아니다. 우리들 셋이라면 누구라도 상대할 수 있다.

그렇게 생각했다. 충분히 그럴 거라 생각했다.

하지만 하늘은 그들이 생각했던 것보다 너무나 높았다.

백진우가 절홍도에 혼신의 내공을 불어넣은 채 일도를 휘두르고, 독고응이 두 주먹에서 뭉클 피어오른 권강을 앞세우고 휘에게 달려든 순간, 처음부터 그러려고 했던 것처럼 느닷없이 방향을 튼 휘가 독고웅을 향해 일권을 내질렀다.

천붕의 기운을 가득 담아.

콰콰콰광!

"끄으윽!"

천붕신권을 정면으로 맞받은 독고웅이 비명도 지르지 못한 채 튕겨지고,

콰직!

시퍼런 도강이 서린 절홍도가 휘의 손에 잡힌 것은 한순간이었다.

놀란 눈을 부릅뜬 백진우. 그런 백진우를 무심한 눈으로 바라보는 휘.

"놓아라!"

절홍도를 움켜쥔 휘가 도신을 통해 기운을 발출하자 백진우는 도를 놓치고 답답한 신음을 토하며 뒤로 나뒹굴었다.

그때, 이때라는 듯 어을량의 혈반이 귀청을 찢을 듯한 기음을 토해내며 날아들었다.

끼이이잉!

날아드는 혈반은 보지도 않고 휘의 나머지 한 손이 허공을 휘저었다. 너무도 자연스런 모습. 단 한 번의 손짓에 피를 갈구하며 날아들던 혈반이 멈칫하더니 자연스럽게 휘의 손 안으로 빨려 들었다.

그 광경에 믿을 수 없다는 듯 어을량의 눈이 크게 뜨였다.

혈반의 날은 칼날보다도 날카롭다. 게다가 자신의 기운이 잔뜩 서린 강력한 회전력으로 인해 스치기만 해도 팔다리가 잘려 나갈 정도다. 마도 십대기병에 이름을 올린 것이 헛소리가 아니란 말이다. 그런데도 그런 무시무시한 혈반을 마치 장난감을 붙잡듯이 아무렇지도 않게 잡아채

다니……. 휘가 사람 같지 않게 보이는 것도 당연했다.

휘가 왼손으로는 도강이 서린 절홍도를 맨손으로 움켜쥐고, 오른손으로는 혈반을 받아 든 채 차가운 웃음을 짓자 어을량은 불길한 마음에 등줄기로 소름이 돋았다.

그리고 휘가 한 걸음을 내딛는 순간부터 불길함은 현실로 다가왔다, 너무도 처절하게 온몸으로.

"왜 사람들은 꼭 한 번씩 팅기는 건지 모르겠어. 좋은 말로 할 때 대화로 풀면 오죽 좋을까?"

퉁!

절홍도와 혈반을 바닥에 떨어뜨린 휘의 손이 허공을 격한 채 휘둘러졌다. 순간,

퍽!

"컥!"

어을량의 몸이 급살이라도 맞은 듯 펄쩍 뛰어올랐다.

걸음을 내딛던 그대로 독고웅을 향해 일권이 내질러지고, 흐릿해진 신형이 백진우 앞에 내려선다 싶더니 인정사정없는 일퇴가 백진우의 허리를 향해 날아들었다.

퍽! 퍼버벅!

'어설픈 매는 오기만 솟게 만든다고 하셨지. 매를 들었을 때는 확실하게.'

퍽! 퍼벅!

"으으… 끄으으……."

휘의 신형이 흐릿해질 때마다 비명에 가까운 신음 소리가 숲 속을 침묵시켰다. 그것이 무려 반 시진째다.

처절한 표정으로 펄쩍 튀어 오르는 어을량을 보고 누가 십삼마 중의 하나라는 수월신마를 상상할 수 있을까 싶다.

절대 입을 열지 않을 것 같던 일권파산 독고웅이 억지로 떨리는 입을 먼저 열어 휘에게 묻는다.

"대체… 뭘… 알고 싶어서… 이러는 것… 크읍!"

절홍마도 백진우는 이미 삶 자체를 포기한 지 오래다.

"모욕하지 말고… 차라리 그냥 죽여……. 으헉!"

한쪽에서 옷을 찢어 부상 부위를 감싼 채 내상을 다스리던 사람들의 안색이 창백하니 질려 있다. 심지어 찢어진 옷을 갈무리해서 드러난 부위를 겨우 가린 한경설조차 말을 잃었다.

처음에는 휘의 행동을 보고 무인을 모욕하는 행동이라 생각했지만 이제는 그러한 생각조차 사치스럽다 느낄 정도다.

그들은 자신들도 모르게 덜덜 떨고 있는 종호를 힐끔거렸다. 그런데 눈빛이 묘하다. 이전의 냉소적인 눈빛이 아니다. 안쓰러운 눈빛이다. 마치 '저런 무지막지한 구타를 당하고도 미치지 않았다니' 하는 눈빛.

그때 종호가 떨리는 목소리로 말했다.

"저 사람들은… 왜… 몽둥이로 안 때리지?"

"커어억!"

그 말을 들었는지 바닥을 기던 어을량이 갑자기 부들거리며 경기를 일으켰다. 백진우는 암울한 절망이 어린 눈으로 휘를 올려다보고, 독고웅은 혀를 깨물기 위해 이빨 사이로 혀를 밀어 넣었다. 그러나 어디를 어떻게 맞았는지 독고웅에게는 혀를 깨물 힘조차 남아 있지 않았다.

일각가량이 더 흐르고, 그제야 손발을 멈춘 휘가 나직한 목소리로 물었다.

"귀마련에 가시는 길입니까?"

살고 싶소, 죽고 싶소? 127

세 사람은 정신없이 고개를 끄덕였다. 그리고 휘가 묻기도 전에 자신들이 알고 있는 바를 털어놓았다.

어을량의 말에 의하면 자신들 외에도 오십여 명의 마도에 속한 고수들이 귀마련을 돕기 위해, 정확히는 신마천궁의 명에 의해 나섰다고 한다. 그들의 목적은 중간에서 정파의 고수들을 습격하는 것.

그 말에 엄요생과 관욱의 안색이 창백하니 질려 버렸다. 숫자는 오십여 명에 불과하지만 모두가 이들과 같은 고수들이라면 그 피해는 상상하기가 두려울 정도다.

정면으로 부딪쳐도 수십 명이 죽어나갈지 모르는 판에 뒤에서 암습이라도 한다면 얼마나 많은 사람이 죽게 될지 모를 일이다.

대충 어을량의 이야기가 끝나자 휘는 엄요생과 관욱을 향해 물었다.
"이 세 사람을 제가 데려가도 되겠습니까?"
눈앞에서 벌어진 일을 보고도 누가 감히 된다, 안 된다 할 수 있을까. 게다가 직접적으로 음행(淫行)과 살수를 행한 적룡삼살이나 동정사마는 이미 죽은 거나 마찬가지인 상황.

오히려 그동안 쌓아올린 명예를 모두 진흙탕에 처박은 채 무사로서 죽음보다 더 처절하게 치욕을 당한 사람들을 보니 씁쓸한 마음뿐이다.
"마음대로 하시게."
엄요생이 고개를 끄덕이자 관욱도 고개를 끄덕였다. 그러자 휘는 세 사람을 향해 씩 웃어 보였다. 세 사람이야 그 웃음을 보고 전율을 하든 말든.

그때 관욱이 휘를 향해 입을 열었다.
"이 빚은 나중에 갚겠네."

자신의 목숨도 목숨이지만 의형의 자녀들이 목숨 빚을 졌다. 더구나 하마터면 음살에게 당할 뻔한 한경설을 생각하면 지금도 아찔하기만 하다.

"귀주의 한 가는 오늘의 일을 잊지 않을 것이오. 동생을 대신해서 감사드리오."

자존심 강한 조카가 먼저 굽히는 것만 봐도 얼마나 애간장을 태웠는지 알 만한 일이었다.

휘는 조용히 고개를 끄덕였다. 공치사를 듣기 위해서 한 일은 아니지만 어쨌든 도와준 셈이 되었다. 그리 나쁘지 않은 결과다.

게다가 아직 널브러져 있는 세 사람에게서 얻어야 할 것이 남아 있다.

"갑시다. 갈 길이 바쁘니까."

다행인지 불행인지 몸을 움직이는 데 큰 지장은 없는 것 같다. 다만 운기를 하기 힘들 뿐. 세 사람은 이를 악물고 억지로 몸을 일으켰다.

이곳에 머무르는 것은 죽여달라는 말과도 같았다, 엄요생 등은 결코 자신들을 그냥 놓아 보내지 않을 테니까.

그런데도 그들의 표정은 지옥 사자에게 끌려가는 사람들마냥 처참하게 일그러져 있었다. 이제 죽을 수 있을 만큼의 힘은 돌아온 것 같으니 차라리 죽어버릴까 하는 생각마저 든다.

그런 세 사람의 표정은 아랑곳하지 않고 휘는 엄요생과 관욱을 향해 포권을 취하고 뒤돌아섰다.

"그럼 갈 길이 바빠서 먼저 가보겠습니다. 빠른 쾌유를 바라겠습니다."

휘는 세 사람의 혈도를 점하지 않았다. 아직 누구를 해할 정도의 힘이 돌아온 것도 아닌 데다 혈도를 점하면 아무래도 행동이 굼떠질 수밖에 없을 터. 그러한 것 때문에 시간을 낭비하고 싶지가 않았다.

대신 간단하게 대화로서 모든 것을 해결했다.
"도망치려거든 그냥 죽으세요. 그게 더 나을 겁니다."

4

정무맹과 죽련이 귀마련을 공격한다 했으니 지금쯤 귀소산을 향해 움직였을 터. 늦기 전에 귀소산에 도착해야 했다. 휘는 세 사람과 함께 시간을 단축하기 위해 관도를 따라가지 않고 산길을 탔다.

제대로 휴식도 취하지 않고 달리길 네 시진. 어둠이 서서히 산기슭을 점령해 갈 무렵, 휘는 때마침 낡은 사당이 하나 보이자 그곳에서 밤을 새우기로 했다.

비록 다 쓰러져 가는 사당이지만 안쪽은 보기보다 그리 지저분하지 않았다.

휘는 부서진 사당의 잔재를 모아 모닥불을 지펴놓고 처연한 표정으로 한쪽에 뭉쳐 앉은 세 사람을 향해 입을 열었다.

"신마천궁에 대해 잘 알고 있나요? 그들이 무엇 때문에 당신들을 귀마련으로 보냈는지 생각해 본 적 있습니까?"

어을량이 움찔 어깨를 떨고는 무슨 소리냐는 듯 휘를 바라보았다. 휘는 모닥불을 뒤적거리며 태연히 말을 이었다.

"당신들이 귀마련에 간다 해서 귀마련이 정무맹과 죽련의 공격을 이겨낼 거라 생각하시오? 그건 절대 아닐 것이오. 그럼 무엇 때문에 당신들더러 귀마련을 도우라 했을까?"

휘가 혼자서 묻고 스스로 대답하는 사이 세 사람의 안색은 점점 일그러지고 있었다.

"내가 생각한 답은 단 하나요. 당신들을 모두 죽음으로 내몰아 중원의 힘을 줄인다는 것."
참다못한 어을량이 큰 소리로 말문을 열었다.
"그럼 그들이 우리를 소모품으로 사용하려 했다 그 말이오?!"
"그걸 몰랐습니까?"
"……."

한참이 지난 후에야 그동안 한마디도 하지 않고 앉아 있던 독고응이 먼저 말문을 열었다.
"왜 우리를 죽이지 않은 것이오?"
모닥불을 바라보고 있던 휘가 고개를 들었다.
"세 분은 지금 자신들이 살아 있다고 생각하십니까?"
세 사람의 얼굴이 바위처럼 굳어졌다.
살아 있다고 생각하느냐고?
숨을 쉬고 있으니 살아 있는 것인가?
사람이 숨만 쉰다고 다 살아 있는 것인가?
모든 것이 무너져 버린 상황이다. 무인으로서의 자존심조차 철저히 뭉개졌다. 그런데도 확실하게 살아 있다고 말할 수 있나?
탁! 탁!
모닥불에서 불꽃이 장단을 맞추듯 튀어 오른다.
세 사람은 멍하니 그 모습을 바라보다가 앞에서 들려오는 한마디에 다시 눈길을 휘에게로 향했다.
"돌아보면 피안이라는 말이 있지요. 어떻습니까, 새로운 삶을 살고 싶지 않으십니까?"
어을량은 이를 악물고 잇새로 신음하듯이 물었다.
"우리가 어떻게 하길 원하는 거요?"

그러자 휘가 간단히 되물었다.

"살고 싶습니까, 아니면 그냥 이대로 죽고 싶습니까?"

죽고 싶은 사람이 어디 있을까. 그러나 모욕을 당하면서까지 살고 싶지 않은 것이 또한 무인의 자존심이다.

"살고는 싶지만 자존심을 내팽개치면서까지 살고 싶지는 않소."

"자존심이라……. 그럼 간단하군요."

간단하다?

세 사람은 의아한 눈으로 휘를 바라보았다. 그러다 모닥불 불빛이 휘의 얼굴을 붉게 물들이자 그 모습에 넋을 잃고 슬며시 입을 벌렸다. 조금 전 어떤 의문이 들었는지도 잊은 채.

휘는 그런 세 사람을 바라보며 살짝 얼굴을 찌푸렸다. 순간 넋을 잃은 세 사람의 눈빛이 묘하게 변했다. 입은 조금 더 벌어지고.

휘는 얼굴을 찌푸린 그대로 빠르게 입을 열었다.

"제가 만상문의 문주라는 것은 알지요?"

끄덕끄덕.

당연히 귀가 있으니 못 들었을 리 없다.

"만상문에는 온갖 사람들이 다 모여 있지요. 그중에는 도둑도 있고, 마도로 몰렸던 사람도 있고, 낭인도 있고, 이족도 있지요. 어떻습니까? 그 사람들과 어울린다 해서 자존심이 상하지는 않을 거라 생각합니다만……."

"그러니까 우리더러……."

"만상문에 들어오라 그 말이오?"

어을량이 입을 열고 백진우가 끝을 맺자 휘는 고개를 끄덕이며 머리를 앞으로 내밀었다.

"제가 아무렴 형제가 된 사람들을 죽이기야 하겠습니까?"

말이 묘하다. 형제가 되면 죽이지 않는다?

간단히 말해 '안 들어오면 죽인다' 는 말.

게다가 죽이기 전에 또 무슨 짓을 할지도 모르는 상황.

선택의 여지가 없다.

여전히 휘의 얼굴에서 눈을 떼지 못하고 있던 어을량이 떨떠름한 표정으로 말했다.

"한 가지만 약조해 주시오."

"뭡니까? 말씀해 보세요."

"그게… 음… 오늘 일, 소문 내지 않겠다는 약조만 해주면 만상문의 형제가 되겠소."

엄요생이나 관욱 등도 다 봐서 알고 있는 일이지만 어을량 등에게 당할 뻔한 그들은 자신이 속한 문파와 개개인의 위신을 생각해서 아무에게나 입을 열지 않을 것이다. 눈앞에 있는 사람 같지 않은 괴물이 문제일 뿐.

백진우와 독고웅도 재빨리 고개를 끄덕였다.

휘는 그 모습을 보며 빙그레 웃었다.

'죽이지 않길 잘했군. 이들 세 사람은 비록 마도인이라 해도 평판이 그리 나쁘지 않은 사람들. 내가 뭐, 사람 죽이기 좋아하는 살인귀도 아니고……. 어쨌든 귀마련의 일은 좀 수월하게 풀릴 것 같군.'

속으로야 어떤 생각이든 겉으로는 환하게 웃으며 고개를 끄덕였다.

"그야 물론이지요. 저 그렇게 입 싼 놈 아닙니다. 하하하!"

그리고 사과의 말도 한마디 했다.

"제가 원래 나이 드신 분들에게 예의가 바른 편인데, 어쨌든 죄송하게 됐습니다."

물론 세 사람은 절대로 믿지 않았다.

그러나 독백하듯 조용히 이어지는 휘의 말.

"그렇게 하지 않았다면 아마 그들은 내가 당신들을 데려가도록 그냥 놔두지 않았을 겁니다. 그렇다고 그 사람들하고 싸울 수도 없는 일이고……."

세 사람은 그 말에 담긴 뜻을 간파하고는 흔들리지 않을 수가 없었다.

'그, 그럼… 그들 앞에서 모욕을 준 이유가……?'

5

휘가 죽련의 소식을 들은 것은 다음날 정오 무렵이었다.

어을량을 비롯한 세 사람에게 모종의 임무를 맡기고 건량도 살 겸 식사를 하기 위해 대평현의 객잔에 들어가 의자에 앉았을 때다. 한쪽에서 식사를 하던 보부상들의 수군거리는 소리가 들려왔다.

"이봐, 자네 소문 들었나? 죽련의 무사들이 은평에 집결했다더군."

"죽련이? 그럼 소문만 무성하던 귀마련과의 싸움이 본격적으로 벌어지는 건가?"

"아무래도 그런 것 같아. 정무맹도 창맹하자마자 귀마련을 치기 위해 무사들을 파견한다고 하질 않던가?"

휘는 상인들의 말을 들으며 재빨리 생각을 정리해 봤다.

죽련의 무사들이 집결했다는 은평에서 귀마련까지는 오백여 리. 이틀 정도의 거리다. 상인들이 알 정도면 정무맹 역시 그들의 움직임을 모를 리 없다. 개방의 정보망이 상인들보다 못하지는 않을 테니까.

그리 생각하면 어떤 식으로든 서로의 움직임을 예의 주시하고 있을 터. 게다가 거기서 조금 더 나아갔다면 작전에 대한 이야기까지 오갔을 것이다.

문제는 바로 그 내용이다.

과연 그들이 마도 고수들의 움직임까지 알고서 작전을 짰을까?
겨우 하루 전에 밝혀진 일인데?
'아무래도 남 대협을 만나봐야 할 것 같군.'

　　　　　　　＊　　　＊　　　＊

휘가 대평현을 막 나서려는데 저만치서 먼지를 뒤집어쓰고 정신없이 달려오는 자가 보였다. 한데 아는 자다. 덕수공이라 했던가?
"당신은?"
"헉헉! 문주님을… 헥헥… 뵙습니다."
"무슨 다급한 일이라도 있소?"
덕수공은 품속에서 유지로 싼 봉서를 꺼내 들더니 조심스럽게 봉서 끝에 끼어진 비상 소각용 끈, 최악의 경우 정보를 차단하기 위한 장치를 제거하고는 봉서를 휘에게 넘겨줬다.
"문주님께서 출발한 다음날 아침에… 초, 총단에서 긴급 전서가… 헥헥, 죽어라 뛰었는데 이제야……."
긴급 전서라는 말에 봉서를 바라보았다. 봉서에는 긴급과 정확한 전달을 뜻하는 붉은 선이 두 개 그어져 있었다.
휘는 그 자리에서 봉서를 꺼내 들고 빠르게 읽어보았다.

흑살지주와 유혼귀자가 사광룡과 함께 비밀 작전을 위해 귀마련으로 갔습니다. 문주님께서 그들을 이끌어주시기 바랍니다. 그들은 정무맹과 죽련의 공격이 있기 전날 밤 귀마련에 들어갈 계획입니다. 그리고 척마맹에는…….

죽 읽어 내려가던 휘의 눈이 반짝 빛났다.

'그들이? 흠……'

귀마련에 대해 흑살지주와 귀혼유사만큼 잘 아는 자도 드물다. 그들이라면 귀마련을 내부에서부터 흔들 수 있을 것이다. 어쩌면 생각보다 피해를 줄이고 귀마련의 일을 마무리 지을 방법이 있을 것도 같다.

휘는 눈을 빛내며 서신의 맨 아래쪽을 바라보았다. 추신이 적혀 있었다.

동봉한 서신은 공손척 노사께서 문주님께 드리는 것입니다.

'음? 공손 노인이?'

공손 노인이 서신을 보낼 이유는 단 하나다. 모용서하에게 무슨 일이 있다는 것. 휘는 황급히 서신을 펼쳐 봤다.

촤악!

한데 딱 두 줄이었다. 허망한 마음이 들 정도이다.

그러나 그 내용은 하늘과 땅이 뒤바뀌었다는 것만큼이나 충격적이었다.

손주사위, 서하가 요즘 뭘 잘 먹지 못한다네. 아마 뱃속의 아이 때문인 것 같네. 언제 올 건가? 빨리 왔으면 좋겠는데.

자신이 잘못 본 것이 아닌지 의심하며 눈을 비비면서까지 몇 번을 반복해서 읽던 휘의 입이 끝내 떡 벌어졌다.

'내, 내가… 아버지가 된다고……?'

붕 떠 있던 기분을 가라앉히는 데만도 일각이 걸렸다. 옆에서 멍하니 휘를 바라보고 있던 덕수공이 말을 걸지 않았으면 더 오래 걸렸을지도 몰랐다.

"저… 문주님, 저는 가도 될까요?"

"음?"

주체할 수 없는 기쁨은 기쁨이고 일단은 코앞에 닥친 일이 먼저다.

"혹시 흑살지주의 행로에 대해 알 수 있겠소?"

"글쎄요. 조양분타에 가면 알 수 있을지도 모르겠습니다요."

"흠, 그럼 잠깐만 기다리시오. 전할 말이 있으니."

덕수공의 얼굴이 와락 일그러졌다. 조양분타까진 백 리 길. 공연히 아는 체했다는 후회감이 물밀듯이 밀려들었다. 그러다 휘가 닷 냥은 나감 직한 은자를 노자나 하라며 던져 주자 희희낙락 휘의 뒤를 졸졸졸 따라갔다.

"헤헤헤, 그런 일이라면 제가 딱 적임자입죠, 문주님."

휘는 근처 서점을 들러 지필묵을 빌렸다. 흑살지주에게 전할 서신을 쓰기 위함이었다.

직접 찾아 전할 수도 있지만 그러기에는 시간도 어정쩡하고 자칫 엇갈리기가 쉬웠다. 게다가 전할 내용이 그리 복잡하지도 않으니 차라리 서신으로 전하는 것이 나을 듯싶었던 것이다.

시간에 맞춰갈 것임. 미친 난쟁이 도사는 내가 처리할 테니 그대는 맡은 일에 충실하기 바람.

일반 사람이 봐서는 뭐가 뭔지 알아볼 수 없는 내용의 글이 단 두 줄뿐이었으니까. 맨 밑에 그려 넣은 자신을 알리는 혈련화 한 송이까지.

"이걸 흑살지주에게 전하시오."

"지, 직… 접요?"

휘는 떨떠름해하는 덕수공의 손을 잡아 올리고 그 손 위에 서신을 쥐어주었다.

"다섯 냥 벌기가 그리 쉬운 것은 아니라오."

6

죽련이 은평현에 머무르게 된 데는 이유가 있었다.

은호장(銀虎莊).

은평현의 유지이자 일대에서 호걸로 이름 높은 비호검(飛虎劍) 은이겸의 장원이 그곳에 있기 때문이었다. 그는 오래전에도 남가정과 함께 몇 번 강호의 일에 앞장선 적이 있는 인물이었다.

그런 그가 죽련이 귀마련을 치기 위해 은평현을 지나간다는 소문을 듣고도 가만있을 리 만무했다. 그는 몸이 좋지 않아 직접 참가는 못하는 대신 자신의 장원을 죽련을 위해 내놓았다. 그리고 남가정은 은이겸의 마음을 감사하는 마음으로 받아들였다.

석양이 하늘을 주홍색으로 물들일 시각, 은평현에 들어선 휘는 생각보다 은평현의 저잣거리에 무인이 없음을 알고 기이한 생각이 들었다.

은평현의 규모로 봐서 오백에 달하는 무인이 들어섰다면 저잣거리는 온통 무인들로 득시글거려야 맞다. 그런데 무인이라곤 어쩌다 한두 사람만이 지나다닐 뿐 오히려 일반적인 마을에 비해 적게 보일 정도다.

죽련이 은호장에 둥지를 튼 것을 모르는 휘로선 당연한 의문이었다. 그러나 휘는 그 이유를 오래지 않아 곧 알 수 있었다.

휘가 곤혹스런 표정으로 저잣거리를 지나갈 때다. 누군가가 뒤에서 휘에게 말을 걸어왔다.
"이보시오, 말 좀 물읍시다."
고개를 돌리자 삼십 초반의 텁석부리 무사 하나가 보였다.
"혹시 은호장이 어디 있는지 아시오?"
커다란 도를 등에 메고 있는 모습이 꼭 초평우를 연상케 하는 자였다. 문득 실소가 나오려는 것을 참고 휘가 입을 열었다.
"은호장이요? 저는 외지인이라 이 부근 지리를 잘 모릅니다만."
휘의 되묻는 말에 장한의 이마가 와락 찌푸려졌다.
"모른다? 당신, 죽련 사람이 아니오?"
"죽련 사람이면 당연히 은호장을 알아야 한단 말입니까?"
휘가 의아한 표정을 짓자 텁석부리장한이 휘의 의문을 풀어줬다.
"그거야 죽련이 은호장에 머무른다는 말을 들었으니 당연한 게 아니겠소?"

결국 휘는 장한과 함께 다른 사람에게 은호장에 대해 물어봐야만 했다. 그리고 길 가던 사람 아무나 붙잡고 물어본 결과 두 사람은 은호장의 위치를 알 수 있었다.
함께 은호장을 향하던 중에 장한이 말했다.
"오늘 재수 드럽게 없군. 은평에서 은호장을 모르는 단 한 사람에게 은호장을 묻다니."
그 말에 휘가 답했다.
"그러게 말입니다. 수많은 사람 중 하필이면 나에게 묻다니……. 제가 재수가 없긴 없나 봅니다."
"……?"

　　　　　＊　　　＊　　　＊

　은호장은 은평에서 북쪽으로 십여 리 떨어진 곡산 아래에 위치해 있었다.
　두 사람은 일 장 정도 떨어진 채 나란히 은호장을 향해 걸어갔다.
　장원의 정문이 가까워지자 텁석부리장한이 물었다.
　"자네도 죽련에 들기 위해서 가는가?"
　"글쎄요……. 죽련에 들기 위해서라기보다 누굴 만나려 간다고 하는 것이 맞을 겁니다."
　"누군데?"
　휘가 빙그레 웃으며 입을 열려 할 때다. 은호장 쪽에서 경비를 서던 두 명의 경비무사 중 하나가 두 사람을 향해 소리쳤다.
　"두 분, 본 장원에는 무엇 때문에 오신 것이오?!"
　텁석부리장한이 즉시 경비무사의 질문에 답했다.
　"나는 형주의 방총이라 하네! 죽련에 들기 위해 왔네!"
　"방총? 그럼 귀하가 바로 거력패도 방총이란 말이오?"
　눈이 커진 경비무사를 향해 방총이 힘차게 고개를 끄덕였다.
　"음하하하! 강호의 친구들이 그리 불러주기도 하지!"
　그러면서 휘를 바라보았다, 자부심이 넘치는 눈빛으로 마치 '어떠냐, 나 이런 사람이다' 라는 표정을 지으며.
　경비무사들도 그런 방총의 기분을 충족시켜 줬다.
　"방 대협의 방문을 환영합니다! 어서 오십시오!"
　"반겨주어서 고맙네!"
　마주 인사한 방총은 흐뭇한 마음으로 은호장의 정문으로 다가갔다. 휘도 그의 뒤를 따라갔다. 한데 그때, 경비무사들이 고갯짓으로 휘를 가리켰다.

"한데 저분도 같은 일행이십니까?"

멈칫 걸음을 멈춘 방충이 휘를 향해 고개를 돌렸다.

같이 왔으니 일행이라면 일행이다. 그러나 아직 이름도 모른다. 그렇다고 매몰차게 모르는 사람이라고 하기에도 좀 그렇다.

고민도 잠시.

"같이 온 친구이기는 한데… 저 친구, 누굴 찾아왔다고 했지, 아마?"

그 말에 경비무사들이 눈빛을 빛내며 휘를 바라보았다.

"누굴 찾아오신 겁니까?"

휘가 태연하게 말했다.

"남 대협을 뵙고자 합니다."

"남 대협? 설마… 련… 주님 말씀이오?"

휘가 고개를 끄덕였다. 그러자 휘의 위아래를 재빨리 훑어본 경비무사가 눈살을 찌푸리며 입을 열었다.

"련주님께선 지금 바쁘셔서 방문자들을 일일이 접견하지 못하십니다."

분명 그럴 것이다. 남가정을 만나고자 하는 사람이 하루에도 수십 명씩은 될 테니까. 하지만 휘는 아무렇지도 않다는 듯 태연히 입을 열었다.

"일단 보고라도 해주시오."

보고하면 분명 만나줄 거라는 듯한 휘의 태도에 경비무사는 공연히 기분이 나빠졌다. 더구나 자신과는 비교가 되지 않을 정도로 잘생긴 얼굴은 반감이 들기에 충분했다.

'얼굴은 계집같이 생긴 놈이…….'

그렇다고 거력패도 방충의 일행에게 함부로 할 수도 없는 일.
"내 방 대협의 얼굴을 봐서 보고는 하겠지만 자신할 수는 없소. 방 대협, 보고를 올릴 테니 일단 객방에서 기다리시지요."
"알았네."
방충이 고개를 끄덕이며 휘와 함께 안으로 들어가자 뒤돌아서던 경비무사는 그제야 뭔가를 빼먹었다는 생각이 들었는지 휘를 향해 물었다.
"아, 소협의 이름이 뭐요?"
휘가 방충과 함께 안으로 들어가며 담담한 목소리로 말했다.
"진조여휘라 하오."
경비무사는 고개를 갸웃거렸다.
'어디서 많이 들어본 이름인데……?'

방충은 우뚝 걸음을 멈춘 채 멍하니 자신을 앞서가는 휘의 뒷모습을 바라보았다.
'분명 진조여휘라고 했지? 설마 동명이인은 아닐 테고, 그럼 진짜 천옥대공 진조여휘?'
얼굴이 잘생긴 것을 봐서는 진짜 같기도 하다. 그러나 곧이곧대로 믿을 수 없는 것이, 당금 천하에 가짜 천옥대공이 어디 한둘인가?
'아니지. 가짜라면 정운수사 남가정을 찾아올 이유가 없잖아?'
머리가 지끈거린다. 사실 깊은 생각을 한다는 것은 방충의 생활 철학에 맞지 않았다. 더구나 근질거리는 입을 놔두고 할 말을 참는다는 것은 더욱 방충답지가 않았다.
"자네… 당신이… 정말로……."
횡설수설하는 방충의 목소리에 휘가 한숨을 내쉬었다. 방충이 왜 저러는지 짐작한 때문이었다. 휘가 고개를 돌리고 또박또박 입을 열었다.

"가. 짜. 같습니까?"

그때까지도 자신의 기억과 싸우고 있던 경비무사 강삼이 휘의 목소리에 맞춰 갑자기 박수를 쳤다.

짝!

"맞다! 진조여휘! 천옥대공의 이름이 진조여… 휘… 였……? 헉!"

천천히 휘를 돌아보는 그의 눈이 금방이라도 튀어나올 듯이 커다랗게 뜨였다.

휘가 남가정을 만난 것은 그로부터 반 각도 되지 않아서였다.

은호장의 별실로 들어가자 남가정은 환한 웃음으로 휘를 반겨주었다.

"오랜만이오."

"건강한 모습으로 뵙게 돼서 얼마나 다행인지 모르겠습니다."

자신의 청으로 은거를 깬 남가정이 아니던가. 남가정이 다치거나 죽었다면 얼마간 마음의 부담이 되었을 터이다. 그런 만큼 휘로선 남가정이 아직 무사하다는 것만으로도 마음에 위안이 되었다.

"허허허, 놈들이 얼마나 무서운지 잠시 문주의 말을 잊는 바람에 하마터면 죽을 뻔한 위기도 있었소."

남가정의 너스레에 휘가 씁쓸한 웃음을 지을 때였다. 두 명의 중년인과 한 명의 노인이 안으로 들어왔다. 두 중년인 중 얼굴에 기다란 흉터가 있는 중년인이 뺨을 씰룩거리며 투덜거렸다.

"진짜 죽을 뻔한 것은 저였습죠."

여만정과 함께 혈천교를 막아섰던 광검협 등초위였다. 그의 얼굴에 길게 생긴 상처는 바로 그때 생긴 것이었다.

"힘, 난 등초위라 하오. 진조여휘 문주의 위명은 귀가 따갑게 들었소이다."

"등 대협을 뵙게 돼서 반갑습니다. 묵운산장을 지원하려던 지원 세력을 등 대협과 여 문주께서 막으셨다 들었습니다."

"뭐, 그거야……."

등초위가 뭔가 할 말이 있는 듯 머뭇거리자 남가정이 다른 두 사람을 가리키며 입을 열었다.

"여기 이 사람이 둘째 유 동생이고, 여기 이분은 칠양신검이라 불리는 태진만 노사시오."

휘가 두 사람을 향해 깊게 예를 취했다.

"진조여휩니다."

"유운이외다."

"태진만이네."

세 사람의 인사로 인해 자신의 말이 끊어진 것이 불만인 듯 등초위가 잔뜩 일그러진 얼굴로 삐딱하니 휘를 쳐다보며 끊어진 말을 이었다.

"우리 쪽에서만 팔십이 죽거나 다쳤소. 단지 놈들의 걸음을 지체시키는 데만 말이오."

"그 일에 대해선 참으로 깊은 애도를 표합니다. 그분들 덕에 수백 명의 사람이 살았지요. 혈천교 놈들이 제때에 도착했다면 신마천궁의 고수들도 결코 쉽게 물러서지 않았을 테니까요."

"그들은 나와 상당 기간 많은 일을 해온 사람들이었소. 그런 마귀들에게 죽기에는 너무 아까운 놈들이란 말이오. 뭐, 죽어간 놈들 덕분에 다른 사람이 수백이나 살았다니 그놈들도 저승에서 그렇게 억울해하지는 않을 거라 생각은 하오만 과연 그놈들이 목숨 바쳐 구할 만한 자들이었는지……."

휘가 가만히 등초위를 응시했다. 등초위는 휘와 눈이 마주치자 갑자기 등에 식은땀이 고이는 것만 같아 말을 멈췄다. 그러자 휘가 차갑게 입을 열었다.

"등 대협께선 뭘 잘못 아신 것 같군요."

"잘못 알다니, 뭐가 말이오?"

"신마천궁과의 싸움은 단순한 문파 간의 싸움이 아닙니다. 전쟁이란 말입니다. 한 가지만 묻지요. 전쟁에 출정했는데 같은 편이지만 잘 알지 못하는 군사들이 있다 칩시다. 등 대협께서 도와주시지 않으면 그들이 위기에 몰리게 생겼습니다. 그럴 경우 어찌하시겠습니까?"

"그, 그거야……."

"내 병사가 아까워 다른 군영이 몰살당하는 것을 지켜만 보시겠습니까?"

"그건 아니고……."

"몇백, 몇천 명의 목숨이 왔다 갔다 하는 판입니다. 단순히 패도를 추구하는 무리가 아니라 악(惡)과 혈(血)을 추구하는 마인들과의 전쟁이란 말입니다."

등초위의 얼굴이 일그러지자 휘가 짧게 말을 맺었다.

"희생된 분들은 안됐습니다만 등 대협과 일행 분들이 그들을 막지 못했다면 묵운산장의 놈들은 도주하지 않고 악착같이 싸웠을 겁니다. 그게 무슨 말인지는 잘 아실 거라 생각합니다."

틀린 말이 아니다. 혈천교의 정예들이 제때에 합류했다면 놈들은 더욱 악착같이 덤벼들었을 테고, 말이 수백이지 아마도 일천에 가까운 사람이 더 죽었을지도 모른다.

등초위도 그 사실을 모르지 않았다.

"망할 마귀새끼들!"

등초위의 화풀이가 한풀 꺾이자 남가정이 조용히 웃으며 휘를 바라보았다.

"한데 문주가 두 달 만에 모습을 보인 것이 그때의 일을 공치사하려 온 것은 아닐 테고… 할 말이 있으면 해보시구려."

확실히 남가정은 말하기가 편했다. 휘는 바로 본론을 꺼냈다.

"정무맹과 함께 움직이기로 하셨습니까?"

남가정이 고개를 끄덕였다.

"만상문주 앞에서 어찌 거짓을 말하겠소. 맞소, 정무맹과 연합작전을 진행하기로 했소이다."

"하면 마도의 고수들이 중도에서 기습하려 한다는 사실은 아십니까? 사십여 명 정도로 알고 있습니다만."

남가정의 표정이 일순간에 굳어졌다. 그러자 그때까지도 조용히 앉아 있기만 하던 태진만이 입을 열었다.

"마도 고수 몇 명으로 죽련과 정무맹의 힘을 막을 수는 없을 것이라 생각하네."

"그들 사십여 명이 모두 절정에 달했거나 그에 준하는 실력을 지녔다면 어떻겠습니까?"

그 말에 태진만의 얼굴도 굳어졌다.

"그게 사실인가?"

휘는 고개를 끄덕이며 마지막 결정타를 날렸다.

"그중에 십삼마에 속하는 고수도 몇 끼어 있는 것으로 알고 있습니다."

"십삼마가 끼어 있다고?!"

그 말에 태진만과 죽림삼우의 눈이 경악으로 부릅떠졌다.

잠시 후, 남가정이 제일 먼저 정신을 차리고 말문을 열었다.

"으음, 자세히 이야기해 보시게."

휘는 천천히 자신이 알고 있는 사실을 꺼내놓았다, 대부분이 어을랑에게서 들은 이야기였지만.

그리고 어을량과 그 일행에 대한 것도 일부 이야기했다.

"남쪽을 맡았던 자들 중 몇 명을 회유해서 우리 사람으로 만들었습니다."

"마도 고수들을 말인가?"

태진만이 눈살을 찌푸렸다, 마도인들을 믿을 수 있느냐는 표정으로. 예상했던 반응이다.

"마도에 속해 있다고는 하지만 그리 평판이 나쁘지 않은 사람들만 골랐습니다."

"골랐다니요?"

등천위가 의아한 표정으로 물었다. 그러자 휘가 대답했다, 아무렇지도 않게.

"나머지는 모두 제거했습니다, 적룡삼살하고 동정사마는."

"……."

말을 잃고 굳은 표정으로 바라보는 사람들은 아랑곳하지 않고 휘는 말을 이었다.

"그들에게 뜻을 같이할 수 있는 사람들을 설득하라 했습니다만, 시간이 얼마 없어서 얼마나 성과가 있을지는 모르겠습니다. 그래도 일단은 저들의 계획을 일부 흔드는 효과는 있을 거라 생각합니다."

"음……."

생각지도 못했던 휘의 말에 태진만을 비롯한 죽림삼우의 입에서 침음성이 흘러나왔다.

"그리고 한 가지 더……."

'또 있다고? 중원에 돌아온 지 얼마나 됐다고' 하는 눈빛들이다.

"귀마련을 탈출해서 귀마련에 대한 사실을 알린 흑살지주와 귀혼유사에 대한 이야기는 들어봤을 것입니다."

끄덕끄덕.

남가정이 입을 열었다.

"들어봤소. 그들이 아니었다면 귀마련이 신마천궁의 하부 조직인 것을 아무도 몰랐을 거라 하더구려."

"그들이 귀마련에 잠입해서 내부를 흔들 것입니다. 혹시라도 그들을 보거든 손속에 사정을 둬주시기 바랍니다."

유운이 눈을 휘둥그렇게 뜨고 말했다.

"이를 말이겠소? 그렇게만 된다면 본 련이나 정무맹의 피해가 그만큼 줄어들 터인데."

등초위가 콧소리를 내며 고개를 끄덕였다.

"뭐, 그럼 싸움은 끝난 거나 다름없겠군요."

휘는 고개를 가로저으며 무겁게 입을 열었다.

"절대 방심해선 안 됩니다. 그들 중에 혼원쌍도와 실혼인들이 있다는 점을 잊지 마십시오."

남가정이 조용히 고개를 끄덕였다.

"그래야겠지요. 아직 일은 시작도 안 했는데 승리의 잔을 먼저 들 수야 있겠소?"

태진만이 등을 뒤로 기대며 안도의 한숨을 내쉰다.

"어쨌든 천옥대공의 말대로라면 피해가 줄어들 것이 아닌가. 참으로 다행한 일이야."

의외의 흐름. 투기가 반쯤 가셔진 눈빛들이다.

'내가 너무 성급했나? 좀 더 놔두었다가 말했어야 했나?

어느 정도는 긴장을 유지하게 놔두었어야 하거늘 희생을 줄이려 사실을 밝힌 목적이 이상한 방향으로 흐르는 것만 같다.

휘는 씁쓸한 마음이 들었다. 그러나 이미 엎질러진 물.
'하는 수 없다. 최선을 다하고 나머지는 하늘에 맡기는 수밖에……'

7

은호장을 떠난 휘는 곧바로 귀소산으로 향했다.
굳이 자신이 전체적인 싸움에 관여할 필요는 없었다. 마도 고수들의 움직임에 대해 알려줬으니 그에 대한 대책은 죽련과 정무맹이 알아서 세울 일이다. 자신이 세세한 부분까지 관여하는 것은 저들도 원치 않을 테니까.
자신이 해야 할 일은 한 가지. 저들이 감당 못할 자만 처리하면 된다.
'그들은 잘하고 있을지 모르겠군.'

*　　　*　　　*

그들의 만남은 우연이었다.
흑살지주의 밤눈이 조금만 어두웠어도, 수월신마 어을량의 감각이 조금만 둔했어도 그냥 지나쳤을 것이다. 그러나 절벽 위에서 떨어진 돌 조각이 결코 그냥 떨어진 것이 아닌 것 같다는 생각으로 고개를 쳐든 흑살지주의 눈에 어을량의 옷자락 끝이 보이고, 누군가가 밑에서 바라본다는 느낌에 어을량이 절벽 아래로 고개를 내밀면서 두 사람은 운명을 가장한 우연으로 불꽃 튀는 눈싸움을 해야만 했다.
'모가지를 감아서 죽이고 가?'
'확 뛰어내려서 밟아버려? 아니면 혈반으로 목줄을 따?'
문제는 혼자가 아닌 것 같다는 것, 그리고 함부로 소란을 피워선 안 된다는 것.

잠깐 사이 이상함을 눈치 챈 다른 사람들이 두 사람의 눈싸움에 가담하면서 상황은 극한 대치로 이어졌다.

그러자 양편은 마음이 다급하기만 했다.

흑살지주는 날이 새기 전에 일을 마무리 지으려면 시간이 빠듯했고, 어을량은 아직 북쪽과 서쪽 두 곳을 맡은 마도 고수들을 만나지 못했다.

한데 괴이하다. 귀마련의 살귀들이라면 이렇게 눈싸움을 하면서 시간을 지체할 리 없다. 눈이 마주치는 순간 당장 살수가 먼저 펼쳐져야 정상인데…….

그렇다고 벌써 외부의 공격대가 귀마련의 권역에 들어왔을 리는 없고, 풍기는 기운도 정파 놈들은 아닌 것 같은데…….

일단 흑살지주가 먼저 전음으로 물었다.

"네놈들은 누구냐?"

어을량이 되물었다.

"그러는 늙은이야말로 누군가?"

흑살지주의 이마가 꿈틀거렸다.

"나는 흑살지주다. 감히 함부로 주둥이를 놀리다니!"

일단은 상대가 귀마련의 사람이라 생각하고 자신의 정체를 밝혔다. 귀마련의 사람이라면 자신이 귀마련의 장로라는 것을 모를 리 없을 것이라는 생각에. 한데 예상 밖의 반응이 귓전을 울린다.

"흑살지주? 오사 중 하나인 흑살지주? 늙은이는 귀마련의 잡졸이구나! 하마터면 속을 뻔했군."

동시에 붉은 혈반이 달빛을 받아 반짝거리며 흑살지주를 향해 날아왔다. 미처 생각지도 못했던 대응.

'어헉!'

재빨리 물러서던 흑살지주가 대경하며 기어들어 가는 목소리로 경호성을 발했다.

"혈반? 그럼 수월신마 어을량?"

파파팟!

흑살지주의 옷을 자르며 돌아간 혈반이 혈광을 토해내며 다시 허공을 선회한다. 그제야 상황이 심상치 않음을 느낀 귀혼유사가 다급히 입을 열었다.

"어을량, 멈춰라! 우리는 귀마련의 사람이……!"

'아니다'라고 하려니 말이 떨어지지 않는다. 아직은 귀마련의 사람이지를 않은가.

멈칫한 사이 혈반이 다시 흑살지주를 향해 날고, 그에 더해 어을량의 뒤에서 하얀 도강이 귀혼유사를 향해 떨어져 내렸다.

"이, 이런……!"

놀랄 틈도 없다. 절홍마도 백진우의 일격은 벼락이었다.

월광을 가르며 떨어져 내리는 벼락.

그때다. 귀혼유사의 옆에 있던 중년인이 시커먼 도를 빼 들어 떨어져 내리는 벼락을 후려쳐 갔다.

그 광경에 귀혼유사가 해쓱하니 질린 얼굴로 다급히 소리치며 도강이 마주치는 지점을 향해 쌍장을 휘둘렀다.

"아, 안 돼! 들켜!"

지금의 상황도 불안하거늘 두 사람의 도강이 부딪치면 귀소산 전체에 울려 퍼질 것이 아닌가.

순간적으로 귀혼유사의 말뜻을 알아들은 두 사람이 이를 악물고 도를 비틀었다. 정면 대결만은 피하겠다는 의도.

비틀며 사선으로 그어져 내리는 벼락을 거도가 사선으로 올려친다.

츠츠츠층!

도강 대 도강이 허공에서 맞붙어 불꽃을 튀긴다. 그 사이를 귀혼유사의 장력이 파고들었다.

그그그그궁!

장력에 밀린 두 사람이 재빨리 신형을 뒤집으며 뒤로 물러서고, 도강의 여파에 밀린 귀혼유사는 일그러진 얼굴로 세 걸음을 물러섰다.

그 사이 허공에서 내려서는 자가 다섯이다.

하나는 일권파산 독고웅, 나머지 넷은 귀소산에 온 마도의 고수 중 동로(東路)를 맡고 있다가 어을량의 설득에 호응한 자들.

시커먼 도를 든 자의 뒤로도 세 명이 더 늘어선다. 달빛에 드러난 그들은 사광룡이었다.

그리되니 어을량 쪽이 총 일곱, 흑살지주 쪽이 여섯.

얼핏 가늠해 본 실력 또한 기껏해야 한 끗발 차이다.

이러지도 저러지도 못한 채 묘한 대치가 이루어졌다.

일촉즉발의 상태. 이제는 먼저 움직이는 쪽이 불리한 상황.

그러나 문제는 언제 귀마련의 순찰조가 들이닥칠지 모른다는 것이다. 비록 홍안곡과의 거리가 제법 되는 데다 첩첩산중인지라 소음이 멀리 퍼지지 않았을 거라 생각할지 모르지만 지금은 밤이다. 십 리 밖에서 울어 대는 새소리도 들린다는 삼경이란 말이다.

더 이상 시간을 지체할 수는 없다는 생각에 흑살지주는 한 사람의 이름을 마지막 패로 꺼내 들었다.

"네놈들이 뭘 모르고 있다만 곧 천하제일의 고수인 천옥대공 진조여휘가 올 것이다. 그가 오면 네놈들은 죽은 거나 마찬가지야. 살고 싶으면 지금이라도 도망가."

그 말에 어을량이 어깨를 부르르 떨었다.

흑살지주는 그것이 두려움 때문이라 생각했다.

'흐흐흐, 제깟 놈이……'

하지만 어을량의 입에서 나온 말은 결코 두려움 섞인 말이 아니다.

"나도 알아. 하지만 그… 양반이 오면 죽는 건 네놈들일걸?"

"크크크, 미친 놈. 우리는 진조여휘의 명으로……"

가소롭다는 표정으로 실웃음을 흘리던 흑살지주가 머리를 모로 꼬았다. 생각해 보니 이상한 것이다.

'뭐? 그 괴물이 오는 것을 안다고? 그 양반? 뭐야, 저놈들?'

그때 시커먼 대도를 비스듬히 세운 채 절홍마도를 노려보던 임주궁이 싸늘한 목소리로 입을 열었다.

"우리는 용혈궁의 사광룡이오. 진조여휘 공자와는 불가분의 관계에 있지. 한데 당신들이 어떻게 그를 아는 것이오?"

"……"

어째 이상하다. 처음부터 기분이 이상하더니 자꾸 복잡해져만 간다. 어을량이 물었다.

"그… 양반을 잘 아시오?"

"물론. 내 조카사위니까."

크게 틀린 말은 아니다. 모용서하를 조카라 부르니까. 없는 데서 무슨 말을 못할까.

어을량은 임주궁의 말에 부르르 몸을 떨었다. '그놈'이라고 하려다 '그 양반'이라고 한 것이 천만다행이다.

"우리는 그분의 명을 이행하고 있는 중이오."

뭐야? 그럼 같은 편?

열세 명의 고수는 서로를 마주 보며 벙찐 표정을 지었다.

그때,

휘이익!

멀리서 호각 소리가 길게 들렸다. 귀혼유사가 산 너머를 향해 귀를 기울이더니 나직이 말했다.

"순찰조의 호각 소리다. 놈들이 오고 있어. 가면서 이야기하자고."

가면서 물어봤다.

"어떻게 문주를 만나셨나?"

"죽이려다……"

"미쳤군."

"…실패했소."

"겁나게 맞았겠군."

"……?"

어을량이 '당신이 어떻게? 혹시 당신도?' 라는 눈으로 흑살지주를 바라보자 귀혼유사가 어을량에게 넌지시 물었다.

"혹시 꽃은 안 그리던가?"

"꽃?"

문득 진조여휘의 손에서 피어나던 붉은 혈화가 떠올랐다. 그걸 말하나 보다.

"보긴 했소만……"

흑살지주가 힐끔 어을량의 엉덩이를 흘겨봤다.

'괜찮은 것 같은데?'

그리고 귀혼유사는 흑살지주의 엉덩이를 뚫어지게 쳐다봤다.

"그럼 뭐, 누구보다는 낫군."

5장
귀소산에 혈우는 내리고

1

 황금빛 월광이 쏟아지는 이름 모를 봉우리의 정상에서 휘는 흐르는 안개에 휘감긴 석봉들을 바라보았다.
 돌탑을 쌓은 듯 삐죽이 솟은 수백 개의 석봉이 안개 바다 위에 둥실 떠 있었다.
 귀소산의 안개는 그리 짙지는 않아도 정평이 나 있었다.
 귀마련이 귀소산에 총단을 건립한 것도 그러한 이유 때문이었다. 그리고 신마천궁의 습격에 쉽게 당한 것 또한 안개 때문이었다.
 습격자는 그들보다 월등히 강했고, 이보다 더 짙은 안개에도 익숙한 자들이었던 것이다.
 "저곳이 귀소산인가?"
 산에 오르기 전 사냥꾼들에게 귀소산에 대한 것을 물어보자 그들의 얼굴에 공포가 떠올랐었다.
 절대 금지.

그들은 귀소산을 한마디로 그렇게 표현했다. 들어가면 살아서 나올 수 없는 곳, 쳐다보지도 말아야 할 악마들의 땅, 인간 세상이 아닌 귀신들의 대지.

한데 과연 그러한 이름이 붙을 만큼 귀소산의 풍경은 왠지 보는 것만으로도 흠칫 어깨가 움츠러들 정도다.

흐르는 안개가 더욱 음산한 느낌으로 다가온다.

월광 아래 날아가는 야조의 울음소리가 귀곡성처럼 흐느끼다 안개 바다 속으로 사라진다.

휘는 검은 그림자를 길게 끌고 날아가던 야조가 사라진 곳을 바라보았다. 그곳에는 주위의 그 어떤 봉우리보다 더 높은 봉우리가 안개 바다 위에 우뚝 솟아 있었다.

들은 바대로라면 바로 그 아래에 귀마련이 있다 했다.

"철군명, 네가 여기에 없다는 것은 안다. 그러나 적어도 이곳이 무너지면 너의 손발 중 하나는 잘린 셈이 될 것이다. 혼원쌍도는 결코 이곳을 빠져나갈 수 없을 테니까."

휘는 귀마련이 있는 곳을 바라보다 조용히 눈을 감고 몸을 다스렸다.

혼원쌍도는 절대고수들. 아무리 휘라 해도 그들을 상대하면서 방심할 수는 없다.

둘을 상대하는 것은 문제가 아니다. 삼령의 기운을 모두 얻고 득화의 단계에 이른 지금 둘을 상대할 여력은 충분하다 할 수 있다. 문제는 그들이 도망치려 할 때다. 그들을 잡지 못하는 한 귀마련의 공격은 성과를 따진다는 것 자체가 우스운 일이 될 수밖에 없다.

그렇다면 방법은 오직 하나다. 도주하기 전에 단숨에 제압해야 한다.

삼령의 기운을 다스린 지 얼마나 시간이 지났을까.

전신 모공을 통해 대자연의 기가 삼령과 조화를 이루자 휘의 전신에서 뿌연 기운이 휘돌았다. 마치 살아 있는 것마냥 천양과 지음과 풍령은 휘의 육신과 대자연의 경계를 넘나들며 모든 것을 태초의 상태로 되돌렸다.

몰아의 경지, 물심일여의 경지, 무인이라면 꿈에서라도 그리는 경지가 이름 모를 산정에서 자연스럽게 펼쳐지고 있었다.

한 시진… 두 시진…….

어느덧 어스름이 물러가고 진홍빛 태양이 동녘 하늘에서 고개를 내민다.

그때다. 세찬 바람이 불어오더니 정상을 휩쓸고 아래로 치달린다.

순간 휘의 두 눈이 슬며시 뜨이는가 싶더니 한 점 무게도 없는 것처럼 신형이 둥실 떠오르고, 바람과 하나가 된 휘는 한 마리 독수리처럼 안개바다를 향해 유유히 날아갔다.

2

창문 틈 사이로 새어든 바람에 굵은 황촛불이 흔들린다.

흔들리는 황촛불 아래 가늘게 떨리는 노인의 목소리가 새어 나왔다.

"자네, 어떻게 된 일인가? 그날 안 보여서 죽은 줄 알았는데."

"죽긴 내가 왜 죽나? 잠깐 피한 것뿐이지."

피했다고? 도망간 것이 아니고?

유광이 그런 눈으로 바라보자 흑살지주는 눈을 부릅뜨고 으르렁거렸다.

"흥! 살려달라고 엎드린 놈들도 있는데 왜 그런 눈으로 보는 거지?"

유광의 눈매가 가늘게 떨렸다.

사실이 그랬다. 그리고 엎드린 사람 중에는 자신도 끼어 있었다. 한데 어떻게 알았을까? 굴복했다는 것은 다 알고 있는 사실이지만 엎드렸다는 사실은 그 자리에 있었던 사람 말고는 아무도 모르는 일인데.

"어쩔 수 없었네. 내 목숨도 목숨이지만 수하들까지 다 죽일 수는 없지 않은가?"

유광의 변명에 흑살지주가 냉랭한 표정으로 코웃음쳤다.

"흥! 휘장 뒤에서 다 봤네. 뭐? 수하들을 살리려고 엎드렸다고? 개도 안 믿을 소리는……."

그때다. 말이 험악해지면서 유광의 얼굴이 붉게 달아오르자 귀혼유사가 재빨리 나섰다.

"험! 자자, 너무 그러지는 말게. 그런 괴물을 보면 그럴 수도 있지. 뭐, 이해 못할 것도 없는 일 아닌가?"

"아무리 그런다고 엎드려 비냐?"

"어허, 자네도 유 형의 입장이 되어보게. 아닌 말로 진조여휘 앞에 섰을 때 자네도……."

순간, 진조여휘라는 이름이 나오자 흑살지주의 얼굴이 시커멓게 변했다. 시커멓게 변한 얼굴로 흑살지주가 갑자기 소리쳤다.

"내가 언제?! 아무리 그래도 나는 엎드리지는 않았다구! 그리고 말이 나왔으니 말이지, 한번 따져 보자구. 일전에 내가 다치고 돌아왔을 때 너 어떻게 했냐? 친구가 똥구멍을 다쳤으면 위로를 해줘야 하는 거 아니냐?! 살아서 돌아왔다고 반가워는 못할망정 약 올리는 놈이 친구냐!"

귀혼유사가 유광을 힐끔거렸다, 그러게 그때 왜 그렇게 약 올렸냐는 눈빛으로. 유광도 찔끔한 표정으로 고개를 돌렸다.

'그때는 그게 재미있었으니까 그랬지.'

그거였다. 그것이 흑살지주가 유광을 계속 몰아세운 진짜 이유였다.

전날, 귀마련에 돌아온 흑살지주를 같은 오사(五邪) 중 하나인 유광이 하루에 몇 번씩 약 올렸었다, 똥구멍에 꽃 핀 놈이라며. 흑살지주는 쇠꼬챙이를 들고 쫓아다녔지만 실력이 모자라니 유광의 똥구멍에 쇠꼬챙이를 꽂을 수가 없었다.

흑살지주는 그것이 한이 맺혔던 것이다.

유광은 씩씩거리는 흑살지주를 바로 보지 못하고 고개를 숙였다. 속마음이야 어떻든 일단은 자신의 잘못이 크니 어쩔 수 없었다. 그러다 문득 뭔가 중요한 것을 빼먹었다는 생각이 들자 슬그머니 고개를 들고 흑살지주를 쳐다보았다.

얼굴에 거미줄처럼 그어진 주름이 더욱 깊게 골 져 보인다.

'얼마나 고생했으면…… 쯔쯔쯔… 응?'

그제야 생각이 났다, 무엇을 빼먹었는지. 유광이 의아한 표정으로 물었다.

"그런데 왜 왔냐?"

움찔, 흑살지주가 귀혼유사를 바라보았다.

'여태 이야기 안 했던가?'

귀혼유사가 고개를 저었다.

'안 했는데?'

흑살지주는 귀혼유사를 향해 눈을 한 번 부라리고는 유광을 똑바로 쳐다봤다.

"정무맹과 죽련이 쳐들어온다는 거 알지?"

어깨가 축 처진 유광이 고개를 끄덕였다.

"음."

"그래? 그럼 너는 어떡할래?"

"뭘?"

"내 쇠꼬챙이에 똥구멍이 뚫려볼래, 아니면 저 난쟁이똥자루 같은 두 놈하고 괴물들을 죽이는 데 앞장설래?"

자신의 실력이 흑살지주보다 앞선다 하지만 오십보 백보였다. 언젠가는 당할지 모른다. 그러니 당연히 첫 번째는 아니다.

그런데 뭐? 혼원쌍도하고 괴물들을 죽인다고?

유광이 떨리는 목소리로 물었다.

"어, 어떻게… 죽여……?"

"진짜 괴물이 온다. 그가 오면 혼원쌍도 늙은이는 죽은목숨이야. 어떡할래?"

그 말에 유광의 두 눈이 홉떠졌다.

"호, 혼원쌍도를 죽일 수 있다고? 정말이지? 정말 그 늙은이들을 죽일 수 있단 말이지? 두 미친 늙은이만 없앨 수 있다면야……."

지글지글 타오르는 유광의 눈빛. 뜻밖의 반응에 흑살지주는 의아한 마음이 들었다.

"그 늙은이들이… 괴롭히든?"

"괴롭히냐고? 으드득! 그 미친 늙은이들만 잡아죽일 수 있다면 나는 무조건 돕는다! 무. 조. 건!"

그때서야 흑살지주의 눈에 뭔가가 보였다.

유광의 이마에 잘게 난 상처들. 뭔가 뭉툭한 것에 맞아 생긴 상처들. 그것은 결코 하루아침에 생긴 것들이 아니었다. 적어도 하루에 몇 번씩 몇 달간에 걸쳐 생긴 상처들이었다.

쓰윽, 눈에서 광기를 흘려내며 무의식적으로 이마를 문지르는 유광의 행동에 흑살지주는 천천히 고개를 끄덕였다.

'죽어도 이마빡이 성하기는 글렀다, 혼원쌍도 늙은이들.'

"좋아, 그럼 지금부터 내 말 잘 들어. 일단 믿을 만한 놈들을 몰래 만나서…….”

3

"귀마련의 살수들은 제 위치에 매복해 있겠지?"
"예, 련주. 한 시진 전에 매복에 대한 점검을 끝냈습니다."
"천살귀령과 흑혈단은?"
"후위 쪽에 배치시켰습니다."
"기관들은?"
"모두 정상입니다."
"흠, 좋아. 마도 놈들도 지금쯤 움직이고 있을 테니."
청도가 흐뭇한 표정으로 고개를 끄덕이자 엎드려 있던 흑의인이 부르르 몸을 떨며 입을 열었다.
"저… 그게… 조금 이상합니다, 련주."
"이상하다니? 무슨 말이야?"
"한 곳만 움직이고 있다는 연락이 왔을 뿐, 나머지 세 곳에서는 연락이 없습니다."
"뭐? 지금 그게 무슨 소리야?"
"그게 이상합니다. 연락이 없어서 마접들이 직접 기습하기로 한 지역을 훑어봤습니다만 마도 고수들의 흔적이 어디에도 없었다고 합니다."
"뭐야? 그럼 다 도망갔단 말이냐?"
"마접의 보고에 의하면 어제만 해도 근처에 모두 집결했다고 했으니 도망을 간 것은 아닐 것이라고 합니다."
"도망을 가지 않았다면 공격을 했어야 할 것이 아니냐?!"
"저희도 그게 이상해서…….”

"이런 멍청한!"

씽!

청도의 황금마곤이 허공을 날았다.

딱!

"크윽!"

정확히 이마를 강타당한 흑의인이 신음을 최대한 속으로 삼키며 자세를 허물지 않았다. 그는 아는 것이다, 자세를 허물면 또다시 황금마곤이 날아들 것이라는 것을.

"여태 그들의 동태도 모르고 있었다니, 도대체 마접 놈들은 뭐 하는 거야?"

"저기… 그보다 정무맹과 죽련의 무사들이 곧 귀소산에 들어올 것 같습니다."

"끄응!"

털썩!

온몸이 파묻힐 것 같은 거대한 호피 의자에 몸을 던진 청도는 잔뜩 찌푸려진 얼굴로 옆을 바라보았다.

"홍도, 아무래도 상황이 이상하게 흐르는 것 같다. 어떡하지? 이곳의 놈들만으로는 정무맹과 죽련을 모두 상대할 수 없잖아?"

옆의 호피 의자에서 홍도의 고개가 천천히 들려졌다.

"기분이 안 좋아. 느닷없이 마도 놈들이 보이지 않는 것도 그렇고, 점괘도 최악의 괘만 나오고 있어."

괴이한 혈광을 뿜어내던 홍도의 눈빛이 가늘게 흔들렸다.

"꼭 거미줄에 걸린 나비 같은 기분이야."

"거참, 개 같은 기분이군. 그래서 어쩌자는 건데?"

홍도가 청도를 혈광이 이는 눈으로 응시했다.

"궁으로 돌아가자."

말이 돌아가자지, 도망가자는 말이나 다름없이 들렸다.

"돌아가자고? 그냥? 삼공자는 최대한 놈들에게 피해를 주고 물러서라고 했잖아? 그냥 도망치면 삼공자가 가만있을 것 같아?"

"하지만… 후우… 나도 모르겠다, 왜 이런 기분이 드는지."

홍도가 자꾸 미적거리자 청도가 벌떡 일어섰다.

"씨앙! 일단 놈들을 최대한 죽이고 보자고! 까짓 것, 정 안 되면 그때 물러서면 되잖아! 도망, 아니, 물러나겠다는데 어떤 놈이 우리를 막겠어? 안 그래?"

틀린 말은 아니다. 자신들을 막아설 수 있는 자는 강호에 몇 되지 않는다. 더구나 아무리 그들이라 해도 자신들이 도망치고자 한다면 그것까지는 막을 수가 없다, 단 몇 사람만 아니라면.

그러나 그 몇 사람은 이곳에 나타날 수 없는 사람들이다.

청도의 말에 고개를 끄덕이려던 홍도가 갑자기 창백한 안색으로 부르르 몸을 떨었다.

"설마 그가 오지는 않았겠지?"

그?

순간 청도의 안색도 딱딱하게 굳어졌다.

"재수없게! 왜 그 작자 이야기를 하는 거야?"

"으음, 안 오겠지? 그렇지?"

"그만 하라니까! 그놈은 두 달이 다 되도록 보이지도 않았잖아! 아무리 재수가 없어도 그렇지 두 달이나 보이지 않던 놈이 갑자기 우리를 죽이겠다고 하늘에서 뚝 떨어지겠어?!"

"그, 그건 그런데……."

그래도 홍도는 찜찜한 기분을 털어낼 수가 없었다. 자신의 점괘는 틀린 적이 거의 없었다. 특히 안 좋은 쪽으로는 더욱더 그러했다.

하지만 청도의 말도 틀린 것은 아니었다. 더군다나 지금의 상황에서 마도의 고수들이 보이지 않는다고 싸움을 마다할 수는 없었다. 그리고 홍도는 자신의 무공에 자신이 있었다, 몇 명만 마주치지 않는다면.

'그래, 우리가 누구야? 천하의 혼원쌍도가 아닌가 말이야?'

마음을 다잡은 홍도가 호피 의자에서 몸을 일으킬 때다. 귀왕전의 문이 거세게 열리더니 두 명의 흑의인이 다급하게 들어왔다.

덜컹!

"련주, 정무맹 놈들이 홍안곡의 입구에 도착했습니다!"

"련주, 죽련 놈들이 귀면봉을 넘어오고 있습니다!"

철퍼덕 엎드려 부복하는 두 명의 혈의인을 바라보던 청도가 차가운 웃음을 지었다.

"마침내 왔군! 좋아! 이제부터 피의 제전을 여는 거다! 홍도, 너무 겁먹지 말라구! 그놈은 오지 않아! 가자!"

4

매복은 은밀했고, 암습은 한 치의 오차도 없었다.

귀마련이 왜 일개 청부 세력으로 칠패 중 하나가 됐는지 뼈에 새겨질 정도였다.

만일 정무맹의 토벌대가 일류 이상의 고수로만 이루어지지 않았더라면, 묵운산장의 일로 인해 경각심이 유달리 예민하지만 않았더라면 아마도 토벌대는 홍운곡에 들어서기도 전에 엄청난 피해를 봤을 것이다.

승천단 칠십이 명으로 선두 조를 이끌던 화산의 우명자는 치를 떨며 검을 움켜쥐었다. 천방지축 우진자가 나서겠다는 것을 말린 것이 후회가 될 지경이다.

흐릿한 안개 속에서 쏟아지는 암기는 생각보다도 방비하기가 어려웠다. 죽은 자가 다섯이고 부상자가 열이 넘는다. 아직 적의 얼굴도 보지 못했거늘.

"모두 사주 경계를 철저히 하고 적의 암습을 항시 유의하라!"

사후 약방문이다. 그러나 그리하지 않을 수도 없다. 불필요한 피해를 줄이기 위해서라면 뭘 못할까.

하나 그로 인해 가볍던 발길은 천 근 쇳덩이라도 달아놓은 것마냥 무거워져 십 리를 주파하는 데 한 시진이 걸릴 지경이다.

그렇다고 뒤따라오는 누구 하나 그들이 늦다고 타박하는 자가 없다.

쓰러진 자 중에는 자파의 제자들도 섞여 있었으니, 그들로선 행여나 자파의 제자들이 속절없이 죽어갈까 봐 노심초사할 뿐.

그렇게 매복지를 지나 홍안곡의 우측을 뚫으면서 스물두 명이 쓰러졌다. 승천단원 중에서 죽은 자만도 일곱이나 되었다.

그나마 그 덕분에 신룡단의 피해가 생각보다 그리 크지 않았다는 것이 위안이라면 위안이었다.

　　　　　*　　　　*　　　　*

쿵! 쿵!

심장 박동이 북소리 울리듯 거세게 귀청을 울린다.

올올이 갈기를 세운 솜털에 스치는 바람이 날 선 신경을 일깨운다.

쏴아아아……

밀려드는 바람 사이사이에 실린 강력한 살기.

"조심해!"

전위를 달리던 무사 하나가 살기를 느끼고 소리쳤다. 경고성이 끝나기도 전, 팍! 파릇한 칼날이 대기를 가르자 붉은 선혈이 허공에 뿌려진다.

삶과 죽음의 교차점. 누구도 안심할 수 없는 상황. 승천단 이조를 이끄는 종남의 장로 백인궁이 소리쳤다.

"기습이다! 진영을 흐트러뜨리지 말고 전력으로 전진하라!"

쩌저정!

선두를 달리던 무사가 단칼에 쓰러지자 뒤를 달리던 자들은 이를 악물고 내공을 전력으로 끌어올렸다.

이미 귀소산에 들어설 때의 자신감은 흔적도 없이 사라졌다. 남은 것은 오직 하나, 적을 섬멸해야 자신들이 살 수 있다는 절박감뿐.

정무맹의 무사들이 전력을 다하자 귀마련의 살수들도 함부로 덤벼들지 못했다. 본신 무공만으로는 상대가 되지 않는 것이다.

더구나 두 번에 걸친 공격에 의해 쓰러진 자들을 제외하고도 남은 자는 육십 명이다.

일단 부상자들을 뒤로 빼냈다. 그리고 남은 자들은 폭풍이 되어 홍안곡의 좌측을 뚫고 곡 내로 진입했다.

그 뒤를 이어 신룡단의 젊은 고수들이 꼬리를 물고 홍안곡으로 들어갔다.

*　　　*　　　*

잘려진 팔다리가 여기저기 뒹굴고 갈가리 찢긴 시신들이 질펀한 피 웅덩이에 처박혀 있다.

오, 맙소사!

이곳은 지옥이다. 우리는 지금 지옥의 한가운데 서 있다.

누구 하나 표정이 일그러지지 않은 자가 없다. 비릿한 피 냄새에 속이 울렁거린다.

그동안 말로만 들었던 이야기가 눈앞에 펼쳐지고 있다. 묵운산장에서 벌어진 이야기를 들으며 코웃음쳤던 자신들이 우습기만 하다.

'놈들을 만나면 진정한 중원의 힘을 보여주리라!' 그렇게 큰소리쳤건만 홍안곡에 들어선 이후 등천위는 입을 열 수가 없었다.

귀면봉을 넘은 지 이각. 벌써 쓰러진 무사들이 수십여 명이다. 적들의 수효는 백 명 정도. 오십 명 정도의 시커먼 흑의를 입은 놈들은 문제가 아니다. 그만한 고수들은 죽련에도 있으니까.

진짜 문제는 철립을 뒤집어쓴 단 다섯의 괴인. 놈들의 손에 쓰러진 동료가 반 이상이다.

소문대로라면 저놈들이 바로 실혼인들이다. 인간이라고 하기엔 이미 혼이 빠져나간 괴물들.

한 사람이 달려들며 천살귀령을 향해 검을 날린다. 그 뒤를 이어 또 다른 사람이 박도를 휘두르고, 그 옆에서 예리하게 갈린 창으로 천살귀령의 복부를 휘젓는다.

차르르릉! 쩌정!

일류고수 세 명의 합격이 톱니바퀴처럼 맞물리며 천살귀령의 전신을 난도질했다.

어깨가 꿰뚫리고 복부의 옷이 갈가리 찢겨 휘날린다.

하지만 그뿐이다. 찢겨지고 뚫린 것은 시커먼 옷자락과 살가죽뿐, 살기 어린 움직임은 여전하다.

휘이잉!

오히려 천살귀령의 시커먼 장검이 휘둘러지자 공격했던 죽련 고수들의 입에서 비명이 터져 나온다.
"으악!"
"커억!"
이가 갈리는 상황이다.
그나마 그들의 몸을 베고 그들의 행동을 저지할 수 있는 고수는 검강을 쓸 수 있는 절정의 고수들뿐. 절정의 고수들이 모두 천살귀령을 향해 달려들었다.
둥천위는 악을 쓰며 휘하 무사들을 독려했다.
"정신 똑바로 차려라! 저놈들은 인간이 아니다! 인정사정 봐줄 것 없어! 놈들의 사지를 잘랐다고 안심하지 말고 목을 쳐!"

5

휘는 귀왕전과 서북쪽으로 뻗은 산 능선이 모두 바라보이는 석봉 위에서 돌아가는 상황을 지켜봤다.
홍안곡에 들어선 정무맹의 고수들이 매복을 뚫고 들이닥치고 있다.
귀면봉에선 비명 소리가 끊임없이 처절하게 들려온다. 마침내 본격적인 격전이 눈앞으로 다가왔다.
그럼에도 휘는 움직이지 않고 조용히 기의 흐름만을 탐색했다. 그가 노리고 있는 대상, 혼원쌍도의 움직임이 아직까지도 느껴지지 않는 것이다.
'나와라, 혼원쌍도!'
시간이 흐를수록 점점 초조해진다.
곧 귀마련의 나머지 고수들이 모두 공격에 나설 것이다.
생각 같아서는 당장에 저들에게 구원의 손길을 뻗고만 싶다. 그러나 자신이 모습을 드러내면 혼원쌍도는 모습을 감춰 버릴 것이다. 혼원쌍도를 잡을 것인가, 수십 명의 사람을 구할 것인가?

휘는 입술을 깨물며 하늘을 올려다봤다.

'하는 수 없다. 일단은 한쪽이라도 피해를 줄여야겠어.'

아쉽지만 어쩔 수 없다. 귀면봉 쪽에서 느껴지는 귀기. 그것은 분명 실혼인들이 그곳에 있음을 말해주고 있다. 죽련의 고수들이 그들을 뚫기 위해서는 엄청난 피해가 뒤따를 수밖에 없는 일.

어을량에게 일이 성공하면 죽련을 도우라 했지만 어느 정도 도움이 될지는 미지수다, 죽련이 그들을 받아들일지도 문제이고.

휘는 마음을 정하고 귀면봉 쪽으로 신형을 뽑아 올렸다.

그때,

강한 기운이 느껴진다. 두 가닥의 기운이 전면을 향해 빠르게 움직이고 있다!

휘는 급히 기운을 거두고 천천히 제자리로 내려섰다. 내려서서 조용히 감지된 기운의 흐름을 세밀하게 살펴봤다.

두 가닥의 기운은 단순한 절정고수의 기운이 아니다.

'놈들이다!'

휘가 눈을 빛내며 신형을 날리려는 순간 또 다른 움직임이 느껴졌다.

귀왕전 쪽이었다. 혼원쌍도로 의심되는 기운이 전면을 향한 직후에 일어난 움직임이었다. 수십 명의 무사가 귀왕전의 뒤로 빠지더니 귀면봉 쪽으로 달려간다.

문득 그들 중에 눈에 띄는 사람들이 있다.

'흑살지주하고 귀혼유사다!'

드디어 그들이 움직이기 시작했다.

앞쪽은 비록 자신들과 뜻을 달리하는 자들이라 하나, 같은 귀마련의 밥을 먹은 자들. 아마도 그들에게 검을 겨누기가 싫었던 것 같다.

어쨌든 그들이 합류한다면 귀면봉 쪽의 위험은 해소될 수 있을 것이다. 그거면 됐다. 마음의 부담이 덜어졌다.
'좋아! 시작하자!'
휘는 망설이지 않고 신형을 날렸다.

혼원쌍도는 오십 장 앞에서 벌어지는 싸움을 바라보며 하얀 웃음을 지었다. 정파의 놈들, 그것도 구대문파와 오대세가 등의 정무맹 놈들이었다.
청도가 광소를 터뜨리며 신형을 날렸다.
"크하하하! 감히 여기가 어디라고 들어왔단 말이냐? 모두 죽을 각오는 됐겠지?"
정무맹과의 간격이 십 장으로 줄자 청도의 손에서 청도의 애병 황금마곤이 날았다. 우명자를 향해서였다.
미처 어찌할 새도 없이 날아오는 황금마곤을 보며 우명자가 검을 들어 원을 그렸다. 허공에 분분히 날리는 매화. 일곱 송이의 매화가 황금마곤을 맞이해 갔다. 순간,
떠더덩!
"으흑!"
매화가 산산이 부서지자 우명자는 일그러진 얼굴로 주르륵 물러섰다.
"사제, 물러서! 내가 맡겠다!"
우진자가 자하신공을 극성으로 끌어올리고서 우명자의 앞을 막아섰다. 그러자 우진자를 향해 홍도의 불진이 바람을 일으켰다. 시퍼런 강기가 불진의 끝에서 휘몰아친다.
"으흡!"
"조심하시오, 사형!"

순식간에 우진자를 비롯해 우명자 옆에 있던 세 명의 화산 제자까지 강기풍에 휩쓸리며 처절한 비명을 토해냈다. 그때 누군가가 소리쳤다.

"혼원쌍도다!"

물밀 듯이 밀려들던 정무맹의 고수들이 주춤거렸다.

혼원쌍도. 도문의 이단아. 과거 수많은 혈겁을 저지르다 공적으로 몰리자 사라진 절대고수. 두 사람의 손에 죽은 도문의 고수가 수백에 이른다 했다. 그중에는 무당의 고수들도 있었다.

무당의 청은 도장이 송문검을 치켜들고 소리쳤다.

"혼원쌍도는 강호의 공적이오! 합공을 해서라도 죽여야 할 자외다!"

"맞소! 죽입시다!"

"저들을 상대하면서 합공은 불명예가 아닙니다!"

한두 사람이 소리치자 여기저기서 몇 사람이 동조하며 소리쳤다. 어찌 보면 자기 합리화를 위한 외침이었다. 반면 그만큼 두 사람에 대한 두려움의 그들의 마음에 자리 잡고 있다는 반증이었다.

정무맹의 수뇌부들이 서로 합공을 외치며 검을 치켜들자 청도가 가소롭다는 듯 광소를 터뜨렸다.

"우하하하! 과연 위선에 가득 찬 정파다운 놈들이로다! 내, 네놈들의 머리를 으깨 귀소산의 귀신들을 즐겁게 해주겠다! 모두 저 위선자들을 쳐라!"

혼원쌍도의 외침에 혼원쌍도를 따르는 귀마련의 무사들이 일제히 앞으로 몸을 날렸다.

정무맹의 고수들도 이를 악물고 그들을 향해 달려들었다. 절정고수 몇 명은 혼원쌍도를 향해 검을 들이댔다.

차창! 쩌정! 콰과과광!

싸움은 일순간에 전면전으로 치달았다.

한데 그때서야 홍도는 뭔가 이상함을 느꼈다. 반드시 있어야 할 사람들이 보이지 않는 것이다.

달려드는 무당의 운자배 고수 두 명을 일격에 튕겨내고 재빨리 주위를 훑어보았다. 역시 없었다.

"청도! 장로들이 보이지 않는다!"

황금마곤을 휘둘러 청성 정운자의 어깨를 부수고 아미의 수연 사태를 향해 날아가던 청도가 허공에서 재빨리 몸을 틀었다.

지상에 내려선 그는 홍도를 향해 와락 인상을 일그러뜨리며 소리쳤다.

"무슨 소리야?! 놈들은 분명 뒤따라오고……!"

그런데 없다. 있어야 할 장로 급 고수들 중 보이는 자는 반도 되지 않는다.

"이 찢어 죽일 놈들이!!"

청도는 화풀이라도 하듯 전력을 다해 황금마곤을 휘둘렀다.

화아악!

황금빛 노을이 너울지며 사방으로 폭사되었다. 황금빛 노을에 휩쓸린 자들은 누구도 무사하지 못했다.

콰우우우!

"으악!"

"크어억!"

순식간에 십여 명이 반항도 해보지 못하고 비명을 내지르며 튕겨졌다. 심지어 우진자와 백인궁 등 장로들조차 전력을 다한 방어를 하고도 주르륵 밀린 채 안색이 해쓱하니 질려 버렸다.

절대고수에 든다는 혼원쌍도의 진면목이 드러나는 순간이었다.

"모두 죽여 버리겠어!"

청도가 미친 듯이 소리치며 황금마혼강기를 극성으로 끌어올렸다.

청도의 전신에서 황금빛 강기가 후광처럼 치솟는다. 가공할 기운이 회오리처럼 청도를 중심으로 휘몰아친다.

"모두 물러서!"

입가에 핏줄기가 선연한 청은 도장이 악을 쓰듯 소리쳤다.

그때다. 뒤에서 홍도의 경악한 목소리가 터져 나왔다.

"청도! 노, 놈이다!"

놈?

홱 고개를 돌린 청도의 눈이 딱딱하니 굳어졌다.

허공에서 붉은 혈화 아홉 송이가 영롱하게 피어나고 있었다.

그다! 그가 왔다! 젠장 할!

청도는 전력을 다해 끌어올린 황금마혼강기를 하늘로 향했다.

순간, 아홉 송이의 진홍빛 영롱한 혈련화가 하나로 뭉쳐지더니 그대로 청도를 덮어버렸다.

쾅!!

"크억!"

단 일 격에 뒤로 튕겨진 청도의 얼굴이 처참하게 일그러졌다.

믿을 수 없다는 표정. 고개를 쳐들자 여전히 허공에 떠 있는 놈이 보인다. 놈이 연붉은 빛으로 요요롭게 빛나는 검으로 홍도를 가리키고 있다.

"홍도! 조심해!"

휘는 좌수 일지로 천심화를 펼치고는 만양으로 홍도를 가리켰다.

붉은 듯 무지갯빛 영롱한 구슬이 검신을 따라 죽 뻗어나간다. 찰나, 번쩍!

검첨을 떠난 천홍이 홍도의 이마에 다다랐다.

아연실색한 홍도는 혼신을 다해 몸을 뒤틀며 시퍼런 강기가 굼실대는 불진을 흔들었다.

콰광!

"크엑!"

굉음이 일며 땅이 풀썩 뒤집어지고, 답답한 비명을 내지른 홍도가 삼장 밖으로 튕겨졌다.

비틀거리며 일어서던 청도는 믿을 수 없는 광경에 눈을 부릅떴다.

진조여휘가 자신들보다 강하다는 것은 예전부터 알고 있던 바다. 그러나 이 정도일 거라고는 상상조차 하지 못했다. 마신이 밀리는 것을 보고도 설마했다.

하지만 혼원쌍도의 놀람은 정무맹 고수들에 비하면 아무것도 아니었다.

일격에 고수라 일컬어지던 자신들을 질리게 만든 청도였다. 그런 청도가 믿을 수 없게도 두려운 표정을 지은 채 창백하게 질려 있다.

대체 저자가 누구이기에…….

답은 청도의 입에서 굉량한 음성으로 터져 나왔다.

"진조여휘, 네놈이 어떻게……?"

일순간 접전을 벌이던 수백 명의 양측 무사들이 움찔 떨며 손을 멈췄다.

―저자가 바로 천옥대공 진조여휘다!

그러다 스스로의 실수를 깨닫고 정신없이 뒤로 물러섰다.

그 바람에 정무맹과 귀마련의 무사들 사이에 오 장에 달하는 공간이 만들어졌다. 그 공간에는 오직 혼원쌍도가 질린 안색으로 허공을 바라보고 있을 뿐이다. 사람들의 눈도 모두 허공을 향했다.

그곳에는 회오리가 일고 있었다. 붉은 듯 영롱한 회오리가 만양의 검 첨에서.

어느 순간, 휘의 내딛는 발걸음에 천중무가 펼쳐지고,

고오오오!

사람들은 하늘이 무너지는 듯한 압력에 이를 악물었다.

동시에 만양의 검첨에 머물러 있던 회오리가 뭉쳐 만월이 만들어졌다. 찰나,

후우우웅!

대기가 비명을 내지르며 쩍 갈라지고, 붉은 빛 기둥이 청도의 가슴을 향해 내리 꽂혔다.

귀천무종!

혼신을 다해 치켜든 청도의 황금마곤이 빛기둥과 부딪쳐 간다.

일수유의 시간.

콰아앙!

홍안곡을 뒤흔드는 일성 굉음.

"캐액!"

청도가 처절한 비명을 토하며 철벽에 부딪친 쇠구슬마냥 튕겨졌다.

손에 남은 것은 반밖에 남지 않은 황금마곤. 일어서는 그의 두 다리는 중풍이라도 걸린 듯 후들거린다. 두 눈은 찢어질 듯 부릅떠진 채 거세게 흔들리고 있다.

"크윽! 어찌 이런… 가공할 힘이……! 믿을 수가… 웩!"

천중무로 혼원쌍도를 붙잡아놓고 귀천무종으로 일격에 청도를 무력화 시킨 휘는 땅에 내려서자마자 홍도를 향해 한 발을 내디뎠다.

휘의 몸이 흐릿하니 흐트러진다 싶은 순간, 어느새 휘의 몸은 홍도의 일 장 앞에서 만양을 내밀고 있었다.

"헉!"

창백한 안색이 흙빛으로 변한 홍도가 정신없이 물러선다. 그럼에도 거리가 벌어지지 않는다. 홍도가 비명처럼 외쳤다.

"안 돼! 살려줘!"

실력이 문제가 아니었다. 두려움이었다. 마음속 깊이 숨어 있던 공포였다. 청도가 제대로 대항조차 못하자 공포는 더욱 몸집을 부풀렸다.

혼원쌍도 중 하나라는 홍도가 공포에 질려 비명처럼 목숨을 구걸하리라 누가 생각하겠는가. 그러나 실제로 눈앞에서 벌어지는 광경에 정무맹의 무사든 귀마련의 무사든 누구도 아연한 표정을 감추지 못했다.

"그대들이 갈 곳은 오직 하나!"

처음으로 휘의 입에서 선언이나 다름없는 말이 튀어나왔다.

동시에 만양의 검첨이 화악 밝아지더니 홍도의 이마에 핏빛 붉은 혈련화가 화려하게 피어났다.

"어 어… 안… 돼……."

스러지는 눈빛과 함께 무너져 내리는 홍도의 목소리.

한데 그때였다.

"으악!"

"이놈!"

뒤쪽에서 비명 소리와 고함 소리가 뒤섞여 터져 나왔다.

휘는 여전히 공포에 질린 채 쓰러진 홍도를 일별하고는 고개를 돌려 뒤를 바라보았다.

비틀거리는 청도를 얕보고 달려들었던 무사 하나가 청도의 반쪽짜리 황금마곤에 가슴이 꿰뚫려 있다. 그러자 같은 문파의 무사들로 보이는 자들이 분노의 고함을 내지르며 달려든다.

"크크크… 감히… 네놈들 따위가……."

귀화가 일렁이는 눈으로 달려드는 정무맹의 고수들을 바라보는 청도의 입에선 쉴 새 없이 핏물이 흘러나오고 있었다. 극심한 내상의 흔적.

하나 그는 청도다. 혼원쌍도 중 하나인 청도. 죽기 전까진 안심할 수 없는 절대고수란 말이다.

휘는 달려드는 정무맹의 고수들을 말리려다 멈칫했다.

그들의 눈에서 피어오르는 눈빛. 그 눈빛에는 진한 욕망이 서려 있었던 것이다, 혼원쌍도의 하나인 청도를 죽이는 명예를 얻기 위한 욕망이.

몇 명이 청도를 공격하자 자신감을 얻었는지 구대문파의 고수들은 물론이고 오대세가의 고수들도 앞뒤 가리지 않고 달려든다.

그들을 막으려 귀마련의 무사들도 신형을 날린다.

꺼질 듯하던 모닥불에 다시 불이 지펴졌다.

휘는 무심한 눈으로 그 광경을 바라보았다.

조용히 꺼질 수 있는 불이 다시 타오르는 것은 욕망 때문이다. 개도 안 물어갈 명예에 목숨을 걸고 있다.

이해는 할 수 있다. 그러나 마음에 들지 않는 것 또한 분명하다.

물론 장로 급 고수들이 떼로 달려드는 이상 청도를 죽일 수 있을 것이다, 몇 명의 목숨을 담보로.

과연 그들의 목숨보다 명예가 값진 것이란 말인가.

휘가 바라보고 있는 사이 두 명의 도복 차림의 고수가 청도의 황금마곤에 목숨을 잃었다.

청도도 무사 하나의 목을 움켜쥔 채 허리와 어깨에 두 자루의 검을 꽂고 있다.

더는 견딜 수 없는 상황. 청도가 휘를 바라본다. 고개를 돌린 청도의 목을 한 자루 송문검이 스쳐 지나간다. 피가 튀어 오른다. 여전히 변하지 않는 청도의 눈빛. 정파에 대한 비웃음이 가득하다.

"크크크, 개 같은 정파 놈들……."

청도의 입에서 조소 섞인 귀소가 흘러나오고, 귀소가 멈추기도 전 앞뒤로 두 자루의 검이 청도의 가슴을 뚫어버렸다.

마침내 혼원쌍도의 이름이 역사의 귀퉁이에 묻히는 순간이었다.

휘는 스르르 앞으로 쓰러지는 청도를 바라보다 가볍게 발을 굴렀다.

쿠웅!

천중무에 삼령의 기운이 넓게 퍼지며 홍안곡의 대지를 떨어 울린다. 그제야 활활 타오르던 불길이 순간적으로 멈칫하며 주춤거렸다. 그럴 수밖에 없었다. 홍안곡의 기운이 휘가 내지른 삼령의 기운에 흔들리며 모든 사람의 기운마저 흔들어 버린 것이다.

부딪치던 병장기의 소음이 가라앉자 휘가 입을 열었다. 나직한 목소리가 홍안곡 전체에 메아리처럼 울려 퍼진다.

"살생이 목적이라면 말리지 않겠소! 그러나 살생이 목적이 아니라면 끝내야 할 때 끝내는 게 도리! 판단은 그대들이 알아서 하시오!"

주춤거리던 불길이 휘의 일갈에 사그라졌다.

정무맹의 무사들이 뒤로 몇 걸음 물러서고, 귀마련의 무사들도 불안한 눈빛을 지우지 못한 채 휘를 바라보며 주춤거렸다.

사백에 이르는 정무맹의 고수들이 문제가 아니다.

마도의 절대고수 혼원쌍도가 죽고, 그들을 단 몇 수 만에 죽음으로 이끈 진조여휘가 눈앞에 있다, 감히 항거할 수 없는 하늘이.

귀마련의 무사들 중 이마에 수많은 상처가 나 있는 노인이 휘를 보며 입을 열었다.

"나는 귀마련의 장로 유광이라 하오! 천옥대공께서 우리의 목숨을 보장해 준다면 우리는 더 이상 싸우지 않겠소! 그러나 정무맹이 계속 싸우고자 한다면 단 한 사람이 남을 때까지 싸울 것이오!"

느닷없는 유광의 말에 그동안 혼원쌍도를 따랐던 자들이 움찔하며 유광을 노려봤다. 그러나 이미 대세는 기운 상태. 그나마 목숨이라도 구하려면 입을 다물고 있는 수밖에 없는 그들이다.

휘는 유광의 눈을 바라보았다. 확고한 의지가 서려 있는 눈빛이다. 더구나 귀를 울리는 전음.

"흑살지주가 어제 찾아왔소이다. 이것이 내가 할 수 있는 최선이오. 혼원쌍도를 따르던 놈들도 어쩔 수 없을 것이오."

휘는 보일 듯 말 듯 고개를 끄덕이고는 정무맹 무사들의 뒤에 서 있는 정무맹의 대표자라 할 수 있는 몇 사람을 차례대로 둘러보았다.

청진 도장, 백장청, 남궁양, 우공자, 심은 대사……. 구파와 오대세가의 장로들만도 삼십여 명이다. 대정단의 인원 중 반이 와 있다. 그중에는 한쪽에 서서 휘를 뚫어지게 바라보고 있는 우진자도 보인다.

"어찌하시겠습니까?"

휘가 묻자 정무맹의 수뇌들은 서로 마주 보았다.

여기서 끝낼 것인가, 아니면 끝까지 싸워 귀마련을 강호에서 지워 버릴 것인가.

선택은 그리 어렵지 않았다. 정무맹이 귀마련을 친 이유는 단 하나다. 귀마련이 신마천궁의 주구였기 때문. 그런데 그 수뇌인 혼원쌍도가 죽고 신마천궁의 주구들은 죽련과 싸우고 있다, 이전 귀마련의 무사들은 싸우지 않겠다고 하고.

물론 이곳까지 들어오며 수십 명의 희생이 있었으니 복수를 한다는 명분으로 귀마련의 무사들을 몰살시킬 수는 있다. 그러나 그런다고 해서 무슨 이득이 있을 것인가. 적어도 적들의 수만큼 제자들이 죽어갈지도 모르는데.

잠시 긴장의 시간이 흐르고 의견을 나눈 정무맹의 수뇌부가 결론을 내렸는지 대정단을 이끌고 온 심은 대사가 휘에게 말했다.

"아미타불! 요구 조건을 말씀드리겠소. 귀마련은 십 년간 귀마련의 이름으로 백 리 이내의 권역을 벗어나선 안 되오. 이 요구 조건을 받아들인다면 정무맹은 유 시주의 의견을 수용하겠소."

말이 백 리지 중소 문파의 권역도 백 리를 넘는 곳이 허다하다. 그러니 정무맹의 본 뜻은 칠패 중 하나를 묶어둔 채 소멸시키겠다는 것과 다름없었다.

어쨌든 요구 조건이 나왔으니 답을 해줘야 한다. 휘는 유광을 돌아보았다.

유광은 정무맹의 뜻을 깨닫고 이를 지그시 깨물었다. 무리한 요구지만 어쩔 수 없다. 전면전은 멸망으로 가는 길. 우선은 명맥이라도 유지하는 것이 최선이다.

"좋소. 어차피 현 상황에서 귀마련은 활동을 하기도 힘든 상황. 그 요구조건은 받아들이겠소. 단, 우리도 요구 조건이 있소. 혼원쌍도의 시신을 우리에게 넘겨주시오. 그동안 동료들이 그놈들에게 당한 분풀이라도 해야겠소."

조금은 어이없는 요구다. 한편으로는 '대체 얼마나 한이 쌓였기에 저러는가' 하는 생각이 들기도 했다.

뜻밖의 요구에 심은 대사는 눈살을 찌푸렸지만 뒤에서 몇 사람이 뭐라 하자 마지못해 고개를 끄덕였다.

"정 그러시다면… 맘대로 하시구려."

6

절정의 고수 서너 명이 달라붙어서야 천살귀령과 비등한 싸움이 이루어지자 죽림삼우는 고개를 절레절레 내저었다.

그나마도 조금 전 느닷없이 뛰어든 자들 때문이다. 그들에 의해 다섯의 괴물이 옴짝달싹 못하고 있다.

남가정과 등초위는 그들이 진조여휘가 말한 흑살지주와 귀혼유사 일행이라는 것을 알고 묘한 감정이 일었다.

귀마련을 멸하러 왔다가 귀마련의 고수들 덕분에 위기를 모면했다. 자신들을 암습하려 했던 마도의 고수들이 되레 자신들을 구하려 피비린내 나는 싸움판에 끼어들었다.

바닥에 홍건한 핏물에서 풍기는 혈향만 아니라면 웃음이 나와도 할 말이 없는 상황이 아닌가.

어찌 되었든 천살귀령이 막힌 이상 나머지 흑혈단을 상대하는 것은 그리 어렵지 않았다.

하나가 안 되면 둘이, 둘이 안 되면 셋이 달려들자 흑혈단의 숫자가 급격히 줄어들기 시작했다. 그럼에도 끊임없이 달려든다. 참으로 질리는 놈들이다.

그렇게 놈들을 밀어붙이며 반 각이 지났을 때다. 남쪽으로 돌아서 귀마련에 진입하던 태진만의 제이진이 합세했다.

그리고 다시 반 각. 귀면봉을 쩌렁 울리는 외침이 허공에서 들려왔다.

"실혼인들에게서 물러나세요!"

여운이 가라앉기도 전, 한창 실혼인들과 실랑이를 벌이고 있던 흑살지주 일행이 아무런 미련 없이 천살귀령을 놔두고 뒤로 물러났다.

"모두 괴물을 놔두고 물러서! 그가 왔다! 어서!"

흑살지주가 미친 듯이 소리쳤다. 동시에 번쩍.

하늘에서 붉은 번개가 지상에 내리 꽂혔다.

"캑!"

순간 단말마의 비명이 터지고, 무쇠보다 더 단단하던 천살귀령의 머리가 반쪽으로 쪼개졌다. 또다시 하늘이 붉게 물들었다 싶은 순간,

"어헉! 꼬, 꽃이다!"

자신도 모르게 흑살지주가 놀라 소리쳤다.

물러선 고수들을 향해 달려들던 천살귀령은 달려들던 것보다 더 빠르게 튕겨지더니 귀면봉의 암벽에 반쯤 틀어박혀 버렸다.

천살귀령의 뻥 뚫린 가슴에 피어난 커다란 혈련화에서 핏물이 분수처럼 솟구친다.

일시에 두 명의 천살귀령이 무너져 내렸다.

상황을 눈치 챈 다른 사람들도 재빨리 천살귀령을 놔두고 뒤로 물러났다. 그때,

따라랑!

흑혈단주의 팔에 매달린 귀왕령이 빠르게 울렸다. 그러자 귀왕령의 소리에 맞춰 남은 세 명의 천살귀령이 일제히 허공에 떠 있는 휘를 향해 신형을 날렸다.

그 찰나,

콰아아아! 쩌저저적!

허공이 갈가리 찢기는 듯한 기음이 울리더니 번개가 우박처럼 쏟아졌다. 폭멸혼이었다.

퍽! 퍼벅!

날아오르다 말고 떨어져 내리는 세 명의 천살귀령의 이마에, 가슴에, 온몸에 구멍이 뚫리며 폭포수 같은 피분수가 허공을 붉게 물들였다.

하지만 그것으로 끝나지 않는다는 것을 누구보다도 휘가 잘 알고 있

었다.
"강기로 목을 잘라요!"
휘의 입에서 비정한 명령이 떨어졌다. 하나 어쩔 수 없는 명령이다, 꿈틀거리며 일어나려는 천살귀령의 움직임을 영원히 종식시키기 위해선.
흑살지주를 비롯한 마도의 고수들이 달려들어 천살귀령의 목을 내려쳤다. 한 번에 안 되면, 두 번, 세 번을 내려쳤다. 죽련의 고수중에서도 강기를 일으킬 수 있는 절정고수들이 천살귀령의 목을 향해 도검을 내려쳤다.

반 각이 더 지났다.
태진만과 유운, 등초위의 합공에 흑혈단주조차 쓰러지자 싸움은 막바지를 향해 치달렸다.
하지만 흑혈단의 마인들 중 무릎을 꿇은 자는 한 사람도 없었다.
마지막까지 남았던 두 명의 흑혈단 마인이 스스로 목을 그어버리면서 싸움은 한 사람의 포로도 남지 않고 끝이 나버렸다.
핏물이 바위의 골을 따라 흐른다.
흐르다 고이고, 고이다 넘치면 또 흐른다.
죽련 무사들의 피도 흐르고 흑혈단 마인들의 피도 흐른다.
죽음과 삶의 경계를 넘나들며 정신없이 싸울 때는 몰랐다가 막상 싸움이 끝나자 진저리를 치며 구토를 하는 자도 있다.
그래도 그들을 탓하는 자는 아무도 없었다.
핏물에 빠진 자만이 핏물의 역겨움을 느낄 수 있는 법.
"시신을 정리하라!"
등초위의 가래가 끓는 것 같은 목소리가 새어 나왔다. 그제야 사람들은 주섬주섬 주위를 정리하기 시작했다.

"후우……."

한숨을 내쉰 남가정이 휘를 바라보았다.

"앞쪽은 어찌 됐소?"

휘가 말했다.

"앞쪽도 싸움은 끝났습니다."

"그럼… 이제 끝난 것이오?"

과연 끝났는가?

휘는 자문을 해보았다. 답을 내릴 수가 없다.

'어쩌면 이제 시작일지도…….'

7

"신도연백이 수하들과 함께 궁을 나섰습니다."

"그래? 하긴 혈천교가 척마맹의 표적이 되었으니 이곳에 더 머물 수 없었겠지."

혁수명은 차갑게 빛나는 눈을 돌려 혁군명을 바라보았다.

"그럼 야율무궁은?"

"한발 앞서 궁을 나섰다는 전갈을 받았습니다."

"우리가 준 혈단을 복용했더냐?"

"눈자위에 푸른 기가 일렁이고 있습니다, 아버님. 그는 당장이라도 신도연백을 때려죽일 수 있다는 자신감에 뒤는 돌아보지도 않고 있습니다. 물론 그러한 것도 혈단 때문이긴 하지만 말입니다. 후후후후……."

"좋아. 군명, 즉시 마신을 데리고 그의 뒤를 쫓아라."

혁수명의 짧은 명령이 뜻하는 바는 단순했다. 혁군명은 차갑게 웃으며 입을 열었다.

"알겠습니다, 아버님. 이 기회에 모두 정리하겠습니다. 깨끗이!"

그러면서 온기 하나 없는 눈으로 혁수명을 바라보았다.

"하온데 그자의 요구를 들어줄 생각이십니까?"

누구를 말하는 것일까?

혁수명은 천천히 고개를 끄덕이며 요약한 웃음을 지었다.

"우흐흐흐, 못 들어줄 것도 없지. 당분간 관리할 사람은 있어야 하지 않겠느냐?"

"아, 그렇군요. 관리할 사람은 있어야겠군요. 크크크, 과연 아버님이십니다."

"하지만 그는 사냥개로서의 능력은 있을지 몰라도 집 지키는 개로는 적당하지 않아. 그러니 그에게 집을 맡기는 것은 당분간일 뿐이다. 무슨 말인지 알겠지?"

혁군명도 고개를 끄덕였다.

"그래서 토사구팽(兎死狗烹)이라는 말이 있지 않습니까?"

8

깎아지른 듯한 만장절벽 사이로 한줄기 외길이 십 리를 뻗어 있었다. 청해 납달목에서 사천으로 넘어가기 위해서는 필히 지나쳐야 하는 곳. 사람들은 그 길을 십리독행로라 불렀다.

신도연백의 발걸음은 가볍기 그지없었다.

이제 중원의 신마천궁의 세력 중 남은 곳은 혈천교뿐이다. 그럼에도 아무런 걱정이 되지 않았다. 오히려 즐거운 마음에 콧노래가 나올 정도다.

세력은 키우면 된다. 세월이 걸릴지는 모르지만 최소한 견제를 받으며 이인자로 지내는 것보단 훨씬 나은 일이다. 그리고 신마천궁은 이제 자신을 밀지 않을 수가 없으니 그 세월은 훨씬 단축될 것이다.
　전이라면 몰라도 묵운산장의 싸움이 있고나서부터 강호의 대문파들이 견제를 하기 시작한 이상, 새로 시작한다는 것이 얼마나 어려운 일인지 궁의 수뇌부들은 잘 알고 있으니까.
　"혈유, 정무맹과 죽련이 귀마련을 치기 위해 움직였다고 했나?"
　"그렇습니다, 교주. 아마 지금쯤은 싸움이 끝났을 것입니다."
　"아무리 혼원쌍도가 있다 해도 귀마련만으로는 그들의 공격을 막아낼 수 없었을 텐데 철군명은 왜 안 움직이는 거지?"
　"포기를 한 것 같습니다."
　"포기? 포기라……. 웃기는 놈이군. 애써 장만한 집을 그리 쉽게 포기하다니……."
　혈유는 붉은 기운이 일렁이는 눈을 들어 조소를 머금고 있는 신도연백의 옆모습을 바라보았다.
　"그건 그렇고, 척마맹이 본 교의 외곽을 본격적으로 치기 시작했다 합니다. 계속 놈들의 공격을 방관하실 것인지……."
　신도연백은 고개를 돌려 혈유를 응시했다.
　"자넨 어찌 생각하나? 나도 포기해야 한다고 생각하나?"
　"교주께선 그리 쉽게 포기하실 분이 아니지요."
　"그래, 바로 그거야. 나는 철군명처럼 소심한 놈이 아니야. 흥! 백이 죽든 천이 죽든 졸개들 몇이 죽는 건 문제가 아냐. 두고 보게. 척마맹은 본 교를 친 것을 두고두고 후회하게 될 걸세. 하하하하!"
　혈유는 대소를 터뜨리는 신도연백의 웃음을 들으며 눈길을 앞으로 돌렸다.

"교주님, 저 앞에 누가 있는지 알 수 있겠습니까?"

한바탕 웃음을 터뜨린 신도연백이 의아한 표정으로 앞을 바라보았다.

"응?"

앞을 바라보던 그의 표정이 기묘하게 일그러진다.

"서, 설마 야율 사형?"

멀리 떨어진 데다 바위에 반쯤 가려진 옆모습인지라 바로 알아보지는 못했다. 그러나 백 장 정도의 거리가 되자 신도연백은 뒷짐을 진 채 서 있는 사람이 야율무궁임을 알아볼 수 있었다.

자신이 알아본 것을 눈치 챘는지 야율무궁이 천천히 몸을 돌리고 돌아서서 똑바로 마주 선 그의 주위로 열 명의 흑의인이 소리없이 늘어선 것은 눈 한 번 깜박일 짧은 시간에 벌어진 일이었다.

미처 생각지 못했던 상황에 신도연백의 얼굴이 살짝 굳어졌다.

'저자가 왜 여기에 있단 말인가?'

거리가 이십여 장 정도로 좁혀지자 굳은 얼굴로 신도연백이 물었다.

"사형께서 여긴 어인 일이시오? 하하! 설마 사제의 장도를 축하하기 위해 환송 나오신 것은 아니시겠지요?"

야율무궁이 천천히 고개를 끄덕였다.

"아니, 맞네. 자네의 마지막 가는 길을 축하하기 위해 나왔네."

묘한 뜻을 담은 말이다.

'마지막 가는 길이라고?'

신도연백은 야율무궁의 말뜻을 음미하며 굳은 표정을 풀었다. 그러나 눈빛만은 더욱 차갑게 가라앉았다.

"꼭 제가 죽으러 가는 것처럼 말씀하시는군요."

야율무궁이 다시 고개를 끄덕였다.

"알고 있으니 말하기가 쉽군. 너는… 이미 죽음의 길에 한 발을 내디뎠어.”

신도연백의 입에서 실소가 터져 나왔다.

"훗, 저들만으로 나를 죽일 수 있다고 생각하나? 나에 대해 아는 게 그렇게도 없나? 그래도 좀 알 줄 알았는데… 실망이 크군, 야율무궁."

"실망할 것까진 없어. 그래도 죽는 건 마찬가지니까."

야율무궁이 말을 끝맺으며 한 발을 내디뎠다.

"바로 이 자리에서! 지금!"

콰아아!

야율무궁이 신도연백을 향해 몸을 날리자 열 명의 흑의인도 일제히 신형을 날렸다.

"웃기는 소리! 너 따위는 감히 나를 죽일 수 없다!"

신도연백도 마주 신형을 날렸다. 일순, 힘 대 힘의 대결!

쾅!

두 사람의 기운이 삼 장을 격한 채 거센 충돌을 일으키자 폭풍이 회오리치며 두 사람을 삼 장 이상 뒤로 날려 버렸다.

삼 장 밖에 내려선 신도연백은 눈을 부릅떴다.

'이, 이런……!'

야율무궁의 기운은 상상했던 것보다 훨씬 강력했다. 팔성이면 충분하리라 생각했거늘 전력을 다한다 해도 이길 수 있을지 장담할 수 없을 정도다.

"그랬었나? 숨겨놓은 힘이 있었던가? 그래서 자신만만하게 나선 것인가? 야율무궁, 너의 판단이 얼마나 잘못됐는지 이제부터 가르쳐 주마!"

늘어뜨린 두 손을 가슴으로 끌어올렸다.

화아악!

전력을 다해 끌어올린 천추신혈기가 두 손으로 몰려들자 두 손이 시뻘겋게 달아올랐다. 미칠 듯 몸부림치는 천추신혈기의 기운. 스스로도 다스리기가 힘들 정도다.

희열이 인다. 누군가를 죽이고 싶다.

"죽어라!"

신도연백은 끓어오르는 살심을 이기지 못하고 달려드는 흑의인 하나를 향해 붉은 핏빛 강기를 쏘아냈다.

붉은 창이 흑의인의 이마를 꿰뚫자 달려들던 그대로 흑의인의 신형이 무너져 내린다.

그때다. 쓰러지는 흑의인의 뒤에서 야율무궁의 두 눈이 시퍼런 귀화를 뿜어내고 있다. 왠지 기이한 눈빛.

'응? 저 눈빛은 뭐지?'

의혹이 떠오름과 동시, 불길함이 가슴의 한쪽에서 스멀거리며 피어오른다. 때마침 뒤에서 들리는 소리.

"교주님, 야율무궁의 눈빛이 수상합니다. 일단 물러서시지요. 저희들이 먼저 상대해 보겠습니다."

신도연백의 머리가 빠르게 돌아갔다.

본래부터 야율무궁의 무공은 자신에 비해 그리 차이가 나지 않는다. 게다가 자신이 자신의 무공 수위를 숨기고 있듯 야율무궁도 그럴지 모른다. 저 눈빛을 보니 아무래도 자신의 생각이 맞는 것만 같다.

'일단 혈유에게 맡기고 놈의 무위를 알아보자!'

신도연백은 빠르게 다가온 혈유를 향해 소리쳤다.

"혈유, 조심해서 상대……!"

그때다.

쾅!

굉음이 일고,

"커억!"

튕겨 나가는 신도연백의 입에서 피분수가 뿜어졌다.

동시에 덮쳐 드는 야율무궁의 손에서 시퍼런 도강이 기다란 채찍처럼 늘어져 신도연백의 몸을 휘감았다.

그야말로 눈 깜짝할 시간에 벌어진 일.

자신이 무슨 일을 당하고 있는지조차 생각할 겨를이 없는 짧은 시간에 신도연백은 혼신을 다해 몸을 뒤집었다. 스쳐 간 도강이 허리 어림을 길게 가르며 지나간다.

신도연백은 허리를 가르며 지나는 도강에 아랑곳없이 야율무궁의 가슴을 향해 천추신혈기가 가득 실린 일장을 내쳤다.

서걱!

콰광!

신도연백은 웅크린 채 나뒹굴고 야율무궁은 허공으로 튕겨졌다. 천추신혈기는 신도연백이 자신할 만한 천고의 무공이다. 그러나 혈유에게 얻어맞은 충격으로 인해 제대로 된 공격조차 하지 못하자 신도연백의 혈유를 향한 분노는 머리끝까지 솟구쳤다.

"이, 이… 혈유… 이놈!!"

분노를 토하며 나뒹구는 신도연백을 향해 튕겨 올라간 야율무궁이 광소를 터뜨리며 떨어져 내렸다.

"우하하하! 연백! 네놈은 이런 날이 있을 거라 생각도 못했을 것이다! 이제 그만 죽어라!"

콰과광!

또다시 혼신을 다한 천추신혈기가 야율무궁의 광혼수라마공과 격돌하며 양편 절벽을 뒤흔들었다.

"웩!"

뒹굴다 바위에 부딪치고서야 몸을 멈춘 신도연백이 한 움큼의 피를 토해냈다. 선홍빛이 감도는 선혈. 아무래도 깊은 곳까지 다친 듯하다.

그런 신도연백을 야율무궁은 광기 번들거리는 눈으로 바라보았다. 천추신혈기에 내장이 상한 것도 느끼지 못하고 있는지 미친 듯 뱉어내는 그의 말에선 아무런 고통도 배어 나오지 않고 있었다.

"이런 날이 있을 줄은 몰랐겠지? 우흐흐흐!"

하지만 신도연백의 눈은 혈유를 향해 있었다.

"네, 네놈들이! 혈유, 네놈이 감히……!"

무표정한 얼굴로 멀찍이서 신도연백을 바라보고 서 있던 혈유가 나직한 목소리로 입을 열었다.

"당신이 미처 모르는 것이 있소."

"내가 모르는 것이 있다고……?"

"그렇소. 나에겐, 그리고 우리 혈천교의 교인들에겐 당신보다 혈천교가 더 중요하오. 당신은 그걸 모르고 우리 혈천교를 너무 혈겁의 중앙으로 몰아넣었소. 멸교를 당할지도 모를 수렁으로 말이오. 당신이 모든 것을 해결할 능력을 보였다면 나는 여전히 당신 편에 섰을 것이오, 아무리 많은 피를 보더라도. 하나 내가 봤을 때 당신은 그럴 능력이 없소."

"이, 이… 개 같은……."

부들거리는 신도연백을 무심한 눈으로 응시하며 혈유가 말을 이었다.

"당신의 추종자들은 모두 제거될 것이오. 그리고… 혈천교는 새롭게 거듭날 것이오. 나는 나의 판단이 잘못되었음을 인정하고 스스로 죄를 물어 한 팔을 내놓기로 했소."

혈유가 왼팔을 들었다. 순간,

꽉!

옆에 있던 혈사령 하나가 혈검을 휘두르자 붉은 선혈이 튀어오르고 혈유의 왼팔이 바닥으로 떨어져 내린다.

"그리고 사람을 잘못 본 죄로 눈 하나도 내놓을 것이오."

푹!

혈유는 자신의 오른손 검지를 왼쪽 눈에 쑤셔 넣더니 망설이지 않고 눈알을 빼어냈다.

"이것으로 당신과의 인연을 끝내겠소."

혈유는 신도연백이 입을 열 시간도 주지 않고 뒤로 돌아섰다.

그러자 혈사령 하나가 달려들어 혈유의 팔을 지혈하고, 다른 하나가 얼굴에 붕대를 감았다.

간단한 치료가 끝나자 혈유는 입을 다문 채 기다리고 있는 일곱 명의 혈사령을 향해 고개를 끄덕였다.

"돌아가 혈천교를 정리한다. 가자!"

그리고 빠르게 계곡을 빠져나갔다.

"이… 개만도 못한 놈들이……."

야율무궁은 일그러진 신도연백의 얼굴을 보며 미친 듯이 광소를 흘렸다.

"크크크크! 기분이 어떠냐, 신도연백?"

꿈틀거리며 일어서려는 신도연백을 향해 도를 치켜든 야율무궁의 눈에서 파르스름한 귀화가 뻗친다. 결코 정상이 아니다.

신도연백은 이를 악물고 소리쳤다.

"네놈도 결코 무사하지 못할 것이다, 야율무궁!"

그때다. 신도연백의 저주가 담긴 말에 답이라도 하듯이 문득 허공 저 높은 곳에서 시커먼 빛이 반짝인다.

신도연백은 눈을 부릅뜨고 입을 쩍 벌렸다.

번쩍이는 빛이 번개가 되어 떨어져 내리고 있었다.

야율무궁과 자신이 있는 곳을 향해 가공할 힘을 동반한 채.

콰우우우!!

광기에 물든 야율무궁도 가공할 기운을 느꼈는지 고개를 돌리며 도를 휘둘렀다.

"크아아! 어떤 놈이냐?!"

찰나,

번쩍! 콰광!

부서진 도가 은빛 파편이 되어 허공에 흩날리고,

쩌어억!

야율무궁이 산산이 부서진 도를 움켜쥔 채 가랑잎처럼 날아간다.

그제야 신도연백은 볼 수 있었다. 철가면 사이에서 빛나는 무심한 눈.

맙소사! 그였다. 지옥의 사신!

"마… 신!"

어렴풋이 오늘의 일이 누구의 머리에서 나온 계획인지 알 수 있을 것 같았다. 한데 그때다. 부릅뜬 눈에 절벽 끄트머리에 서 있는 누군가가 보인다. 그가 손을 흔들고 있다, 잘 가라는 듯이.

"철.군.명! 이놈!"

6장
움직이는 강호

1

"이 길을 따라 계곡 안으로 십 리만 쭉 들어가시면 됩니다, 문주님!"

산을 들어섰을 때 자신을 알아본 만상문의 순찰조장이 감격에 겨운 목소리로 말한 대로라면 지금쯤 총단이 보여야 했다. 그런데 끝없는 숲만이 가득할 뿐, 전각은 눈을 씻고 찾아봐도 보이지 않는다.
자신이 걸어온 길조차 어느새 끊겨 있다. 다시 찾으려 해도 찾을 수가 없다. 기이한 일이다.
"끄응, 분명 이 근처라고 했는데……."
그때 문득 스치는 생각.
'혹시 진세의 영향으로 전각이 보이지 않는 것 아닐까? 길도 안 보이는 것이 수상한데?'
그럴지도 모른다.
진에 대해 잘 알지는 못하지만 화정월에게 귀동냥으로 들은 적이 있는 환영진(幻影陣)이나 미혼진(迷魂陣)과 같은 것을 펼쳐 놨다면 충분히 자신의 눈을 미혹할 수 있을 터이다. 그렇다면 결론은 하나다.

'에휴, 아무래도 서하가 연서에 넘어가지 않은 것 같군.'

연서에 넘어가지 않았다는 말은 그만큼 화가 나 있다는 말. 쉽게 들어가기는 틀린 일 같다.

휘는 실소를 흘리며 삼령의 기운을 끌어올렸다.

이제 방법은 자신이 찾아야 한다. 그냥 되돌아가 버릴까 생각도 해봤지만 그래선 서하의 화만 더 돋울 뿐이다.

'말을 들으니 산모가 화를 내면 아이에게 안 좋다고 하던데……'

그러니 더욱더 되돌아갈 수는 없다.

고개를 숙여 손에 들린 보따리를 바라보던 휘의 입에 언뜻 가느다란 웃음이 걸렸다, 자신이 처한 상황도 잊고서.

'음흐흐흐, 내가 아버지가 된다니……'

믿어지지 않는 일이다. 처음 그 소식을 들었을 때 놀라긴 했어도 실감이 나진 않았었다. 그러나 수중의 돈을 탈탈 털어서 산모에게 좋다는 약을 싸 들고 서하에게 돌아가는 지금 휘의 가슴은 콩닥콩닥 뛰고 있었다.

빨리 보고 싶다. 가슴에 귀를 기울이고 느껴보고 싶다.

그런데 젠장, 코앞에서 이게 무슨 꼴이람?

휘는 끌어올린 삼령의 기운을 조용히 사방으로 흘려보냈다. 삼령의 기운은 천지만물을 다스리는 기운. 혹시라도 뭔가가 잡히지 않을까 해서였다.

휘가 서 있는 곳에서 정면으로 백 장 정도 떨어진 곳. 한 시진 전부터 방원 백 장 안을 뱅뱅 돌고 있는 휘를 킥킥거리며 바라보는 두 여인이 있었다, 모용서하와 공유유.

처음에는 반가운 마음에 눈물이 글썽거렸었다. 마음 같아서는 당장이라도 달려가 품에 안기고 싶은 모용서하였다. 하지만 공유유가 옆에 있으니 꾹 참고 본래의 계획대로 바라만 봤다. 그렇게 시간이 지나자 이제는 당황하는 휘의 모습이 재미있게 보이기까지 한다.

"저게 웬 보따리지?"

"글쎄요. 언니 주려고 선물을 산 것 아닐까요?"

"피이, 내가 언제 선물받고 싶다고 했나?"

그러면서도 은근히 기쁜 마음이다, 진세를 열어주고 싶을 정도로.

"그냥 열어주고 들어오라고 하면 안 될까요? 저러다 그냥 돌아가면 안 되잖아요."

그러다 공유유가 마음이 약해져 진세를 열어주자고 하자 모용서하는 재빨리 고개를 내저었다.

"아직 안 돼. 이제 겨우 한 시진이야. 우리는 이곳에서 몇 달을 기다렸는데 한 시진이면 너무 약하잖아?"

"하긴… 언니가 마음고생한 걸 생각하면……. 그럼 들어가서 두 시진 정도만 더 기다려요. 언니도 몸조심해야죠."

"응? 응, 그럴까?"

반 시진 정도만 더 있다가 진세를 풀어주려 했는데 공유유가 두 시진을 말하니 그건 너무 긴 시간이라고 말하기도 그렇다.

모용서하는 눈을 감고 묵묵히 서 있는 휘를 바라보고는 혀를 날름 내밀었다.

'이게 다 당신이 너무 무심해서 벌어진 일이라구요. 더 기다리면서 반성 좀 해요.'

"가, 유유 동생."

휘는 천천히 눈을 뜨며 빙그레 웃었다.

과연 삼령의 법은 천지만물을 다스리는 기운이다. 비록 앞은 가려져 있지만 그렇다고 모든 것이 다 가려진 것은 아니었다. 삼령의 기운은 진세에 의해 뒤틀린 자연의 변화를 거스르지 않고 뚫고 들어갔다. 그리고 백 장 정도 떨어진 곳에서 나누는 대화를 엿들을 수 있었다.

'두 시진이라고? 삼령의 기운을 이용하면 뚫고 들어갈 수 있을 것도 같은데……. 그럼 서하가 화내겠지? 에라, 모르겠다. 서하가 돌아올 때까지 잠이나 자야겠다.'

     *   *   *

두 시진이 지나자 모용서하와 공유유가 우거진 숲에서 유령처럼 모습을 드러냈다.

"서하!"

휘는 마치 오랜 고생을 치룬 것처럼 울상을 지은 채 모용서하를 불렀다, 속으로야 '이 정도 표정이면 될까?' 하면서 조금은 불안한 마음도 없지는 않았지만.

다행히 모용서하도 두 시진의 기다림에 지쳤는지 빙그레 웃으며 휘를 반겨주었다. 두 사람의 엇갈린 표정을 알아본 공유유는 한 손으로 입을 가리고 웃음을 지었다.

'풋! 두 분 다 정말 말릴 수 없는 분들이야. 그런데 휘랑이 나를 반겨줄까?'

공유유가 나름의 걱정으로 가슴을 조이고 있을 때다. 휘가 공유유를 향해 한쪽 눈을 찡긋했다. 그리고 들려오는 전음.

"유유 낭자, 고마워요. 서하를 돌봐줘서."

무슨 뜻인지는 중요하지가 않았다. 자신에게 말을 걸어준 자체로 공유유는 가슴이 뛰었다. 공유유는 벌겋게 달아오른 얼굴로 입을 열었다.
"계속 여기 계실 거예요?"

단 열 걸음의 차이. 밖에서 보던 끝없는 숲과는 전혀 다른 광경에 휘는 눈을 휘둥그렇게 떴다.
계곡 안에는 스물두 개의 전각이 방원형으로 지어져 있었다.
돌담도 없이 산사의 일주문처럼 길 가운데 덩그러니 솟아 있는 대문은 보는 이로 하여금 편안함을 느끼게 해주었다. 하기사 진세가 계곡 전체를 감싸고 있었으니 대문이며 담장이 무슨 필요가 있을까. 오히려 들어오는 이를 쉽게 볼 수 있으니 담장이 없는 편이 나을 듯도 싶다.
일주문 같은 대문 안에는 수많은 사람들이 서 있었다.
웃음을 띠고 있는 만시량도 보이고, 뭐가 그리 불만인지 뚱한 표정의 공이연도 보인다. 공손척도 편안해진 표정으로 휘가 오는 것을 바라보고 있다. 그들 뒤로도 만상문의 문주이며 천옥대공이라 불리는 휘를 보기 위해 고개를 빼 드는 사람들이 수십 명이다.
모두가 그리운 얼굴들. 가까이 다가가는 휘의 가슴이 통제할 수 없이 두근거렸다. 마침내 돌고 돌아 고향에 돌아온 것 같은 들뜬 마음이다.
그때 맨 앞에 있던 만시량이 입을 열었다.
"문주를 뵈오이다!"
만시량이 허리를 숙이자 다른 사람들도 모두 허리를 숙인다.
휘는 무안한 듯 웃음을 지으며 가볍게 손을 내저었다. 바람이 인다.
"너무 늦게 찾아왔다고 혼내주려는 것은 아니겠죠?"
부드러운 바람에 자신도 모르게 허리를 편 사람들의 눈에 아연한 빛이 맴돌았다.

세상에! 이 많은 사람들을 손짓 한 번으로 다 일으켜 세우다니!
만시량이 고개를 저으며 중얼거렸다.
"왜 적 호법과 늑대새끼가 문주더러 사람도 아니라고 그랬는지 알 것도 같군."

*　　　*　　　*

휘는 모용서하의 배에 귀를 가져다 댔다.
총단에 오자마자 피곤하다는 핑계를 대고는 곧바로 모용서하의 방으로 직행한 휘였다. 그러더니 하는 짓이 세 살배기 아이 같기만 하다. 하지만 아이처럼 좋아하며 희희낙락하는 그를 어찌 말린단 말인가.
"왜 안 들리지?"
"뭐가요?"
"아직 말을 못하나?"
그 말에 모용서하는 입을 쩍 벌렸다.
뱃속에 있는 아이가 무슨 말을 한단 말인가.
어이가 없는지 옆에서 지켜보던 공유유가 결국 입을 열어야만 했다.
"아이는 태어나서도 일 년이 넘어야 말을 해요."
휘는 고개를 갸웃거렸다.
"이상하네. 나는 애기 때부터 말을 했던 것 같은데……."
끝내 두 여인은 입을 다물어 버렸다.
'저 사람이 정말 강호의 신성 천옥대공 진조여휘가 맞아?' 하는 표정을 그대로 드러내며.

2

휘가 대별산의 만상문 총단에 들어선 후 모용서하의 곁에서 풀리지 않는 신비를 풀기 위해 머리를 싸맨 지 사흘 만에 만상총회가 열렸다.
청해에서 날아온 한 마리 전서구에 매달린 전서 때문이었다.

혈태의 반입지인 청해 납달목 인근에 대한 조사를 벌이던 중, 무양산 근처에서 신마천궁의 무사로 보이는 고수들 발견. 멀리서 그들의 모습만 관찰하며 지시를 기다리고 있음.

"적 호법 일행이 청해에서 신마천궁의 총단으로 의심되는 곳을 발견한 것 같습니다, 문주."
"그곳이 신마천궁의 총단일 가능성은 얼마나 됩니까?"
만시량이 휘를 똑바로 바라보며 신중하니 입을 열었다.
"이전에 들어온 정보를 종합해 보면 묵양산에 신마천궁의 총단이 있을 확률은 거의 구 할 이상입니다. 혈태가 반입된 곳도 그곳이고, 전부터 신선들이 살고 있다는 둥 악마들이 살고 있다는 둥 그 산에 들어가면 저주에 걸린다는 둥, 그 일대 부족들에겐 알게 모르게 전설처럼 전해지는 이야기들이 있다 합니다."
휘는 만시량의 말을 들으며 지그시 눈을 감고 상황을 머릿속으로 그려 봤다.
얼마가 지났을까. 휘는 천천히 눈을 뜨며 입을 열었다.
"현재 그곳에 파견된 고수의 숫자는?"
"적 호법과 그 일행이 먼저 청해로 떠난 뒤 호법단의 고수 다섯과 삼십육위가 뒤따라가 합류했습니다. 그리고 중간 연락책으로는 무연송의 낭인대 중에서 능력이 괜찮은 아이들 삼십여 명을 뽑아 배치했습니다."

"그들에게 들킬 염려는 없겠습니까?"

"다행히 성수곡의 연 의원이 손을 써준 덕에 인근의 강족 마을에 둥지를 틀 수가 있었습니다."

휘는 미간을 찌푸리며 생각에 잠겼다. 휘가 입을 닫고 생각에 잠기자 모두가 조용히 휘의 입이 열리기만을 기다렸다.

일각 후 휘는 고개를 저으며 말문을 열었다.

"너무 가까이 접근했어요. 위험합니다. 아직 들키지 않은 것이 다행이긴 하지만 언제 들통날지 모르는 일."

휘는 열 명이 넘는 사람들과 일일이 눈을 마주쳤다.

'어쩌면 이미 들통이 났을지도 모르죠.'

그 말만은 할 수 없었다. 그것은 최악의 경우였다.

"우리가 할 수 있는 일은 한 가지뿐입니다."

휘가 만시량을 바라보았다.

"정무맹과 척마맹, 죽련에 모두 정보를 전하세요. 그리고 강호에 소문을 흘리세요. 강호인이라면 누구라도 신마천궁을 치는 데 동참할 수 있도록 말이에요."

공손척이 의아한 표정으로 물었다.

"너무 많은 사람들이 몰리면 통제하기가 힘들 텐데?"

휘는 고개를 가로저었다.

"청해가 바로 옆동네도 아니고, 마음은 있어도 가지 못할 사람이 대부분일 것입니다."

"그럼 왜……?"

"가지는 못하지만 지켜는 볼 것입니다. 사람은 누가 뒤에서 지켜보면 힘이 나는 법이지요. 그리고 전 강호가 지켜보는 이상 설령 신마천궁이 무너지지 않는다 해도 중원으로 들어오기가 전처럼 쉽지는 않을 것입니다."

"전 강호가 들고 일어나는데 설마 그들이 견딜 수 있겠나?"

공손척이 의문을 표하자 휘의 입가에서 서서히 웃음이 사라졌다. 웃음이 사라진 무감정의 표정으로 휘가 입을 열었다.

"그 어떤 경우에도 마음을 놔서는 안 됩니다. 적은 강하니까요."

휘의 머릿속에 철운양의 철가면이 떠올랐다.

'마백지주나 마천황을 제외하더라도 그가 그곳에 있다는 것 자체로 누구도 승리를 장담할 수 없는 상황이 될 것입니다.'

3

칠월 초하루 정오 무렵, 무당의 장문인이자 정무맹의 맹주인 청천 도장에게 한 통의 서찰이 전해졌다. 청천 도장은 오수를 즐기던 중 한 통의 서찰을 받고는 눈을 부릅떠야만 했다.

"이것을 만상문의 문도라는 사람이 가져왔더란 말이냐?"

"그렇사옵니다."

지시를 기다리며 서 있던 운강 도장이 고개를 숙이며 대답하자 청천 도장은 굳은 얼굴로 입을 열었다.

"즉시 선양궁에 말을 전하거라. 비상회의를 할 터인즉 한 분도 빠짐없이 모두 모여달라 해라."

"예, 장문인."

임시 정무맹의 회의청인 선양궁에는 오십여 명의 강호 명숙들이 웅성거리며 앉아 있었다. 귀마련의 싸움이 끝난 지 보름 만에 난데없이 소집

된 비상회의다 보니 당연히 궁금함이 가득한 표정들이 대부분이다.

청천 도장은 웅성거리는 사람들을 향해 가볍게 손을 들어 보이고, 좌중의 소란이 가라앉자 조용히 입을 열었다.

"만상문으로부터 신마천궁의 총단에 대한 정보가 들어왔습니다."

조용히 울리는 청천 도장의 목소리에 장내가 술렁였다. 신마천궁의 총단이 밝혀졌다면 마를 멸할 절호의 기회.

"확실하오이까, 맹주?"

종남의 장문인 종남일연 황정신의 물음에 청천 도장은 굳은 얼굴로 고개를 끄덕였다. 그러자 이번에는 화산의 대장로이며 장문인인 우양자의 사형이 되는 우공자가 몸을 일으켰다.

"무량수불, 황 도우께서 물으신 의도는 아마도 그 정보의 중요성 때문이 아닌가 하오이다. 만일 그 정보가 잘못되었을 시 그로 인한 피해는 말로 형용할 수가 없을 것인즉, 정보의 진위를 확실히 아는 것이 무엇보다 중요할 것이라 생각합니다만……."

그 말의 뜻을 모르는 사람은 없었다. 하나 그러한 정보를 듣고도 가만히 있기에는 정보의 가치가 너무도 컸다.

믿고 움직이자는 사람들과 확인하기 전에 움직여서는 안 된다는 사람들로 반응이 갈리고, 답을 바라는 중인들의 눈길이 단상의 청천 도장을 향할 때다. 말없이 맨 앞에 앉아 있던 노승이 합장을 하며 일어섰다. 소림의 장로이며 달마원주인 심은 대사였다. 용혈궁과 대치 상태인 소림에선 여전히 장문인 대신 그가 십팔나한 중 네 명과 정무맹에 머물고 있었던 것이다.

"아미타불, 빈승이 한말씀 드리겠소이다. 얼마 전 삼패가 척마맹을 결성하고 혈천교를 친 것은 모두 아실 것입니다."

심은 대사의 말에 모두가 고개를 끄덕였다. 귀먹은 사람이라 할지라도 모르는 사람이 없는 이야기였다. 정무맹과 죽련이 귀마련을 쳤을 때 척마맹은 혈천교를 쳤다.

"하면 그들이 만상문의 정보를 토대로 혈천교를 쳤다는 사실은 아시는지……?"

잠시 장내가 술렁였다. 그에 대한 것을 아는 사람도 있었지만 모르는 사람이 더 많은 것 같았다.

동요하는 사람들을 바라보던 청천 도장이 이때라는 듯 한마디를 보탰다.

"아마 지금쯤 우리가 전해받은 소식과 같은 내용의 서신이 척마맹에도 들어가지 않았을까 하는 것이 빈도의 생각이외다."

순식간에 장내가 조용해졌다. 그러자 한쪽에 쪼그리고 앉아 이를 잡고 있던 주유신개가 주위를 둘러보며 나직이 말했다.

"뭐, 만상문의 진조여휘 문주와 죽련의 죽림삼우가 특별한 관계라는 소문도 있으니 분명 그들에게도 이와 똑같은, 아니, 어쩌면 더 자세한 정보가 들어갔을지도 모르는 일. 여러분께선 어찌 생각들 하시오? 믿고 움직이는 것이 좋겠소, 아니면 정보가 확인될 때까지 기다리는 것이 좋겠소?"

주유신개는 개방의 방주. 강호제일의 정보통인 개방의 말을 무시할 사람은 아무도 없었다. 황정신도,

"척마맹이?!"

우공자도,

"백문이 불여일견이라 했으니… 허험!"

호북성 무창.

삼패는 혈천교를 치기 위해 임시로 한 채의 커다란 장원을 매입하고는 대대적인 보수를 한 후 각각 삼백, 총 구백의 무사를 주둔시켰다. 그들을 위한 일반 하인들까지 합하면 총 일천이 넘는 대식구였다.

척마장의 별원인 삼천상원(三天相院).

한여름 꽃향기 가득한 별원의 팔각루에는 삼패의 주인들이 마주 앉아 머리를 맞대고 있었다.

그들의 눈길은 탁자 위에 놓여 있는 한 장의 서신을 향해 있었다. 역시 만상문에서 보낸 신마천궁의 총단에 관한 서신이었다.

"믿을 수 있겠소?"

침묵을 깨뜨리며 흘러나온 호령묵의 말에 사공천이 조용히 고개를 들었다.

"하면 보고만 계실 거요?"

"음……."

호령묵이 이맛살을 찌푸리자 위지혁성이 입을 열었다.

"혈천교는 당분간 움직일 수가 없을 것이오. 그렇다고 당장 그들의 본거지를 칠 수도 없는 상황. 차라리 신마천궁의 총단에 대한 정보가 정확하기만 하다면 총단을 치는 것이 나을 것이라는 것이 본인의 생각이오만."

우기가 오는 계절에 동정호를 주 무대로 하는 혈천교를 친다는 것은 매우 위험한 생각이었다. 또한 척마맹이 혈천교를 칠 수 없는 만큼 혈천교 역시 많은 무사를 움직여 고토 회복을 도모한다는 것도 어려운 일이었다. 결국 싸움은 잠시 소강 상태일 수밖에 없는 상황.

위지혁성의 말뜻을 알아들은 사공천이 고개를 끄덕였다.

"가지를 붙잡고 씨름하는 것보단 당연히 뿌리를 뽑아버리는 것이 낫겠지요."

사공천마저 위지혁성의 말에 공감을 표하자 호령묵도 이마를 펴고 천천히 고개를 끄덕였다.

"나 역시 두 분의 말에는 공감하오. 다만 정보의 정확성을 따져 보자는 것일 뿐이오."

"그렇다면 더 망설일 것이 없을 것 같소."

사공천의 강한 어조에 위지혁성과 호령묵이 동시에 사공천을 바라보았다. 그러자 사공천이 희미한 웃음을 지으며 입을 열었다.

"정보를 확인하기 위해서는 적지 않은 시간이 필요하오. 게다가 놈들의 총단이 청해 어딘가에 있다는 소문은 진작부터 있었던 이야기. 여기 앉아서 기다릴 시간에 우리 눈으로 직접 확인해 봅시다. 확실하다 싶을 때 때려부수면 되지 않겠소?"

"어허."

"…흠."

억지 같으면서도 어느 정도는 수긍할 수밖에 없는 의견에 망설이는 두 사람. 사공천은 그들의 얼굴을 향해 고개를 들이밀며 쐐기를 박았다.

"정무맹에도 정보가 들어갔다는 말이 있소. 한데 그들도 움직이기로 결정한 모양이오. 설마 놈들이 중원에 흘린 쓰레기나 치우며 뒤치다꺼리 할 생각은 아니겠지요?"

"험, 그건… 좀 그렇구려."

"갑시다, 까짓 거."

그들은 잊지 않고 있었다, 묵운산장에서 죽어라 싸우고도 화정월과 진조여휘에 의해 자신들은 뒤치다꺼리나 하는 신세가 되어야 했던 뼈아픈 과거를.

5

"정무맹과 척마맹에서 신마천궁을 치기로 결정했습니다, 문주."
"좋습니다. 그럼 정보의 중앙 통제는 만 총호법님이 해주시고, 본 문의 무사들은 절정의 고수들만 가도록 하지요. 공손 노선배님, 노선배님께서 그들을 이끌어주십시오."
공손척이 동그래진 눈으로 검지를 들어 자신을 가리켰다.
"내가? 나는 아직 만상문의 사람도 아닌데 어떻게……?"
"지금 본 문에 고수들은 많지만 많은 사람을 이끌 만한 사람으로 공손 노선배보다 나은 사람이 없습니다. 그리고 악을 물리치기 위함인데 본 문의 사람이면 어떻고 아니면 또 어떻겠습니까? 안 그렇습니까, 여러분?"
둘러앉았던 사람들이 일제히 고개를 끄덕였다.
"문주님의 말씀이 맞습니다!"
그러자 휘가 마지막 일격을 가했다.
"그리고 이번 일이 잘 끝나고 나면 용혈궁을 되찾는 일에 만상문의 모든 것을 쏟겠습니다."
가만히 앉아서 졸지에 만상문의 토벌대장이 된 공손척은 어정쩡한 표정으로 고개를 끄덕였다.
"뭐, 정 그렇다면야……."
"단, 전장의 중심으로 깊이 들어가선 안 됩니다. 외곽에서 꼭 필요한 곳만을 지원하면서 저를 기다리십시오."
"어? 어, 알겠… 네."

"그리고 만약 끝까지 제가 나타나지 않거든 즉시 그곳을 떠나야만 합니다."

"…무슨 말인가?"

"제 말이 무슨 뜻인지 그때가 되면 아시게 될 겁니다."

'그 길만이 목숨을 구할 수 있는 길이니까요.'

한편 만시량은 웃음을 참을 수가 없었다. 꼭 예전에 자신이 겪었던 일을 보는 것만 같지 않은가. 그렇다고 대놓고 웃을 수도 없는 일. 만시량은 웃음을 참기 위해 휘에게로 고개를 돌렸다.

"문주, 노하구의 분타에 머무르고 있는 자들은 어찌할 생각이신지……."

흑살지주와 귀혼유사, 어을량을 비롯해 아홉 명의 마도 고수를 말하는 것.

"그들은 제가 임의대로 움직여 볼까 합니다. 일종의 별동대처럼 말이지요."

"하긴… 그동안 문주와 함께했던 적 호법 일행이 청해에 가 있으니 그것도 괜찮을 듯합니다만 그들이 순순히 따르겠소?"

"그건 그리 걱정할 것 없습니다. 그들은 이미 신마천궁에 반기를 들었습니다. 이제는 그들이 매달릴 수밖에 없는 상황이지요."

"흠, 그렇다면야……."

만시량이 고개를 끄덕이자 공이연이 꿍한 목소리로 입을 열었다.

"사람이란 게 언제 마음이 변할지 모르니 항상 조심해야 하는데… 더구나 문주처럼 마음이 약한 사람은……."

그 말에 휘가 어설픈 미소를 지으며 공이연을 바라보았다.

"그 사람들, 쉽게 마음을 바꾸진 못할 겁니다. 차라리 죽으면 죽었지."

"……?"
"그들을 데리고 성수곡을 들렀다 청해로 가겠습니다."
"문주께서 그리 말씀하신다면……."
여전히 못미더운 표정으로 공이연은 휘를 째려보았다.
'그거야 맘대로 하고, 우리 유유는 어떡할래?'
상황만 좋다면 멱살이라도 잡고 물어보고 싶은 공이연이었다.

      *   *   *

모용서하가 한 벌의 옷을 내밀었다.
"이거 입고 가세요."
묵빛 바탕에 가슴에는 붉은 혈련화가 새겨져 있었다. 천화단심기의 혈련화였다. 아마도 처음 만났던 때, 그때 봤던 듯싶다.
"그리고 이거……."
또 하나를 내민다. 영웅건이다. 영웅건의 가운데에도 혈련화가 피어 있다.
"유유 동생이 밤새서 만든 거예요."
움찔, 휘는 동그랗게 커진 눈으로 모용서하를 바라보았다. 그러자 모용서하가 피식 웃으며 입을 열었다.
"너무 마음에 둘 필요 없어요. 이야기 다 들었어요. 유유 동생의 몸을 다 봤다면서요?"
그 이야기를 공유유가 했을 리 없다. 했다면 공이연이 했을 것이다.
"그거야… 치료를 하느라……."
"본 것은 본 거잖아요."
"뭐, 그렇게 따진다면 그렇지."

"어떻게 할 거예요?"

"뭘?"

"여자의 몸을 다 봐놓고 모른 체할 거예요?"

"……."

"주물렀다고도 하던데……."

휘는 눈을 부릅떴다.

"절대 그런 일은 없소! 나는 단지 이렇게 했을 뿐이오!"

그리고 손을 들어 허공을 주물렀다. 그러자 모용서하의 어깨에 손가락 자국이 나며 진짜 주무르는 것처럼 살이 쑥쑥 들어간다, 그날 공유유를 치료하며 행할 때와 똑같이. 일명 격공안마술(?)이었다.

"휘랑, 정말 이렇게 했어요?"

"진짜라니까!"

"휴우, 그럼 분명해졌네요."

"그럼! 분명……!"

"휘랑은 유유 동생을 주물렀군요?"

"그렇다니… 엉? 무슨 말이오, 그게?"

"아직도 모르겠어요? 휘랑이 한 행동은 비록 직접 살이 닿지 않았다 뿐이지 주무른 거나 똑.같.단. 말이에요."

"그게 어떻게 같단 말이오?"

"그럼 지나가는 여자한테 그렇게 해봐요, 그 여자가 뭐라 하는지."

그랬다가는 따귀를 얻어맞는 정도로 끝나지 않을 것이다. 음적으로 몰리지나 않으면 다행일 터.

맙소사! 그게 그렇게 되나?

"끄응……."

결국 휘는 고개를 푹 숙이고 모용서하가 내민 영웅건을 받아 들었다.

그때 모용서하가 넌지시 말했다.
"지금 속으로는 좋아 죽겠죠?"
뭐, 나쁜 일은 아닌 것 같다.

7장
정녕 방법은 없는가?

1

정무맹이 출정식을 갖고 청해로 향한다는 소문이 강호를 진동시켰다.
뒤이어 척마맹과 죽련의 청해 행이 알려지자 신마천궁이 무너지는 것은 기정사실화가 되어버렸다. 심지어 어떤 이들은 신마천궁이 벌써 무너지기라도 한 것처럼 이야기를 꾸며낼 정도였다.
휘는 노하구(老河口)에서 자신을 기다리던 흑살지주와 귀혼유사, 그리고 어을량을 비롯한 아홉 명의 고수를 만나 사천의 성수곡으로 향하던 중 그러한 소문을 듣고 쓸쓸한 웃음을 지었다.
신마천궁이 조용한 이유는 모른다. 확실한 것은 그들이 결코 앉아서 당하지만은 않을 거라는 점이다.
얼마나 많은 피가 흐를지…….

*   *   *

성수곡에 들어서자 제일 먼저 휘를 반긴 것은 황령의 강아지였다.
멍! 멍!
황령의 강아지는 이제 강아지라 부를 수 없을 정도로 몸집이 커져 있었다.
근데 이놈이 휘를 향해 코를 킁킁거리더니 꼬리를 흔든다, 휘의 체향을 알아본 것인지.
"하하하! 나를 알아보다니, 제법 영리한 놈이구나!"
휘가 즐거운 마음에 웃음을 터뜨리자 개 짖는 소리에 밖으로 나오던 황령이 휘를 알아보고 환한 웃음을 지었다.
"휘 오빠!"
"잘 있었어? 이야, 황령이도 많이 컸는데?"
"피이, 근데 혼자 왔어요?"
"응? 혼자는 아니고……."
"저 이상하게 생긴 할아버지들 말고요. 연연이는 같이 안 왔어요?"
졸지에 이상한 사람이 되어버린 흑살지주와 귀혼유사는 일그러진 얼굴로 황령을 노려보았다.
휘가 곡구에서 기다리라는 말에도 행여나 약이라도 하나 얻을까 싶어서 악착같이 따라 들어온 두 사람이다. 그런데 아직 솜털도 가시지 않은 계집아이가 한다는 말이, 뭐라? 이상하게 생긴 할아버지?
그렇다고 쉽게 기가 죽을 황령이 아니다.
"쳇, 저 할아버지는 어디서 눈병 걸린 눈으로 숙녀를 꼬나본담? 옮으면 어쩌라고."
당찬 황령의 말에 귀혼유사는 슬며시 눈을 돌리며 꼬리를 말고 흑살지주는 기분 좋은 웃음을 지으며 고개를 끄덕였다.
'그럼 그렇지, 저놈보고 한 말이었군.'

하지만 그는 귀혼유사를 쳐다보느라 미처 몰랐다, 황령이 거미를 싫어하기에 차마 하고 싶은 말을 못하고 입 모양만 오물거리고 있다는 것을.

'참 신기하게 생겼네. 꼭 거미새끼처럼 생겼잖아? 아니지. 늙은 거민가?'

휘는 터져 나오려는 웃음을 참고 황령에게 물었다.

"연연이는 못 왔다. 그래, 곡주님은 안에 계시지?"

황령은 고개를 끄덕이며 밝게 소리쳤다.

"예, 오빠! 제가 가서 말씀드릴게요!"

자신을 알아보는 의원들과 인사를 나누며 황방의 목옥에 도착하자 황방은 여전히 사람 좋은 웃음을 머금은 얼굴로 휘를 맞이했다.

"만상문에 대해 의원들이 모두 고마워하고 있소이다."

"아닙니다. 오히려 고마워해야 할 사람은 저희들이지요. 성수곡의 의원님들 덕분에 부상자들이 신속한 치료를 받을 수 있게 되었는걸요."

"허허허, 그렇다면야 누이 좋고 매부 좋은 일이지요."

휘는 이런저런 이야기를 나누다가 자신이 이곳에 온 목적을 털어놓았다.

"사실 곡주님을 만나고자 온 것은 한 가지 알아볼 것이 있어서입니다."

"말씀해 보시구려. 공자의 얼굴에 낀 먹구름이 잘생긴 얼굴을 망치고 있는데 내 무엇을 못 들어드리겠소?"

휘는 쓴웃음을 지으며 입을 열기 전에 마음을 먼저 가라앉혔다. 그리고 천천히 입을 열었다.

"실혼인에 관해섭니다."

"실혼인?"

황방의 얼굴도 서서히 굳어졌다. 휘가 실혼인을 언급했을 때는 그것이 초혼혈단과도 연관된 이야기일 것이라 생각이 든 때문이다.

"어떤 사람이 실혼인이 되었습니다. 그런데… 또다른 실혼인과 비교해 봤을 때 조금 이상한 점이 있어서요."

"음, 이상하다? 어디 말해보시구려."

"일단 다른 실혼인들에 비해 행동이 자유롭습니다. 굳이 비교를 한다면 다른 실혼인들은 혼을 다스리는 매개물이 있어야만 움직입니다. 그러나 제가 아는 실혼인은 말만으로도 명령을 이행합니다."

언뜻 황방의 굳어진 얼굴이 가늘게 떨리는 게 느껴졌다.

"게다가 흘리는 기운이 일반 실혼인보다 훨씬 정갈합니다. 일반 실혼인들은 칙칙하니 어두운 기운이 흘러나오는데, 이 실혼인은 무겁고도 위압적인 기운이 마치 절대고수의 것처럼 자연스럽게 흘러나옵니다."

그 말에 황방의 가늘게 떨리던 눈이 부릅떠졌다. 믿을 수 없다는 눈빛이다.

휘는 뭔가를 알고 있는 듯한 황방의 태도에 당장이라도 대답을 듣고 싶었지만 일단 궁금함을 참고 마지막 한 가지를 마저 말했다.

"그리고 무엇보다 눈빛이 다릅니다. 일반 실혼인들은 시뻘건 혈안인데 비해 이 실혼인은 은은한 녹기가 흐르고 있습니다."

말을 맺고 황방을 바라보았다.

눈을 부릅뜬 황방의 몸이 거세게 떨리고 있다. 왜 저러는 것일까. 도대체 황방이 아는 사실이 무엇이기에.

황방은 숨을 서너 번에 걸쳐 길게 몰아쉬고 나서야 휘를 똑바로 바라보며 말문을 열었다.

"초혼혈단과 관계된 것이 아닌가 생각했다면 공자의 생각이 맞소."

'역시…….'

"그리고 두 종류의 실혼인이 각기 다른 형태를 보인 이유를 묻는다면… 나는 이렇게 말할 수 있소."

휘와 눈을 마주한 채 황방은 또박또박 새기듯이 말했다.

"초혼혈단이 보다 더 완벽해졌다는 거요."

그리고 차마 입이 떨어지지 않는다는 듯 어렵게 말을 이었다.

"게다가… 어쩌면 또 다른 초혼혈단의 효능마저 알아냈는지 모르겠소."

또 다른 효능?

휘는 가만히 눈을 감았다 뜨고는 한 가지를 물었다.

"당가조차 초혼몽을 수십 년 연구하고도 결실을 보지 못했다 들었습니다. 대체 누가 과연 그토록 완벽한 초혼혈단을 만들고 또 다른 효능까지 알아낼 수 있단 말입니까?"

당가에 대한 말이 튀어나오자 황방의 표정이 잠깐 흔들렸다.

"당가에다 초혼몽에 대한 이야기를 꺼냈단 말이오?"

"워낙 중요한 일이다 보니 제가 물어봤습니다, 혹시나 해서. 사실대로 다 말해주더군요. 지나간 일까지 말입니다."

하긴 그럴 수도 있는 일이다. 의약제에 관한 것을 당가에게 묻지 않는다면 누구에게 물을까. 하지만 그들이 자신들의 치부를 다 털어놨다는 것은 참으로 의외의 일이었다.

"어떻게든 배상을 할 거라 하더군요, 할 수 있는 데까지는."

"허, 거참. 그 고집쟁이들이 이제야 정신을 차렸나 보군."

"연 의원님께는 잘된 일이 아니겠습니까?"

"그건 그렇소. 이제라도 그리만 된다면야……."

죽은 사람을 되살릴 수는 없겠지만 연약신이 떳떳이 살아갈 수 있게 된 것만 해도 어딘가.

황방은 감회가 깊은 표정으로 고개를 끄덕이며 다시 입을 열었다.
"말이 빗나갔구려. 어쨌든 초혼혈단을 완벽하게 만들 수 있는 사람이 한 사람이 있소. 공자도 짐작하고 있겠지만."
"으음……."
휘의 입에서 침음성이 흘러나왔다. 물론 짐작은 하고 있었다. 제혼초 강록과 혈태를 가지고 사라진 성수곡의 반도. 그가 아니라면 누가 있을까.
휘는 묵묵히 황방을 바라보다가 불쑥 입을 열었다, 그냥 지나가는 물음처럼.
"혹시 초혼혈단에 이지를 상실한 사람을 원래대로 돌려놓는 방법은 없겠습니까?"
하지만 황방은 냉정하게도 딱 잘라 말했다.
"현재로써는 아무런 방법이 없소."
평정심이 자신도 모르게 흔들렸다. 그러다 보니 목소리가 떨려 나온다.
"정말 없겠습니까?"
황방은 기이한 눈으로 휘를 바라보았다. 지나친 반응이라는 생각이 든 것이다.
실혼인들의 정신을 되돌리는 것이 그리도 중요한 일이던가?
황방의 의아해하는 눈빛이 자신의 속마음을 깊숙이 파고드는 것 같다.
'어쩔 수 없나?'
휘는 눈을 내리깔고 나직이 속사정을 반쯤 털어놓았다.
"솔직히 말씀드리지요. 아무래도 보다 완벽해진 초혼혈단으로 만들어진 실혼인이 제가 알고 있는 사람인 듯합니다. 아직 확실치는 않습니다만."

"그런 일이?!"
"해서 그 사람의 정신을 되돌려 정확한 것을 알고 싶습니다."

황방의 목옥을 나오는 휘의 표정은 어둠이 짙게 깔려 있었다.

"애석하게도 특별한 방법은 없소이다. 그만큼 초혼혈단이 지독한 거지요."

결론은 그랬다. 방법이 없다는 것, 그리고…….

"차라리 깨끗하게 끝내는 것이 나을지도 모르지요. 정신을 되돌릴 수 없다면 비참한 삶을 사는 것보단 그게 낫지 않겠소? 늙어가다 보니 새삼 느낀다오. 사람에게는 '어떻게 살아가느냐' 하는 것도 중요하지만 죽음을 깨끗하게 맞이하는 것도 그 못지않게 중요하다는 생각이 드는구려."

고개를 들자 하늘에 맑은 구름이 흘러가고 있다.
'정녕 방법이 없단 말인가?'
멍하니 허공을 바라보며 상념에 잠긴 휘의 표정이 어찌나 무겁게 보이든지 저만치 바위 위에 앉아 황령과 시시껄렁한 이야기로 다투고 있던 흑살지주와 귀혼유사도 입을 다물고 휘를 바라보았다.
그때였다.
"휘 대형!"
멀리서 누군가가 휘를 불렀다.
상념을 털어낸 휘는 소리가 나는 쪽으로 고개를 돌리며 빙그레 웃음을 지었다.
풍인강이었다.

오직 영호련을 만나겠다는 일념으로 적인풍과 함께 성수곡까지 온 그이다.

영호련에게 핀잔을 얻어먹고서 성수곡에서 팔을 치료하고 있다고 했는데 안 보인다 했더니 어딜 다녀오는 길인가 보다.

펄렁거리는 소매를 옆구리에 쑤셔 넣고 달려오는 그의 얼굴에 함박웃음이 떠올라 있었다. 누가 저 사람을 보고 냉면진천검이라 할까.

"풍 형, 어딜 다녀오는 길입니까? 안 보여서 성수곡을 다 뒤져 보려고 했는데."

흑살지주가 힐끔 휘를 쳐다본다.

꼭 '씨도 안 먹히는 거짓말을 저리도 태연히 하다니' 하는 눈빛이다. 그러나 휘의 앞에 멈춰 선 풍인강의 마음은 그와는 전혀 달랐다. 그저 휘의 목소리를 들을 수 있다는 것만으로도 즐거운 것이다.

"하하하, 뒷산에 가서 수련을 하고 있었습니다."

그래선지 등판이 땀으로 젖어 있다.

휘는 풍인강의 마음을 눈치 채고 웃음 띤 얼굴 그대로 고개를 끄덕였다.

"역시 풍 형입니다."

"서 호법님께서 의수를 만들어주신다고 했으니 열심히 해야죠."

"그래요? 잘됐군요."

"저… 대형."

풍인강이 은근한 목소리로 휘를 불렀다.

"예, 말씀해 보세요."

"청해로 가실 거지요?"

"그럴 생각입니다."

"그럼 저도 데려가 주십시오."

간절한 눈빛이다. 아마 저 눈빛에 적인풍이나 만시량도 풍인강이 성수곡에 가겠다는 걸 말리지 못했을 거라는 생각이 들었다.

하지만 휘는 매몰차게 고개를 내저었다.

"풍 형, 절.대. 안 됩니다."

"대형……!"

풍인강이 애절한 눈으로 휘를 바라보더니 뭔가 결심이 선 듯한 표정으로 입을 열려 할 때다.

그걸 본 휘가 재빨리 한마디를 더했다.

"만일 계속 같이 가시겠다고 한다면 저와 의를 끊겠다는 말로 알아듣겠습니다."

풍인강은 입을 열려다 말고 멍하니 휘를 쳐다봤다.

'먼저 말하려고 했는데…….'

당한 것 같은 기분에 풍인강이 떨떠름한 표정을 짓자 휘가 마지막 굳히기에 들어갔다.

"아직 완전하지도 않은 풍 형을 데려가서 무슨 일이라도 일어나면 제가 어떻게 낯을 들고 형제들을 바라보겠습니까? 영호 대주의 원망은 또 어떻게 듣고요? 영호 대주가 저를 원망하는 소리를 들으면 풍 형의 기분이 좋겠습니까?"

"그건… 아닙니다."

"그럼 제 말대로 하세요. 그리고 마침 풍 형에게 맞는 검법이 하나 있으니 그걸 익히면서 제가 돌아올 때까지 기다리세요."

"저에게 맞는 검법요?"

"예. 아마 제대로 익히면 이삼 년 안에 성취를 볼 수 있을 겁니다."

결국 풍인강은 고개를 숙이고 휘의 말을 따르기로 했다. 영호련의 이름이 튀어나오면서 이미 끝난 일이었다.

"갑시다. 문의 형제들을 만나봐야죠."

"예, 대형."

풀 죽은 풍인강을 바라본 휘는 신형을 돌리며 맹렬히 머리를 굴렸다.

'단천락이 진천검의 변화와 잘 어울리면 뭔가 그럴싸한 검법이 하나 나올 것도 같은데…… 요결도 융화가 잘될 것 같고…….'

2

하루도 머무르지 않고 떠나려는 휘에게 황방은 보따리 하나를 건네주었다. 간단한 약재들이 들어 있는 보따리였다.

흑살지주는 그 보따리를 스스로 짊어졌다.

"예전에 내가 무거운 서책도 짊어지고 다녔다는 거 문주도 알지?"

물론 희생정신으로 그런 것은 당연히 아니었다. 무인은 언제 어느 때 부상을 당할지 모르는 사람들. 약 보따리를 짊어지고 다니면 제일 먼저 그 혜택을 볼 것이 아닌가.

그리고 또 다른 이유도 있었다. 황방을 졸라 귀혼유사와 함께 얻은 원기보강제는 땀을 많이 흘리고 복용해야 효과가 좋다고 했는데 그냥 다녀서는 땀이 날 것 같지 않아서였다.

'흐흐흐, 아마 청해에 도착해 있을 때쯤에는 주름이 몇 개는 펴져 있을 거야.'

흑살지주에게 선수를 뺏긴 귀혼유사는 다른 방법으로 땀을 흘리려 했다.

"그 검이나 칼을 들고 다니기 무거우면 나에게 맡기게들. 내가 들고 갈 테니까."

하지만 누구도 귀혼유사에게 자신의 무기를 맡기는 사람은 없었다. 도리어 덜떨어진 사람 취급만 받았을 뿐이다.

미쳤나, 무인의 생명이나 마찬가지인 무기를 맡기게?

사흘 만에 흑살지주는 자신의 결정을 후회했다.
"빨간 눈깔아, 이제 네가 짊어지고 가라."
"싫어."
귀혼유사는 냉정하게 거절했다.
'미쳤냐? 그냥 걸어도 땀이 나는데.'
그랬다. 사천의 북서쪽은 천하에서 가장 험한 곳 중에 한곳. 너무도 험해서 내공을 끌어올리고 가는 데에도 절로 땀이 날 정도였다. 그런데 왜 보따리를 짊어진단 말인가. 멍청하게.
흑살지주는 다른 사람들을 둘러보았다. 자신보다 훨씬 젊은 놈들을. 그런데 그놈들 중 자신과 눈이 마주치는 놈들이 없다.
'씨발 놈들, 어떤 놈이고 다치기만 해봐라!'
한을 곱씹으며 반나절을 더 걸어갔을 때다. 구원군이 나타났다.
"이리 주시오, 내가 들고 갈 테니."
휘였다. 휘가 입가에 웃음을 머금은 채 손을 내민다.
흑살지주는 눈물이 나오려는 것을 꾹 참고 보따리를 건네주었다.
'역시 사람이 다르다니까. 크흑!'
보따리를 받아 든 휘는 주섬주섬 보따리를 뒤지더니 조그마한 목함을 꺼내 들었다. 그리고 목함의 뚜껑을 열고는 엄지손톱만 한 단약을 꺼내 흑살지주에게 내밀었다.
"드시구려."
"이게… 뭔 약인데?"
"별것은 아니오."
흑살지주가 물끄러미 단약을 쳐다본다, 먹을까 말까 망설이며.
그때 들리는 휘의 목소리.

정녕 방법은 없는가? 229

"양금환이라는 것인데……."
순간, 경악의 탄성.
"양.금.환?! 성수곡의 비장 영단이라는 양금환 말이오? 천금을 줘야만 구할 수 있다는 그 양.금.환?!"
입을 쩍 벌린 흑살지주를 보며 고개를 끄덕인 휘.
"황 곡주가 준 거요. 다섯 알 줬는데 그동안 고생했으니 하나 드시구려."
흑살지주를 바라다보는 여덟 쌍의 눈동자에 부러움이 가득하다..
"므흐흐흐, 십 년 내공은 늘어나겠군."
그들을 쓰윽 훑어본 흑살지주는 재빨리 양금환을 입에 털어 넣었다.

사천에서 청해의 납달목으로 가는 일직선의 길은 없다 해도 과언이 아니었다.
제아무리 내공이 심후하고 십 장 허공을 뛰어오르는 고수라 해도 깎아지른 듯한 수백 장의 절벽을 보면 기부터 질릴 수밖에 없다.
휘 일행 역시 갈지 자로 돌고 돌아가는 길을 택해야만 했다. 차라리 섬서로 올라간 후 청해로 들어가는 우회로를 택하는 게 나았을 거라는 생각이 들 정도였다.
게다가 그런 곳에 정보원이 있을 리 만무한 일. 그들은 그렇게 어렵게 어렵게 청해에 발을 딛고서야 처음으로 중원원정단에 대한 소식을 들을 수 있었다.
정무맹과 척마맹, 그리고 죽련을 비롯한 중원원정단이 휘 일행보다 한 발 먼저 청해의 고원 지대에 들어섰다는 소식을.

3

고원 지대로 들어서자 그렇게 뜨겁던 태양도 한풀 꺾여 바람에서 기분 좋을 정도의 시원함이 느껴졌다. 과연 청해에는 여름이 없다는 말이 실감날 정도였다.

광활한 초원 지대를 지나고 황하를 건너 병풍처럼 둘러선 대산맥에 들어서자 삼백여 명을 이끌고 앞장서서 걷던 청의무사가 손으로 산맥 너머를 가리키며 입을 열었다.

"이곳부터는 놈들의 터전입니다."

아니마경산맥을 넘어가는 길은 말이 길이지 길이라 부를 수도 없을 만큼 거칠고 험했다, 경공을 쓰는 무림의 고수들조차 어려움을 느낄 정도로.

하지만 이제 적은 대자연뿐이 아니다. 진짜 적이 지척에 있는 것이다.

"개별적인 행동은 자제해 주시기 바랍니다.

짧은 말 한마디에 사람들의 얼굴이 굳어졌다.

놈들의 터전. 쉽게 말해 언제 어디서든 적들의 공격이 있을 수 있다는 말이다.

"신마천궁의 총단까지는 얼마나 남았나?"

화산의 대장로 우공자의 물음에 만상문의 무사 도지강이 짧게 대답했다.

"앞으로 오 일이면 도착할 수 있을 것입니다."

"오 일이라······."

도지강의 말을 되뇌이는 우명자의 말이 커다란 울림이 되어 모두의 귀를 파고들었다.

오 일. 오 일이면 마의 온상이라는 신마천궁의 총단을 친다.

반응은 대체로 둘로 나뉘었다. 신마천궁과의 싸움을 경험해 본 사람들은 굳은 얼굴이 펴질 줄을 몰랐고, 그렇지 않은 사람들은 들뜬 얼굴로 자신들이 마치 강호를 구하는 구세주라도 된 양 어깨에 힘이 들어갔다.
 우공자가 다시 입을 열었다.
 "척마맹이 당도하기 전에 모든 것이 끝나 버렸으면 좋겠군."
 사실 모두의 희망 사항이었다. 그리 될 수만 있다면……
 하지만 일부 사람들은 결과가 그리 낙관적이지 않다는 것을 잘 알고 있었다, 차라리 척마맹이 먼저 그들을 공격했으면 하는 마음이 들 정도였으니.

4

 안개 자욱한 절곡 안의 묵빛 기와를 얹은 삼층 전각. 희미한 황촛불이 타오르는 전각 안에서 심령을 뒤흔드는 저음의 굵은 음성이 나직이 울려 나왔다.
 "놈들의 진로에 대해서 파악은 다 되어 있는가?"
 "예. 현재 정무맹이 넷, 척마맹이 셋, 죽련이 둘, 그리고 섬서연합과 감숙연합이 합쳐 하나, 총 십로(十路)로 나뉘어 오고 있사옵니다."
 "흠, 현재 본 궁의 대처는?"
 "놈들의 인원은 많은 곳이 사백, 적은 곳은 이백 정도로 파악되고 있사옵니다. 해서 일단은 다섯 곳에 무사들을 배치했사옵니다."
 "다섯 곳? 왜 다섯 곳이더냐?"
 신마천궁주 야율황의 말에 엎드려 있던 혁수명이 천천히 고개를 들고 말했다.
 "본 궁의 전력을 모두 드러낸다면 열 곳 모두에 치명타를 가할 수 있을 것이옵니다. 하나 살아남은 자들은 본 궁의 총단에 남아 있을지도 모를 힘이 두려워 더 다가오지 않고 물러갈 것이옵니다. 그리 되면 놈들을 물리칠 수 있을지는 모르나 다시 중원을 도모하기 위해선 많은 세월이 필요하게 될 것이옵니다."

"흠, 다섯 곳만 치면 그 모든 것이 해결된단 말이냐?"

"어차피 총단의 위치가 드러난 이상 이 기회에 두 마리 토끼를 모두 잡아야 한다는 것이 저의 생각이옵니다, 궁주. 밖에서 반, 그리고 안으로 끌어들여 반을 제거한다면 중원의 힘은 반 이상이 줄어들 것이옵니다."

"두 마리 토끼라… 적도 멸하고 중원도 도모한다 이 말이냐?"

"본 궁을 치기 위해 온 자들만 몰살시킨다면 마백의 주인이시자 아수라의 대리인이신 궁주님의 숙원을 성취하는 일은 여반장일 것이옵니다."

"후후후. 좋군, 좋아. 무양산에서 흐른 핏물이 황하를 붉게 물들이겠군. 혁수명, 계획대로 시행하라! 아수라의 대지를 피로 물들여라!!"

"존명!"

한데 괴이하다. 엎드린 채 대답하는 혁수명의 눈에서 기이한 광망이 번뜩인다. 그것은 결코 절대 복명하는 자의 눈빛이 아니다.

그러나 야율황은 물론이고 야율황의 양편에 앉아서 엎드린 혁수명을 벌레 보듯 바라보던 두 명의 마천황조차도 그런 혁수명의 눈빛을 알아볼 수 없었다.

*   *   *

십마세(十魔勢) 중 묵운산장에서 마진 속에 숨어 수백 명을 죽이고 몰살한 귀마전과 철혈성에서 죽은 혈광루의 수장만이 빠진 자리. 나머지 여덟 세력의 수장들이 한자리에 모이자 대전 안은 터져 나갈 듯한 기운이 휘몰아쳤다.

"궁주님의 명이 떨어졌소!"

마향각주 혁수명의 말에 다른 일곱 명의 수장 중 몇몇이 인상을 찌푸리며 혁수명을 바라보았다.

마치 자신이 팔마세의 대좌령이나 된 듯이 입을 여는 혁수명이 못마땅하다는 듯이. 그러나 어쨌든 궁주의 명을 전하는 자.

"명을 받드오!"

일제히 외치는 소리에 대전이 뒤흔들렸다.

"아수라의 대지를 피로 덮으라 하셨소! 각 마세의 수장들은 아수라의 대리인이신 궁주님의 뜻을 받들어 맡은 임무를 다하여 주시오!"

"아수라께 영광을!!"

5

화정월이 이끄는 황산검문의 제자들과 상관숭양이 이끄는 오룡회의 고수들은 모두 이백, 절정에 달한 고수만도 스무 명에 달하고 나머지도 일류 이상의 고수들로 구성되어 있었다.

그들의 눈빛은 청해로 들어서면서부터 불타오르고 있었다. 귀혼에 의해 자식과 조카와 사형제들을 잃은 그들이었기에 신마천궁을 치려는 마음가짐이 남다를 수밖에 없었다.

그런데 이제 신마천궁의 총단이 있다는 무양산까지 사흘 거리란다.

적들의 총단에 사흘이면 도착할 수 있다는 말을 듣고 몇 사람은 밤을 새서라도 달려가자 할 정도였다. 특히 아들이 귀혼이 되어 죽어간 상관홍은 강하게 자신의 의견을 내놓았다.

"숙부님, 이대로 달려가서 놈들을 칩시다!"

하지만 상관숭양은 그들의 주장을 단호하게 일축했다.

"안 된다."

"안 되다니요? 원수들이 멀지 않은 곳에 있는데 여기서 기다리잔 말씀입니까?"

조카인 상관홍의 말에 상관숭양은 굳은 얼굴로 고개를 가로저었다.

"네 맘을 모르는 것은 아니다만 신마천궁을 치는 것은 우리만이 아니다. 척마맹의 나머지 삼 파도 있고 정무맹도 있다. 그뿐이냐? 죽련과 섬서의 연합 세력이 달려오고 있다. 그들이 모두 할 일이 없어 오는 줄 아느냐?"

"숙부님!"

"놈들이 그만큼 강하다는 말이다, 그들이 모두 달려들어야 할 정도로. 한데 우리의 힘만으로 놈들을 치자고? 너는 네 형의 복수만 중요하고 다른 사람들의 안위는 중요하지 않단 말이냐?"

"제가 어찌……. 하오나 앉아서 기다리기에는 너무 답답하기만 합니다. 원수들이 멀지 않은 곳에 있는데 말입니다."

"사흘이다. 사흘만 기다리면 원수들의 피를 볼 수 있을 것이다."

상관숭양이 목소리를 누그러뜨리며 상관홍을 달랬다. 상관홍은 급한 성격이 문제여서 그렇지 지닌 바 무공은 창천보의 오대고수에 꼽힐 정도이다. 심지어 상관숭양 자신이라도 승리를 장담할 수 없을 정도의 고수가 바로 상관홍이었다. 그런 상관홍이 독자적인 행동을 한다면 창천보의 전력에 큰 차질이 올 수밖에 없는 일.

상관숭양은 자신들을 안내해 온 만상문의 무사를 바라보았다.

"이보게, 모레면 천검보의 사람들과 만날 수 있다 했는가?"

만상문의 안내 무사 구호인이 고개를 끄덕였다.

"계획대로 움직이면 모레 정오 무렵이면 조구에서 만날 수 있을 것입니다."

그 말에 상관숭양은 상관홍을 돌아다봤다.

"들었느냐? 일단 천검보의 사공 보주를 만나고 나서 다시 계획을 짜보기로 하자."

상관홍은 할 수 없다는 듯 거친 숨을 내쉬며 답했다.

"좋습니다. 하지만 그들마저 바로 움직이지 않겠다면 저는 따로 움직이겠습니다."

홱 몸을 돌리는 상관홍을 바라보며 상관숭양은 한숨을 내쉬었다.

"후우, 어찌 네 맘을 모를까?"

상관숭양이 축 늘어진 어깨를 한 채 뒤돌아설 때다.

휘리리리!

어디선가 괴이한 휘파람 소리가 들려왔다.

"응?"

결코 야조의 울음소리가 아니다. 그렇다고 자신들의 일행이 낸 소리도 아니다. 밤이어서 그렇지 낮이었다면 듣지 못했을지도 모를 정도의 나지막한 울림.

그때다.

"모두 조심하라 이르게."

있는 듯 없는 듯 한쪽에 묵묵히 앉아 있던 화정월이 굳은 목소리로 입을 열었다.

상관숭양은 화정월의 당부에 흠칫 몸을 떨었다.

다른 사람의 말이 아니다. 검성 화정월의 말인 것이다.

"뭐가 느껴지는가?"

상관숭양의 물음에 화정월의 이맛살이 찌푸려졌다.

"잘은 모르겠지만 누군가가 접근하고 있네."

말이 미처 끝나기도 전에 화정월이 천천히 몸을 일으켰다, 손에는 애

검 무애를 움켜쥐고.

"빠르게 접근하고 있어. 모두 무기를 들고 대비하라 이르게."

상관숭양은 화정월의 반응에 놀라 급히 소리쳤다.

"누군가 접근하고 있다! 모두 조심하라!"

상관숭양의 목소리가 밤하늘을 울릴 때였다.

"으악!"

어둠 속에서 비명이 터져 나왔다.

"웬 놈이냐?"

"누가 감히!"

"방원으로 둘러서서 적을 차단하라!"

상관숭양의 일갈이 월야에 울려 퍼졌다. 하지만 비명 소리는 여전히 이름 모를 계곡을 뒤흔들 뿐이다.

"헉! 조심… 으악!"

"놈들은 이지가 없다! 목을 베어라!"

창! 차창! 콰광!

6

그래도 넓은 곳에서 공격을 받은 사람들은 좀 나았다.

척마맹 제이진 삼양신문의 무사들은 좁은 협곡에서 난데없이 하늘을 새까맣게 메운 화살 세례를 받아야 했다.

일류 이상의 고수들에게 화살은 그리 위협적이지 못한 것이 일반적인 생각이다. 그러나 하늘에서 가속이 붙어 떨어지는 화살은, 더구나 달조차 구름에 가려진 밤에 쏟아지는 화살은 위협적이지 않을 수 없었다.

게다가 뭉쳐 있다 보니 풍차처럼 휘돌린 검과 도에 튕겨 나간 화살이 도리어 주위의 동료들에게 피해를 주고 있었다.
"모두 벽으로 붙어서 간격을 벌려라!"
호령묵의 광량한 외침이 터져 나왔다. 하지만 좁은 협곡 안에서 삼백에 달하는 무사들이 간격을 벌리기가 쉬울 리가 없다.
"신풍단은 앞을 뚫고 나가라!"
다급히 이어진 두 번째 명령. 전방의 바위 뒤에 몸을 숨기고 화살을 쳐내던 중년의 무사들이 빠르게 튀어나왔다. 신풍문의 최강 무력 단체인 신풍단의 무사들이었다.
"풍도당은 신풍단을 엄호하라!"
뒤이어 삼양신문의 전위 세력인 풍도당 오십여 명의 무사가 쏟아지는 화살비를 쳐내며 달려가는 신풍단의 머리 위로 몸을 날렸다.
신풍단이 협곡의 끝에 거의 다다랐을 즈음, 어둠 속에서 수십여 명의 흑의인이 소리없이 떨어져 내렸다.
"적이다! 머리 위를 조심하라!!"
누군가가 그들을 발견하고 대경해 소리쳤다.
하지만 협곡을 울리는 메아리가 멈추기도 전에 비명 소리가 꼬리를 물고 이어졌다.
"으악!"
"커억!"
그들은 빠르고도 은밀했다.
폭이 좁은 협도가 허공을 난자할 때마다 신풍단의 무사들이 비명을 지르며 쓰러졌다.
순식간에 십여 명의 신풍단원이 쓰러지자 뒤이어 풍도당원들이 흑의인들을 향해 달려들었다.
어둠 속의 난전. 아무리 어둠에 크게 구애받지 않는 고수들이라 하지만 난무하는 도검을 피한다는 것은 쉬운 일이 아니다. 게다가 적들은 어둠에 동화되어 그림자조차 잡기가 쉽지가 않다.

"이놈들!!"

그때다. 협곡을 뒤흔드는 노성이 울리더니 호령묵을 위시한 삼양신문의 장로들이 협곡의 출구를 향해 빗살처럼 날아갔다.

동시에 기다렸다는 듯 흑의인들의 뒤쪽에서도 시커먼 구름이 물밀듯이 밀려들었다. 신마천궁의 살귀, 흑살루의 마인들이었다. 시커먼 마기를 뿜어내는 그들의 움직임은 유령의 그것과도 같았다.

7

"훅! 훅!"

아미의 장문인 해월 사태는 거친 숨을 몰아쉬며 믿을 수 없다는 눈빛으로 전장을 응시했다.

어스름이 가고 아침 햇살이 밝아오려 할 때 저들이 나타났다.

안개 속에서 불쑥 나타난 갈의인들을 봤을 때만 해도 설마 일이 이 지경으로 흐를 줄은 상상도 하지 못했다.

급습을 받기는 했지만 적의 숫자는 잘해야 일백. 자신들은 삼백을 웃도는 각파의 정예 고수들. 아미와 청성, 당문 등이 합쳐진 자신들을 감히 일백의 무리로 공격한다는 것이 어찌 생각하면 가소로워 보일 지경이었다.

하지만 단 일각이었다, 자신은 물론이고 자만에 차 있던 정무맹의 삼단에 속해 있는 고수들의 얼굴이 해쓱하니 질린 시간은.

'놈들은 악귀들이다!'

그렇게 생각할 수밖에 없었다.

팔이 잘렸는데도 웃으며 달려든다. 심장에 검을 박고도 한참을 날뛰다 쓰러진다. 멋도 모른 채 일검을 날리고 뒤돌아섰던 사람들 중 그렇게 당한 사람이 수십 명이다.

손속은 어찌 그리 잔인한지 쓰러져 버둥거리는 사람의 목을 치고 사지를 잘라 철저하게 죽이고 있다, 그것도 웃으면서.

그뿐이 아니다. 하나같이 고수 아닌 자가 없다. 각자는 절정에 이르지 못했어도 둘이 합공하면 절정의 고수조차 밀릴 정도다.

죽음을 두려워하지 않는 고수.

무인이라면 가장 경계해야 할 자들을 맞이하고도 자만에 젖었던 결말은 참혹하기 그지없었다.

적들이 다시 안개 속으로 스며들어 가기 전까지 단 일각 만에 오십여 명이 죽임을 당하고 백여 명이 크고 작은 부상을 당했다.

스산한 바람이 불어온다.

저만치서 넋을 잃고 있는 청성의 장문인 진양자가 보인다.

제자들의 신음 소리가 지천을 울리고 있는데도 망연자실한 채 움직일 줄을 모르고 있다.

그 심정을 어찌 모르랴, 사지가 잘리고 내장을 쏟아내며 처참하게 죽어간 제자들을 가슴에 묻으려면 피눈물이 흐를 터인데.

"아미타불! 장문인."

해월 사태의 부름에 그제야 정신을 차린 진양자가 고개를 돌렸다.

"일단 제자들의 시신을 정리합시다. 까마귀밥으로 만들 수는 없지 않겠습니까?"

안개구름 속에서 울어대는 까마귀들의 울음소리가 산마루를 뒤덮고 있다.

진양자는 이를 악물고 고개를 끄덕였다.

"추태를 보인 것 같구려, 해월 도우."

"참으로 지독한 놈들입니다. 어찌 이런 일이……. 불제자로서 복수 운운하기는 뭐합니다만… 어찌 제자들의 한을 외면할 수 있겠습니까?"

해월 사태의 창백하니 질린 표정에서도 서서히 분노의 표정이 떠오르기 시작했다.

"원시천존, 내 한 몸 지옥에 가더라도 이 원한만은 갚고 가리라!"

진양자의 분노가 깊어질수록 도포 자락의 펄럭임은 폭풍을 만난 듯 세차졌다.

그때 당가의 가주 당한문이 두 사람을 향해 다가왔다.

"두 분 장문인, 아직 놈들의 공격은 끝난 것이 아닌 듯싶습니다. 분노를 가라앉히고 우선 주위부터 빠르게 정리하는 것이 순서일 듯합니다만……."

"아미타불."

"무량수불, 당 도우의 말씀이 맞소이다. 이러고 있을 때가 아니지요. 다른 곳도 놈들의 공격을 받았을 터."

8

공격을 받은 곳은 모두 오로, 나머지 오로는 공격을 받지 않았다. 그렇기에 그들의 행보는 공격을 받은 곳보다 빠를 수밖에 없었다. 또한 그 때문에 그들은 적들의 무서움을 체감하지 못하고 있었다.

그것은 작으면서도 큰 차이였다.

무양산이 보일 때쯤 공격을 받지 않은 사람들이 당연히 먼저 도착했다.

남로를 타고 목적지에 도착한 사공천은 산허리가 안개로 뒤덮인 무양산을 바라보며 눈살을 찌푸렸다.
 오는 내내 무엇 때문인지 마음이 편치가 않았다. 그러다 무양산을 보는 순간 그는 그것이 무엇 때문이었는지를 알 수 있었다.
 너무도 조용했다. 너무도 쉽게 여기까지 왔다. 적어도 한두 번의 공격은 있을 거라 생각했건만······.
 사공천이 무양산을 바라보며 더 나아갈 생각을 하지 않자 사공후가 뒤로 다가왔다.
 "아버님, 무슨 걱정이라도 있으십니까?"
 사공천은 묵묵히 안개 낀 무양산의 정상 쪽을 바라보며 입을 열었다.
 "여기서 다른 조가 올 때까지 기다린다."
 "예?"
 "삼재의 방어진을 형성하고 휴식을 취해라."
 "하오나 너무 위험합니다. 놈들의 본거지가 지척이지 않습니까?"
 "공격을 받았을 것 같으면 진작 받았을 것이다."
 "그럼 놈들이 알고도 공격하지 않았단 말씀입니까?"
 "올 테면 오라는 것이겠지."
 사공천의 표정이 싸늘하게 굳었다.
 "알지 않느냐? 놈들은 강하다, 그것도 두려울 정도로. 그런 놈들이 왜 기다린다고 생각하느냐?"
 사공후가 생각에 잠긴 듯하자 옆에 다가와 있던 부양청이 가라앉은 목소리로 입을 열었다.
 "놈들은··· 안으로 끌어들여 승부를 보겠다는 생각일 겁니다. 도망조차 갈 수 없게 말입니다."
 사공천이 천천히 고개를 끄덕였다.
 "내 생각도 그렇다. 여기까지 오는 동안 너무 편했던 것이 마음에 걸렸었지. 그런데 이제 확실해졌다. 놈들은… 여기서 끝을 보자는 거야."

목소리가 바람을 타고 흐른다. 이백이 넘는 천검보의 무사들이 하던 행동을 멈춘 채 숨을 죽이고 사공천의 말에 귀를 기울였다.

"이번 원정단이 아무런 성과도 없이 패하면 중원은 피로 물든다. 무슨 말인지 알겠느냐?"

"아버님……."

"죽더라도 그냥 죽지는 말란 말이다, 모두들!"

모든 사람들이 자신들도 모르게 이를 악물었다.

사공천의 나직한 말에선 진한 피 냄새가 배어 나오고 있었다. 새삼 전의(戰義)와 함께 공포스러웠던 지난날이 떠오른다, 귀혼의 난이라 부르는 그날의 그 광경이…….

9

적인풍을 비롯한 만상문의 사람들은 무양산에서 삼십 리가량 떨어진 강족의 부락 웅고촌과 두어 군데의 다른 부락에 나누어서 숨어 있었다.

본래 외족(外族)을 배타하는 그들이 만상문의 사람들을 받아들인 것은 삼십육위 중 두 사람이 강족 출신이었기 때문도 하지만 연수의방의 연약신이 강족의 족장들과 매우 가까운 관계를 유지하고 있어 특별히 부탁을 했기 때문이다.

다행스럽게도 신마천궁에선 철저히 변복을 한 그들을 전혀 눈치 채지 못하고 있었다.

그래도 조심에 조심을 해야만 했기 때문에 그들은 밤에만 전서구를 날려 신마천궁의 동태를 사흘 간격으로 만상문에 보고했다.

그 후 신마천궁을 치기 위한 중원무림의 원정대가 조직되자 삼십육위 중 스무 명에게 각각 두 마리씩의 전서구를 주고는 십로의 안내무사로 보내 중원무림의 무인들을 안내케 했다. 그리고 그들로부터 받은 보고를 바탕으로 전체의 움직임을 조율했다.

하지만 원정대의 사람들은 단 한 사람만의 안내무사를 알고 있을 뿐 다른 한 사람은 모르고 있었다. 그들은 만일의 사태에 대비해 십로의 뒤를 은밀히 따르고 있기 때문이었다.

그리고 마침내 뒤따르는 자들로부터 초긴급 연락이 전해왔다, 사공천이 천검보의 무사들을 이끌고 무양산 자락에 도착한 바로 그 시각에.

"다섯 곳이 당했습니다!"

적인풍의 말에 둘러앉은 사람들의 눈에 한광이 일었다.

"그럼 다른 다섯 곳은?"

경백후가 묻자 적인풍이 심각한 표정으로 입을 열었다.

"기이하게도 열 방향 중 공격을 받은 곳은 정확히 반, 다섯 곳입니다."

눈을 가늘게 뜬 공손척이 서신을 바라보았다.

"피해는?"

"죽은 자만 삼백이 넘고 중상을 당한 자도 삼백이 넘습니다. 총 전력에서 이 할 이상은 무용지물이 되었습니다."

"맙소사!"

"그럴 수가!!"

"놈들이 움직인 것도 못 느꼈는데 어떻게……?"

경악스런 상황에 모두가 한마디씩 하고는 입을 닫자 영호련이 입술을 잘근 깨물며 말했다.

"둘 중 하납니다."

당홍이 영호련을 바라보았다.

"둘 중 하나?"

"예. 하나는 단순히 우리가 놈들의 움직임을 놓쳤다는 것, 그리고 다른 하나는… 솔직히 말씀드리기가 겁납니다."

"뭔데?"

그리 말하니 더 궁금한 표정들이다. 궁금함으로 가득 찬 열 쌍의 눈이 영호련을 향해 집중됐다.

"음… 다른 하나는… 놈들이 우리의 움직임을 처음부터 알고 있었다는 겁니다."

"뭐?!"

"말도 안 돼!"

"알면 왜 우리를 가만 놔두었단 말인가?"

아연한 눈들이 영호련을 향한 채 움직일 줄을 몰랐다.

같이 움직인 것은 두 달이라는 짧은 기간이었지만 영호련의 정보 분석 능력이 여기 있는 누구보다 뛰어나다는 것은 모두가 알고 있던 터이다. 그러니 지금 한 말도 뭔가 이유가 있기에 한 말일 것이다.

하지만 무작정 믿기에는 너무나 엄청난 이야기였다.

"이유가 있나?"

적인풍의 말에 영호련은 천천히 고개를 끄덕였다.

"놈들은 무양산에 들어간 후로 거의 움직이지 않았어요. 그러다 보니 사실 우리는 신마천궁의 총단이 무양산에 있다는 것만 확인했을 뿐, 저들의 힘이 어느 정도인지는 알고 있는 것이 거의 없지요. 그냥 묵운산장에서의 싸움 등으로 유추하고 있을 뿐."

영호련은 말을 끊고 사람들을 둘러보았다.

"만일 저 안에 도사린 힘이 묵운산장보다 더 강하다면? 그것도 비교할 수 없을 만큼 훨씬 더 강하다면?"

만근 침묵이 방 안의 대기를 짓눌렀다. 영호련의 입에서 어떤 말이 튀어나올지는 몰라도 사람들은 지금 들은 말만으로도 질린 표정을 감출 수가 없었다.

세상에! 묵운산장의 힘보다 훨씬 강하다고?

초평우가 답답함을 이기지 못하고 막 반발을 하려 할 때다. 영호련이 피가 나도록 입술을 깨물며 말문을 열었다.

"그렇다면 저들은 우리가 움직이는 것을 구경하면서 즐기고 있었을 겁니다. 한마디로… 우리는 저들의 손바닥 위에서 놀고 있었던 거지요."

불편한 표정으로 경백후가 인상을 찌푸렸다.

"그건 이유가 좀 부족하네. 그래서 저들이 얻는 게 뭐란 말인가?"

영호련의 고개가 푹 숙여졌다.

"후우, 한꺼번에 몰아넣고 때려잡겠다는 거겠지요. 제발 그런 뜻이 아니길 바랍니다만… 열 군데 중 다섯 곳만 공격을 받았다는 말을 들으니 더 그런 생각이……."

입을 쩍 벌린 사람들이 저마다 혼잣말하듯 한마디씩 중얼거렸다.

"분노한 자들로 하여금 물불 안 가리고 덤비게 하겠다는 건가?"

"힘은 힘대로 약화시키고 말이지?"

"사방이 틀어 막힌 절곡 안에 집어넣고 몰매를 주겠다고?"

"정말 저들에게 그 정도의 힘이 있을까?"

문제는 그것이었다.

저들에게 정말 그 정도의 힘이 있다면 분명 영호련의 말은 일리가 있는 말이었던 것이다.

중원원정단의 몰살.

침묵은 일각 이상 이어졌다.

겨우 생각을 정리한 영호련이 천천히 주위를 둘러보고 결의에 찬 어조로 입을 열 때까지.

"정말 제 생각이 옳다면 우리가 할 수 있는 방법은 하나뿐인 것 같아요. 최대한 유기적인 관계를 유지하는 것. 피해를 입은 곳과 피해를 입지 않은 곳이 톱니처럼 함께 움직여야 해요. 그것만이 최대한 피해를 줄일 수 있어요. 이미… 늦었을지도 모르지만요."

적인풍이 고개를 끄덕이고는 안광을 빛내며 벌떡 일어섰다.

"즉시 움직입시다. 영호 낭자의 말이 맞든 맞지 않든 지금 당장은 그 방법이 가장 효과적일 것 같습니다. 어쩌면 벌써 산을 올라간 사람들이 있을지도 모르겠습니다. 문주님께서 오실 때까지 기다릴 여유가 없을 것 같습니다. 갑시다!"

10

만상문의 사람들이 흩어져 무양산으로 접근하는 십로를 찾아갈 즈음, 신마천궁의 공격을 받지 않은 오로 중 천검보와 정무맹의 일단과 이단은 서서히 무양산의 산 능선을 타고 정상을 향해 걸음을 옮기고 있었다.

그중 사공천의 천검보가 제일 먼저 무양산을 오르기 시작했다.

완만하게 펼쳐진 능선을 오른 지 두 시진. 백 장이 넘을 듯한 절벽이 그들의 걸음을 붙잡았다.

장관이라면 장관이었다. 그러나 절벽 앞에 선 사람들의 마음은 절벽의 높이만큼이나 답답해지고 있었다.

과연 저 안에 무엇이 있을까?

절벽에서 교묘한 틈을 찾은 것은 반 시진이 더 흘러서였다.

겹쳐진 암벽으로 인해 언뜻 보면 도저히 알 수 없는 이 장 넓이의 틈. 그곳은 바로 무양산의 중심부에 있는 절곡 안으로 들어가는 단 하나의 입구였다.

"넓이는 이 장, 길이는 백 장은 족히 되지 않나 생각됩니다."

"경비 상황은?"

사공천의 물음에 사공후가 즉시 대답했다.

"이상할 정도로 허술합니다. 솔직히 경비만 봐서는 저 안에 신마천궁이 존재하는지조차 의문입니다."

그럼에도 척마맹의 그 누구도 그곳을 통해 안으로 들어갈 생각을 가진 사람은 없었다. 차라리 백 장이 넘는 험한 절벽이지만 그곳으로 넘어가고 말지 악마의 아가리에 머리를 들이밀기가 싫은 것이다.

물론 사공천도 보이는 입구로는 들어갈 마음이 없었다.

"절벽을 넘어 들어간다. 오십 명씩 조를 이뤄 차례대로 올라가도록!"

11

휘가 강족 마을인 웅고촌에 도착했을 때 마을은 쥐 죽은 듯이 조용하기만 했다.

"마을이 텅 비어 있습니다. 며칠 전만 해도 많은 사람이 있었는데 이상합니다."

삼십육위 중 조구에서부터 휘를 안내한 도평이 여기저기를 돌아다녀 보더니 의아하다는 투로 입을 열었다.

"본 문의 사람들이 머물렀던 곳은 어떻소?"

"아무도 없습니다. 누가 뒤진 흔적도 없이 깨끗하게 사람만 빠져나갔습니다."

그렇다면 공격을 받은 것은 아니다. 계획된 움직임이다. 자신을 기다리지 않고 움직였다면 이유는 오직 한 가지, 그만큼 다급했다는 것. 그리고 마을 사람들도 위기를 느끼고 몸을 피한 듯하다.

휘는 뒤를 돌아보지도 않고 입을 열었다.

"갑시다."

쉬지도 못하고 움직이는 것이 불만이긴 했지만 누구 하나 불만을 토로하지는 않았다.

그들도 느끼고 있는 것이다.

신마천궁과의 마지막 전쟁이 지금 저 멀리 보이는 곳에서 벌어지고 있다는 것을.

8장
오! 하늘이여!

1

산허리에 안개를 두른 무양산에 들어선 첫 느낌은 고요함이었다.
산 전체가 숨을 죽인 채 침묵하고 있었다.
공포에 짓눌린 두려움 때문인가. 돌아다니는 짐승들의 기운조차 느껴지지 않는다. 아마도 짐승들은 자신들의 집에 처박혀 꼼짝도 하지 않은 채 질식할 듯한 살기를 지닌 인간들이 물러가기만을 기다리고 있을 터이다.
침묵이 내려앉은 무양산을 오른 지 이각여. 백여 장 높이의 깎아지른 듯한 절벽이 쏘아진 살처럼 나아가던 휘 일행의 앞을 병풍처럼 둘러서서 가로막았다.
휘는 걸음을 멈추고 절벽 위를 바라보았다.
절벽 너머에서 흐르고 있는 가공할 살기가 느껴진다. 진한 피비린내가 맡아진다. 그리고 하늘조차 고개를 돌리게 만드는 처절한 비명 소리가 산을 무너뜨릴 것만 같은 기운의 파동과 함께 들린다.

"이곳인가?"

마침내 신마천궁의 총단에 도착한 것인가? 이곳이 진정 마백의 둥지 신마천궁이란 말인가?

흑살지주가 떨리는 목소리로 물었다.

"이 안에 신마천궁이 있단 말이지? 그 괴물도 있고?"

괴물에 대해선 흑살지주에게 귀가 따갑도록 들은 어을량 등이었다. 그러니 이제는 괴물이라는 말만 들어도 지겨울 정도였다. 하지만 막상 절벽 너머에 괴물이 있다는 말을 듣자 궁금함이 고개를 들었다.

귀왕의 목을 삼초 만에 쳤다는 괴물은 어떻게 생겼을까? 정말 그런 괴물이 있을까?

어쩌면 사실일지도 모른다. 그런 괴물에 버금가는 또 다른 괴물이 바로 코앞에서 말하고 있지를 않은가.

"있을 겁니다. 아니, 있어야 합니다. 꼭."

무슨 뜻일까. 조금은 이해하기 힘든 말이다.

어을량의 뒤에 서 있던 귀혼도 막수강이 머뭇거리며 물었다.

"문주, 문주와 비교하면 어떻습니까?"

모두가 초롱초롱한 눈으로 휘를 바라보았다. 기가 막힌 질문이었다. 왜 저걸 여태 물어보지 않았는지 머리를 쥐어박고 싶을 정도다.

사람들의 눈을 의식한 휘가 마지못해 입을 열었다.

"전에 만났을 때는 비슷했습니다."

그럼 지금은?

휘는 더 이상 말을 하지 않았다. 하지만 사람들은 대충 짐작할 수가 있었다.

전에는 비슷했지만 지금은 아니다. 지금은 저 괴물 문주가 더 세다!

각자가 나름대로 확신에 찬 눈빛을 빛내고 있을 때다. 휘가 무거운 음성으로 나직이 입을 열었다.

"안으로 들어가거든 될 수 있으면 흩어지지 말고 서로를 도우면서 적을 상대하세요."

고개를 끄덕이는 사람들. 휘는 그들을 죽 둘러보고는 눈을 절벽 위로 돌렸다. 살기가 하늘 높이 솟아 정상에 걸쳐진 구름이 핏빛으로 물들고 있었다.

"갑시다!"

절벽 위에 올라 백여 장을 가자 이번엔 낭떠러지다.

그리고 그 아래 화산의 분화구처럼 족히 수만 평은 됨 직한 분지가 펼쳐져 있다.

분지에는 아름드리 온갖 수목들이 자라 있고, 그 사이마다 시커먼 벽돌로 쌓은 전각 수십 채가 악마의 이빨처럼 우뚝우뚝 솟아 있다.

그야말로 비경 중 비경이다. 그러나 지금은 피로 뒤덮인 비경이다. 아비규환의 전쟁터.

나무와 나무 사이, 전각과 전각 사이에 온통 쓰러진 자들뿐이다. 흑회색 흙으로 이루어진 지상은 그들이 흘린 피를 빨아들여 더욱 검게 물들어 있다.

쓰러진 자들은 대부분 죽었는지 움직이지도 않는다. 일반 무사들, 승려, 도인……. 그야말로 각양각색의 사람들이 팔다리가 잘린 채 뒤엉켜 있다.

정무맹과 척마맹, 그리고 죽련 등을 중심으로 한 중원원정단의 고수들과 신마천궁의 마인들이다.

지옥의 풍경이다.

각자의 이념을 지키기 위하여 서로의 가슴에 검을 꽂고 있다.

휘의 일행이 아연한 눈으로 내려다보는 사이 싸움은 점입가경으로 치닫고 있다.

아직도 중원원정단의 무사들이 월등히 많았다. 두 배도 더 됨 직하다.

한데 두 배가 넘는 수적인 우세에도 불과하고 상황은 그리 낙관적이지 못하다. 오히려 뒤로 밀리고 있는 형세다, 적의 진짜 수괴들은 아직 나타나지도 않은 것 같은데도.

'마백지주와 마천황을 찾아야 한다. 그들을 처리하지 못하면 이겨도 이긴 것이 아니다.'

휘가 상황을 파악하며 내심 마백지주와 마천황이 어디에 있을까 살펴볼 때였다.

"문주, 어찌하면 좋겠소?"

어을량이 휘를 바라보며 무겁게 입을 열었다.

휘는 품속에서 상(像) 자가 날아갈 듯이 멋지게 쓰인 머리띠를 나눠주었다. 그리고 머리띠를 받아 든 채 어리둥절해 있는 사람들을 향해 입을 열었다.

"이 머리띠를 묶으시오. 최소한 같은 편의 검에 당하는 일이 있어서는 안 되지 않겠소?"

"언제 이런 걸……."

"성수곡에서 검보를 적다 생각이 나서 만든 것이오."

어을량이 감탄한 눈으로 눈을 들자 휘가 한쪽을 가리켰다.

그곳에선 공손천과 적인풍을 비롯한 만상문의 고수들이 빙 둘러서서 흑의인과 치열한 접전을 벌이고 있었다. 주 전장에서 멀리 떨어져 있어서인지 아직 큰 피해는 없어 보이지만 점점 위태한 상황으로 치닫고 있다.

"저곳에서 싸우고 있는 사람들이 본 문의 사람들이오. 일단 본 문의 사람들을 먼저 도와주어야 할 것 같소."

휘는 만상문의 사람들을 가리키고는 신형을 날리기 전 사람들을 둘러보았다.

"조심하시오. 꼭 살아서 만납시다. 살아남는 사람들에겐 내 술 한잔 사겠소."

휘의 가벼운 농담에 어을량도 그제야 입가에 웃음을 띠고 고개를 끄덕였다.

백진우와 독고웅을 비롯한 마도의 고수들도 일제히 고개를 끄덕이고, 흑살지주와 귀혼유사도 굳은 얼굴로 고개를 끄덕였다. 어차피 이곳까지 들어온 이상 죽기 아니면 까무러치기라는 심정으로.

"갑시다!"

한데 그때였다.

몸을 돌려 절벽 아래로 신형을 날리려는 휘의 눈에 언뜻 구석진 곳에서 격렬하게 싸우고 있는 사람들이 보였다. 만상문의 형제들이 있는 곳에서 그리 멀지 않은 곳이었다.

일순간 그들을 보던 휘의 눈이 휘둥그레졌다.

"헛!!"

헛바람 빠지는 소리마저 새어 나왔다.

구석진 곳에 있는 이층 전각의 옆에서 결사적으로 싸우고 있는 사람들. 그들은 철무명이 이끄는 철혈성의 무인들이었다.

한데 그들 중에 고봉천이 끼어 있는 것이 아닌가!

게다가 오른손을 휘두르고 있다.

가만, 그러고 보니 만상문의 고수 중 몇몇은 적의 주력이 그쪽으로 가지 못하게 막고 있는 것 같다.

'맙소사! 사부님이 전장에 참여하고 있었다니! 어찌 된 거지?'
"사부님!"
휘는 두 손을 움켜쥐고 고봉천의 모습을 바라보았다.
분명 오른손은 서수장이 만들어준 의수다. 그런데 의수의 끝에 두 자 길이의 검이 달려 있다. 아마도 서수장이 검을 달 수 있게끔 만든 듯하다.
의수에 매달린 검을 휘두르는 모습이 꽤나 자연스럽다. 부족한 것은 장기인 신법으로 메우며 적들을 몰아치고 있다. 비연처럼 날아서 독수리처럼 덮친다.
그 모습을 보는 휘의 눈꺼풀이 가늘게 떨렸다.
"사부님, 대체……."
얼마나 피나는 고련을 했을까, 의수에 달린 검을 저 정도로 쓰기 위해서.
하지만 신마천궁의 적들을 상대하기에는 저 정도로는 부족하다. 아직은 적들 중에 있는 고수를 만나지 않아서 그렇지, 만일 고수를 만난다면 위험에 빠질 수밖에 없다. 비록 곁에서 세 명의 철혈무령이 도와주고 있다지만 갈수록 힘들어지는 것은 매한가지다.
휘는 고봉천이 있는 곳으로 신형을 날렸다. 더는 지체할 수가 없었다. 언제 어떤 고수들이 나올지 모르는 상황. 신형을 날리며 어을량 등에게 소리쳤다.
"여러분들은 제가 말한 대로 본 문의 사람들을 도와주세요!"
그리고 앞을 향해 큰 소리로 외치며 독수리가 먹잇감을 노리고 비행하듯 날아갔다.
"사부님!!"
휘가 날아가자 신마천궁의 무사 하나가 휘를 올려다봤다.

퍽!

가볍게 일권을 휘둘러 그자를 날려 버린 휘는 내친김에 전면을 가로막고 있던 신마천궁의 무사들을 향해 천붕신권을 내갈겼다.

콰콰콰광!!

기의 태풍이 전면을 휩쓸며 먼지구름을 피워 올린다.

"캐액!"

"크악!"

일권에 서너 명의 무사가 처절한 비명을 지르며 사방으로 훌훌 날아갔다. 느닷없이 일어난 가공할 기의 폭풍.

천붕신권의 엄청난 여파에 적아를 불문하고 모두가 정신없이 물러섰다. 남은 것은 자욱한 먼지구름뿐.

뿌연 먼지구름만이 가득 피어오른 곳에 휘가 내려서자 모든 사람들의 눈이 휘를 향했다.

이미 휘가 부를 때부터 자신의 제자가 왔음을 알아챈 고봉천이 두 팔을 벌리며 환하게 웃었다.

"휘아야!"

조금 떨어진 곳에 있던 만상문의 사람들도 그제야 휘를 발견하고는 법석을 떨어댔다.

"형님!"

"문주!"

"왔다, 왔어! 움하하하!"

휘는 그들을 향해 한번 가볍게 웃어 보이고는 곧바로 고개를 돌려 환하게 웃고 있는 고봉천을 바라보았다.

"사부님, 어떻게 된 겁니까? 왜 여기에……? 구 할아버지는 안 오셨습니까?"

"하하하! 내가 신임 성주에게 졸랐다. 제자가 마도 놈들과 싸우러 간다는데 이 사부가 빠질 수는 없지 않느냐? 그리고 구 어른은 몸이 안 좋아지셔서 오시지 못하게 했다."

그랬다. 고봉천은 제자와 함께 마를 물리치는 전장을 함께 누비기 위해서 이 자리에 온 것이다. 휘는 안개가 더욱 짙어진 눈으로 입을 열었다.

"사부님, 그러다 다치시면 사모님이나 연연이가……."

"하하하! 그렇게 걱정할 것 없다. 청화나 연연이도 승낙한 일이다. 내가 어찌……."

호탕하게 말을 잇던 고봉천이 슬며시 말꼬리를 내렸다.

휘가 피식 웃으며 고개를 저었다. 왜 그런지를 아는 것이다.

"그래도 여기는 너무 위험합니다. 제가 처리할 테니 제자의 활약이나 지켜보세요. 그리고 혹시 놈들이 사부님을 해코지할지 모르니 일단 만상문 분들과 함께 계세요."

"괜찮은데……."

휘는 고봉천의 말은 들은 척도 않고 만상문 사람들을 바라보았다.

"여러분은 사부님을 지켜주세요."

만상문 사람들에게 휘의 말은 곧 법이다. 누구도 이의를 달지 않았다. 심지어 흑살지주 등 마도의 고수들조차도.

"걱정 마십시오, 형님!"

"저희가 고 대협의 안전을 지킬 테니 너무 염려하지 마십시오, 문주."

그때였다!

"진… 조… 여… 휘다! 천옥대공 진조여휘다!!"

철혈성의 무사들이 휘를 알아보고는 떨리는 목소리로 크게 소리쳤다.

그 반향은 싸움의 향방을 가를 정도로 엄청났다.

"진조여휘다!"

"천옥대공이 나타났다!"

"네놈들은 이제 다 죽었다!!"

"와! 와와!!"

철혈성의 무사들 입에서부터 시작해서 갈수록 커지는 함성에 신마천궁의 무리들이 뒤로 주춤거리며 물러설 정도였다.

그러다 진조여휘가 나타났다는 말이 정무맹과 척마맹의 싸움터까지 번지자 일순간에 우세를 점하고 있던 신마천궁의 무리들이 뒤로 밀리기 시작했다.

한 사람의 이름이 강호의 존폐를 가늠하는 싸움의 추를 한쪽으로 기울게 만들어 버린 것이다.

강호사에 유래가 없는 전설이 만들어지고 있었다.

고봉천은 눈물이 맺힌 눈으로 자랑스런 제자를 바라보았다.

가슴이 뛰었다. 가슴에 온 세상이 담긴 것만 같았다.

저게 내 제자다!

세상 사람들아! 저 잘난 놈이 내 제자란 말이다!!

큰 소리로 웃고 싶었다. 크게 소리쳐 자랑하고 싶었다.

그런데 왜 눈물이 나는 건지…….

'휘아야, 내 자랑스런 제자…….'

여기저기서 들리는 함성에 휘는 만양을 꺼내 들어 하늘 높이 들었다. 그리고 고봉천을 바라보며 장난기 가득한 얼굴로 씨익 웃고는 눈을 검끝으로 향했다.

"나 유성비월객의 제자 진조여휘가 신마천궁의 무리는 치는 데 앞장설 것이오! 모두 악의 무리를 물리칩시다!!"

어찌 들으면 유치한 말이다.

그러나 때론 유치해 보이는 한마디가 사람의 심장을 벌떡거리게 할 때도 있다. 지금이 바로 그런 경우였다.

"쳐라! 놈들을 쳐라!!"

"악의 무리를 처단하자!"

"천옥대공 진조여휘 대협을 따르자!"

"와! 와와!! 와와와!!"

생사를 가늠할 수 없는 전장터에 절대고수가 나타났다, 그것도 신마천궁의 마인들이 천신처럼 무서워하는 절대고수가. 자연히 사기가 하늘을 찌르며 올라갈 수밖에.

휘는 어이없어하는 고봉천을 향해 다시 한 번 씩 웃어주고는 땅을 박차고 하늘로 날아올랐다.

"와라! 악마의 무리여!"

그리고 그때부터 시작이었다, 전설이.

순식간에 전세가 기울어 버리자 야율황과 두 명의 마천황은 어이가 없었다.

마백령이 나서면서 전황은 우세한 방향으로 흐르고 있었다. 이제 어떻게 마무리를 지을 것인가가 문제일 뿐. 그런데 어디서 망둥이 같은 놈이 나타나더니 전세를 한순간에 뒤집어 버리는 것이 아닌가. 문제는 그자가 바로 진조여휘라는 것.

보다 못한 빙마천황이 가느다란 목소리로 입을 열었다.

"내가 저놈을 죽이겠소."

원인이 되는 놈을 죽이면 전세를 거꾸로 완전히 뒤집을 수 있을 터. 이들로서는 선택의 여지가 없었다.

빙마천황이 나서자 흑마천황은 눈살을 찌푸리며 고개를 끄덕였다.

자신이 먼저 나서고 싶었는데 선수를 놓쳤다. 하지만 어찌 생각하면 놈의 무공을 자세히 볼 수 있을 테니 그 또한 괜찮을 듯했다.

"힘들면 말하시오, 내가 도와줄 테니."

흑마천황의 말에 빙마천황의 작은 눈이 길게 찢어졌다.

"흥! 너무 걱정 마시오. 나 혼자로도 충분하니까."

순간 말을 마친 빙마천황의 신형이 안개가 흩어지듯 전각 안에서 사라져 버렸다.

삼령의 기운이 서로의 힘을 아우르자 전신에서 활화산 같은 내력이 혈맥을 휘돌았다.

끌어올리지 않았을 때는 없는 듯하더니 끌어올리는 순간 태산이라도 쪼개 버릴 것 같은 힘이 용솟음친다.

'득화(得和)의 단계를 확실하게 넘어선 것 같군.'

흑의를 입은 적들이 아무런 표정도 없이 달려드는 것이 보였다.

휘는 일 보를 내디디며 만양을 휘둘었다. 붉은 번개가 대기를 가르고, 일순간 단천락과 절혼광이 자연스럽게 이어졌다.

십자단천명!

열십 자의 번개가 전면을 쓸어버렸다.

콰콰콰!!

무기를 들고 막으면 무기와 함께 튕겨졌다. 한번 쓰러진 자들은 일어서지를 못했다. 거센 충격에 내부가 격탕되며 혈맥이 터져 버린 것이다.

가공할 일검에 주춤거리며 물러서는 자들. 그들을 향해 폭멸혼이 펼쳐지고,

콰아앙!!

비명도 제대로 지르지 못한 채 무너지는 자들의 뒤를 향해 영롱한 혈련화가 튕겨졌다.

퍼버벅!

파죽지세(破竹之勢)!

누구도 휘의 일검을 막지 못했다.

누구도 휘의 앞길을 막지 못했다.

휘가 격전장에 뛰어든 지 반 각도 되지 않아 철혈성과 섬서 무림인들이 목숨을 걸고 싸웠던 마인(魔人)들 태반이 쓰러져 버렸다.

너무도 엄청난 광경에 다른 사람들은 멍하니 구경만 하고 있을 뿐이다. 그럼에도 쓰러지는 자들은 계속 늘어났다.

그러던 어느 순간 휘는 가공할 속도로 자신을 향해 다가오는 기운을 느꼈다. 대기가 움츠러들 정도로 싸늘한 기운.

'마침내 놈들 중 하나가 나온 것인가?'

마백지주인지 마천황인지는 모른다. 분명한 것은 그들 중 하나라는 것.

"킬! 건방진 애송이 놈! 네놈은 내가 상대해 주마!"

허공이다.

휘는 올려다보지도 않고 허공을 향해 만양을 완만하게 올려쳤다. 찰나, 연붉은 번개가 길게 늘어지며 허공을 갈랐다.

단천락이 역으로 펼쳐진 것이다.

쾅!! 우르르릉!

하늘이 뒤흔들렸다. 가공할 격돌의 여파에 휩쓸린 사람들이 공깃돌처럼 튕겨지고, 날아갔다.

"크으……."

뒤이어 들리는 답답한 신음.

순간 휘의 신형이 서 있던 자리에서 쭉 위로 솟아오르더니 비월신영에 오보천환이 동시에 펼쳐졌다. 그러자 날아오른 휘의 신형이 허공에서 다섯으로 갈라졌다.

충격의 반동을 이용해 더 높이 올라갔던 빙마천황은 이를 갈며 두 손을 휘둘렀다. 전력을 다한 천빙마황장.

"이놈! 죽어라!!"

대기가 얼어 뿌연 안개가 서렸다. 몸서리쳐질 정도의 한기가 일 장 거리에서도 느껴질 정도다.

휘는 냉랭하게 코웃음을 치며 만양을 내려쳤다.

전이었다면 쉽게 승부가 나지 않을 정도로 가공할 고수.

그러나 삼령의 기운을 모두 얻은 이상 이제는 아니다.

다섯으로 갈라진 휘가 하늘을 쪼개 버릴 듯 쏘아낸 다섯 줄기의 번개.

줄기줄기 뻗친 번개가 하늘을 얼려 버린 하얀 장력의 강기 벽을 꿰뚫었다.

퍼버버벅!

빙마천황은 붉은 번개에 자신의 천빙마황장이 힘없이 뚫리자 어쩔 수 없이 몸을 틀었다.

그 모습을 본 휘가 무심한 눈으로 만양을 내뻗었다.

'아직 둘이 더 있다. 한 놈이라도 최대한 빠르게.'

허공을 밟고 서서 무심히 검을 내뻗는 모습은 보는 이의 입을 쩍 벌리게 만들었다. 그리고 사람들은 이어진 광경에 벌린 입을 다물지 못했다.

휘황한 빛이 검끝에서 번쩍였다 느낀 순간,

하나의 영롱한 반점이 빙마천황의 가슴 부위에서 빛을 발했다.

해쓱하니 질린 그가 손을 들어올려 가슴을 가린다. 손바닥에 빛의 구슬이 영롱히 맺히고,

퍼억!

자세를 바로잡던 빙마천황의 손에 오리알만 한 구멍이 하나 뚫려 버렸다.

"크헉!"

비명을 내지르며 삼 장 밖으로 튕겨진 빙마천황이 정신없이 물러섰다.

그때다. 사람들의 눈을 의심케 하는 일이 일어났다.

허공에 떠 있던 휘의 신형이 느닷없이 사라져 버린 것이다.

거의 동시,

허공에서 안개처럼 스러진 휘가 그의 일 장 앞에 환영처럼 모습을 드러냈다. 극성에 이른 부동환(不動幻)!

무심한 표정의 휘가 경악으로 눈이 홉떠진 빙마천황을 향해 다시 만양을 들어올리고, 일순간 빛이 뿜어졌다. 귀천무종(歸天無終)!

"꺼어어……"

무너져 내리는 그의 몸에서 시뻘건 피분수가 뿜어졌다.

그것은 괴이한 광경이었다. 죽어라 싸우던 정무맹의 사람들과 척마맹 사람들은 물론이고, 그들과 생사결을 하던 마백령의 고수들조차 넋을 잃고 그 모습을 바라보았다.

빙마천황을 무너뜨린 휘는 멀리 가장 높은 전각 안에서 전장을 바라보고 있는 자들을 향해 고개를 돌렸다. 그리고 그들을 향해 만양을 들어올렸다.

까닥까닥.

"나와라, 마백의 주인이여!!"

빙마천황이 단 몇 초식을 견디지 못하고 가슴에 구멍이 뚫리자 흑마천황과 야율황은 간담이 서늘해졌다.

야율황이 이를 갈며 입을 열었다.
"저놈은… 삼령문주다!"
그는 휘의 무공 근원을 알아본 것이다.
"뭣이? 저놈이 진짜 삼령문주란 말이오?"
흑마천황이 대경한 목소리로 되물었다.
"분명하네. 놈이 사용한 내공은 분명 삼령의 법공이야."
휘가 자신들을 향해 고개를 돌리는 것이 보인다. 그가 검을 들어 자신을 가리키더니 손가락을 까닥이듯이 흔든다. 그리고 들리는 소리.
"나와라, 마백의 주인이여!!"
두 사람이 서로를 돌아봤다. 말은 필요 없었다. 놈이 삼령지주라는 것을 떠나서라도 빙마천황을 단 몇 초식 만에 쓰러뜨린 놈이다.
혼자서 감당할 수 있을 것인가. 힘들다. 두 사람의 생각이 일치했다.
야율황이 마력을 끌어올려 시퍼런 강기를 몸에 두르고 먼저 전각을 박차고 날아올랐다. 그러자 흑마천황도 무심한 눈빛으로 뒤를 한번 바라보더니 그 뒤를 따라 몸을 날렸다, 시커먼 구름에 휩싸인 채.

야율황과 흑마천황이 떠난 전각에 두 사람이 들어섰다.
"생각보다 더 엄청나구나."
"전보다 더 강해진 듯합니다."
혁군명의 대답에 혁수명이 침중한 목소리로 말했다.
"혹시 전에도 마신보다 강했던 것 아니었느냐?"
"그렇게까지는……."
망설이며 답하는 혁군명을 바라보며 혁수명은 암울한 눈빛으로 고개를 저었다.
"아쉽구나. 미리 알았다면 힘을 둘로 나누지 않았을 것을……."

혁군명이 오기 서린 눈빛으로 야율황과 흑마천황이 휘를 상대로 협공을 펼치는 것을 뚫어지게 쳐다보았다.

"궁주와 흑마천황이라면 놈을 죽일 수 있을 것입니다."

"글쎄다… 하는 수 없지. 일단 상황이 다급해지면 마신으로 하여금 고봉천을 잡아들이도록 해라."

"고봉천을요?"

"놈이 아무리 냉정한 놈이라고 해도 제 사부를 외면하지는 않을 것이다."

"하지만 고연연을 인질로 잡았을 때도 놈은 흔들리지 않았습니다. 오히려 고연연의 안위에 아랑곳하지 않고 직접 쳐들어가서 더 살벌하게 날뛰었지 않습니까?"

"그러니 마지막 방법이라지 않느냐? 많은 것을 바라지 않는다. 조금만 흔들리면 되니까."

"음… 알겠습니다, 아버님."

혁수명은 혁군명이 밖으로 나가자 그 자리에 앉아 눈을 반쯤 감고 괴이한 주문을 외우기 시작했다.

"바라니 훔… 다라니 옴… 령의 힘으로 하늘을 바꾸노라. 바사라 훔……."

대체 무엇을 하고자 하는 것인가?

휘는 날아오는 두 사람이 바로 마백지주와 또 한 명의 마천황임을 알아봤다. 마침내 신마천궁주와 흑마천황이 전장으로 날아들자 신마천궁의 마인들도 전력을 다해 반격하기 시작했다.

"켈켈켈! 정파 놈들의 피로 목을 축이리라!"

정무맹과 척마맹의 지휘진도 신마천궁 마인들의 반발이 거세지자 이를 악물고 몰아쳤다. 한번 잡은 승세를 놓치면 얼마나 더 많은 피해가 날지 모른다.

그러나 상대 역시 만만치가 않다.

신마천궁 팔대세력의 힘도 무섭지만 문제는 그들이 아니었다.

온통 시커먼 묵포를 전신에 뒤집어쓰고 얼굴조차 묵포만큼 시커먼 사십여 명 흑면(黑面)의 마인, 마백령!

삼령문을 상대하기 위해 수십 년에 걸쳐 만들어진 마인들.

그들을 상대하기 위해 내로라하는 고수들이 모두 달라붙었다.

구파의 장문들과 칠패의 주인들을 비롯하여 각파의 장로들까지 절정에 달하지 않은 자들이 없다. 백 명이 넘는 절정고수들 중에서도 최절정에 달한 고수 사십여 명이 달라붙었다.

사공천이 피를 뒤집어쓴 채 큰 소리로 외쳤다.

"놈들을 죽이지 않으면 동료들이 죽는다! 모두 전력을 다해 놈들을 쳐라!"

누구나 마찬가지 생각이었다. 죽이지 못하면 죽는다.

자신들이 패하면 중원의 가족들까지 해가 미칠지 모를 일. 그러니 어떻게 해서든 이겨야 한다. 더구나 승세를 잡지 않았는가 말이다.

호령묵도 전장을 독려하며 악다구니를 써대고, 화정월도 혼신의 힘으로 적을 몰아쳤다. 그럼에도 팽팽한 접전이다.

참으로 이가 갈릴 정도였다. 십여 명만이 약간의 우세를 보이며 놈들을 몰아칠 수 있을 뿐, 오히려 쓰러지는 쪽은 정무맹과 척마맹 사람들이 많았다.

그러나 전쟁의 승패를 결정하는 것은 그들이 아니다. 휘와 마백지주와의 결전이 결국 모든 것을 결정한다, 특별한 상황만 발생하지 않는다면.

휘는 그 사실을 누구보다 정확히 판단하고 있었다. 그렇기에 몰려오는 기운을 바라보는 두 눈이 그 어느 때보다 굳어 있다. 결연한 의지로.
가공할 기세가 암흑의 태풍처럼 몰아쳐 온다.
산악조차 일거에 무너뜨릴 것 같은 압력.
'과연 마백지주와 마천황!'
휘는 이를 지그시 깨물고 삼령의 기운을 전신으로 퍼뜨렸다.
화아아악!
이제 힘을 아끼고 자시고 할 여유가 없다. 상대는 천하에 다시없는 고수들.
자신과 저들의 승부로 모든 것이 결정된다.
이천여 명의 고수가 뒤엉켜 싸우고 있지만 허울일 뿐이다.
자신이 지면 남는 자들은 저들의 손에 죽는다. 그리고 중원은 피로 뒤덮일 것이다, 사랑하는 사람들의 절규와 함께.
그러니 무조건 이겨야 한다!
휘는 혼신을 담아 만양을 내려쳤다.
삼령의 기운이 하나로 합쳐지더니 하늘을 쪼개 버릴 듯한 십자단천명이 어둠을 십 자로 갈라 버렸다.
콰우우우웅! 쩌저저적!
일검에 어둠을 갈라 버린 휘의 신형이 허공으로 튀어 올랐다.
'강하다!'
튀어 오른 휘의 발밑을 가공할 어둠의 파편이 스치고 지나간다.
이들의 무공은 단순한 강기가 아니다. 선천의 마기. 말 그대로 자연의 마기를 뭉친 진정한 마공이다.
그런데 의외다. 둘 다 빙마천황보다 더 강하다. 비슷할 거라 생각했거늘.
기세와 기세의 충돌, 어둠과 밝음이 부딪친다.

콰과과과!

쩌저저적!

하늘이 갈라지고, 부서지고, 무너져 내린다.

누구도 승기를 잡지 못한 채 순식간에 십여 초의 공방이 십 장 허공에서 이루어졌다. 폭포수처럼 쏟아져 내리는 강기의 파편.

세 사람의 싸움이 벌어지는 반경 백 장 내에는 누구도 접근할 수 없는 상황.

'이대로는 안 된다!'

전장은 그야말로 점입가경으로 치닫고 있었다. 언제 어느 때 사부님과 만상문의 형제들도 전장에 휩쓸릴지 모를 일. 화정월이 잠시라도 한 사람을 맡아주면 좋으련만 그가 빠지면 마백령과의 팽팽한 싸움이 일거에 기울 터. 그의 도움을 바랄 수도 없다.

오직 자신만의 힘으로 해결해야 한다.

'좋아, 해보자! 내가 바로 세 아버지를 둔 진조여휘다!'

"차아앗!"

콰앙!!

휘는 야율황의 시퍼런 강기를 그대로 내려치고는 그 반진력을 이용해 허공으로 치솟았다. 그리고 이십 장 허공에 다다르자 삼령의 기운을 전력으로 휘돌렸다.

천양과 지음의 기운이 풍령의 기운을 따라 회오리처럼 휘돌았다. 휘돌던 기운이 양손으로 모인 순간,

만양의 검첨에서 번쩍 영롱한 빛이 환하게 피어올랐다.

빙마천황을 한 수에 보내 버린 귀천무종이었다.

쩌억!

괴이한 기음이 터지더니 흑마천황이 가공할 검세를 이기지 못하고 홀

홀 날아간다. 그러나 휘는 자신의 일검이 그리 큰 타격을 주지 못했다는 것을 알고 있었다.

하지만 본래의 목적이 한 수에 상대를 격살하는 것이 아니었으니 실망할 것도 없었다. 그가 원했던 것은 두 사람의 격리.

흑마천황이 튕겨 날아가자 휘는 가공할 위력의 청강을 대동한 채 자신을 향해 달려드는 야율황을 바라보았다. 야율황의 전신을 감싼 청색 강기는 일 장 가까이 뻗어 있었다.

"수라천마혼!"

천지를 무너뜨릴 것 같은 외침이 터지고, 야율황의 전신을 감싸고 있던 청강이 휘를 향해 폭사되었다.

동시에 영롱한 빛의 만양이 그를 향하고, 일순간 만양의 검첨에서 조금 전과는 다른 아무런 색도 없는 빛이 번쩍였다.

끝이 없으니 존재도 없음이라. 무종무상(無終無常)!

"흐으읍!"

달려들던 야율황의 입에서 답답한 신음이 터져 나왔다.

청강과 부딪치며 튕겨진 휘의 눈에 야율황의 오른쪽 어깨가 너덜거리는 것이 보였다. 비록 청강에 굴절되며 가슴을 관통하지는 못했지만 대신 어깨를 부쉈다. 한쪽 팔을 쓸 수 없게 되었다는 말.

기호지세(騎虎之勢)!

튕겨진 휘는 그대로 몸을 회전시키며 뒤를 향해 만양을 내려쳤다.

전력을 다한 단천락(斷天落).

콰앙!!

"우웃!"

신형을 바로잡고 날아오르던 흑마천황이 다시 아래로 떨어졌다.

'기회는 자주 오는 것이 아니다. 일단 하나를 먼저 제거한다.'

휘는 다시 흑마천황을 향해서 검을 내뻗었다.

죽, 만양의 검첨으로 치달은 영롱한 빛이 구슬처럼 뭉쳤다. 동시에 휘의 입에서 굉량한 기합이 터져 나왔다.

"타아아앗!"

파르르 떠는 검첨에서 한 송이 커다란 혈련화가 피어났다. 전보다 훨씬 큰, 삼령의 합일로 인해 완전히 개화한 대천화(大天花)다!

"가라!"

빛살처럼 쏘아진 대천화. 전신을 덮어버릴 듯한 대천화의 위력에 흑마천황의 얼굴이 처참하게 일그러졌다.

그가 시커멓게 물든 두 손을 쭉 뻗는다.

뭉클거리는 묵강이 대천화를 감싸고. 찰나,

쿠아앙!!

"크어억!"

두 기운의 충돌로 땅거죽이 뒤집어지고 퍼져 나간 여파로 십 장 주위의 모든 것이 가루가 되어 부서져 버렸다.

움푹 파인 구덩이에 반쯤 파묻힌 흑마천황이 보인다. 하지만 휘는 계속 손을 쓰지 않고 암암리에 삼령의 기운을 극성으로 끌어올렸다.

뒤에서 밀려오는 광기 어린 엄청난 마기. 야율황이 노성을 내지르며 달려들고 있었던 것이다.

'왔다! 일검에 끝낸다!!'

무양산을 뒤흔드는 야율황의 노성이 울렸다.

"이놈! 찢어 죽이리라!!"

휘는 삼령의 기운이 극성에 이르렀음이 느껴지자 그대로 허공으로 솟구쳤다.

주욱 솟구치는 휘. 만양이 자연스럽게 그의 머리 위로 쳐들렸다.

들려진 만양의 검첨에 천지를 아우르는 기의 회오리가 매달리고, 야율황의 공격이 일 장 뒤에까지 접근한 순간,

"지옥으로 떨어져라!"

휘의 신형이 빙글 돌며 만양이 보기에 답답할 정도로 천천히 하늘에서 지상으로 내리그어졌다.

코앞까지 접근했던 청강이 길게 갈라진다. 마치 푸른 하늘이 갈라지는 것만 같다.

갈라진 청강 사이를 쭉 뻗어나가는 영롱한 빛 한줄기.

일수유의 순간이었다.

사람들은 다만 번쩍이는 무지개만을 볼 수 있었을 뿐이다. 그러나 그 결과는 오래지 않아 알 수 있었다.

혈선이 야율황의 이마에서 얼굴을 반으로 가르며 생겨나고 있었다. 점점 짙어지는 혈선. 야율황의 입이 힘들게 벌어졌다.

"이게… 무슨……? 어떻게 이런 무공이……?"

그러나 말이 흘러나옴과 동시에 그의 몸은 땅바닥으로 곤두박질쳤다.

휘의 신형도 바닥에 내려섬과 동시에 눈에 보이지 않을 정도로 비틀거렸다. 득화(得和)의 단계에 올라섰음에도 전력으로 최강의 공격을 연속해서 펼쳐 내는 것은 무리였다. 게다가 상대는 흑마천황과 마백지주.

이를 악문 휘가 나지막한 천둥 소리로 느릿하게 입을 열었다.

"무종무상(無終無常)의 종(縱)이라 한다!"

장내의 사람들 중 누구도 휘의 흔들림을 알아챈 이는 없었다. 아니, 휘의 상태에 신경 쓸 정신조차 없었다.

―신마천궁의 궁주가 쓰러졌다!

충격! 태풍과 같은 충격의 여파가 전장에 휘몰아쳤다.

사람들의 눈은 적아를 가리지 않고 야율황을 향했다.

그가 바닥에서 일어나려 꿈틀거린다. 그러나 그의 정신은 이미 이승을 떠나 있었다. 신마천궁으로선 차라리 그가 그 자리에서 죽어버린 것만도 못했다.

마인들은 자신들의 주인이 쓰러져 벌레처럼 꿈틀거리자 싸울 의욕을 잃고 허둥댔다. 태양이 떠오르면 어둠은 힘을 못 쓰는 법. 전세는 완전히 한쪽으로 기울기 시작했다.

한데 그때였다.

멀리 전각의 이층에서 상황을 지켜보던 혁수명의 입이 오므라든다 싶은 순간,

"크아아아!!"

구덩이에 몸을 반쯤 묻고 있던 흑마천황이 느닷없이 괴성을 내지르며 솟구치더니 휘를 향해 달려들었다.

몸을 돌린 휘는 내심 놀란 빛을 감추지 못했다.

분명 흑마천황은 내부가 부서져 있을 터. 결코 저런 힘을 낼 수가 없어야 옳았다. 설사 마지막 일격을 가할 정도의 힘이 남아 있다고 해도 저 정도는 아니다.

그때다. 언뜻 흑마천황의 눈빛이 눈에 거슬린다.

동공이 파랗게 빛나고 있다. 완벽한 초혼혈몽으로 인한 증상이다.

'그럼 저자도 혼을 지배당했다는 말인가?'

찰나간에 뇌리를 스치는 생각. 누군가가 저자의 혼을 지배했다.

마신처럼.

휘는 이 장 앞까지 다가온 흑마천황을 노려보며 천천히 만양을 들어올렸다. 순간, 만양이 영롱한 빛이 번쩍 빛을 발하더니 휘의 손에서 사라

져 버렸다.
 쾅!!
 "크에엑!"
 괴이한 비명이 흑마천황의 입을 비집고 터져 나왔다. 달려들 때보다 더 빠르게 튕겨진 흑마천황의 가슴에 사발만 한 구멍이 뻥 뚫려 있는 것이 보인다.
 흑마천황의 가슴을 관통하고 십여 장을 더 나아가다가 방향을 바꿔 휘에게 돌아오는 만양. 그 광경을 보던 사람들이 자신들도 모르게 떨리는 입을 열었다.
 "심의검……!"
 하지만 휘의 귀에는 그들의 말이 들어오지 않았다. 다른 곳에서 벌어지고 있는 처절하기 이를 데 없는 싸움도 관심 밖이었다. 그의 신경은 고봉천의 뒤에서 빠르게 다가오고 있는 자에게 가 있었다.
 무심한 눈빛, 시커먼 철가면. 바로 마신을 향해!
 돌아온 만양을 손에 쥔 휘가 고봉천의 뒤쪽을 바라보며 대갈을 터뜨렸다.
 "철군명 네놈이 감히!!"
 휘의 대갈에 그제야 정신을 차린 사람들이 고개를 돌리고 눈을 부릅떴다.
 뒤쪽에 두 사람이 나타났다. 한데 그들 중 철가면을 쓴 자가 고봉천이 있는 곳을 향해 날아들고 있었다.
 그는 철군명이 아니다. 마신이라는 자. 묵운산장의 싸움에서 천하의 무인들을 공포에 몰아넣었던 자. 문제는 그가 철군명의 조종을 받고 있다는 것.
 "어르신!"

초평우가 대경실색한 표정으로 몸을 날렸다.

"늑대! 위험해!"

당홍도 놀라 소리치며 앞뒤 가리지 않고 신형을 날리는 공손척과 적인풍, 영등을 따라 몸을 날렸다.

가공할 기운이 뒤에서 덮쳐들자 고봉천은 전신을 짓누르는 압박을 벗어나려고 있는 힘껏 뒤로 몸을 굴렸다. 간발의 차이.

고오오오!!

마신의 가공할 공격은 고봉천이 서 있던 자리를 휩쓸고 죽 뻗어나가더니 주위에 서 있던 철혈성의 무사들을 짓뭉개고는 일어서려는 고봉천을 다시 덮쳤다.

"으악!!"

"크어억!"

일시지간 십여 명의 무사가 피떡이 되어 나가떨어졌다.

"이놈!!"

그사이 뒤늦게 몸을 날린 공손척과 적인풍이 소리치며 동시에 마신의 기운을 맞이해 가고, 초평우와 당홍, 영등은 재빨리 고봉천의 앞을 가로막았다.

일 대 오의 상황.

그럼에도 휘는 안심을 할 수가 없었다. 상대는 마신이다.

게다가 그 뒤에는 빠르게 다가오는 철군명이 보인다.

'놈은 철저히 계산을 하고 움직이고 있다. 죽일 놈!'

놈은 다가서는데 자신은 아직 움직일 수가 없다.

마백지주와 두 명의 마천황을 무너뜨리긴 했지만 내력이 완전치가 못하다. 움직이면 놈은 분명 자신의 상태를 알아챌 것이고, 그러면 놈은 공격 목표를 바꿔 자신을 공격할 것이다.

'잠시, 아주 잠시의 시간만 주어지면…….'

내부의 기운을 휘돌리는 사이 공손척과 적인풍이 마신의 검강과 충돌하고는 답답한 신음을 흘리며 뒤로 물러서는 것이 보였다.

두 사람이 물러서자 만상문의 절정고수들이 그 자리를 메웠다.

하지만 저들로는 마신을 막을 수가 없다.

성큼성큼 다가서는 마신. 그를 막아서는 만상문의 사람들.

마신의 일검이 휘둘러지고, 만상문의 사람들이 가랑잎처럼 날려간다, 경백후도, 어을량도, 종리강도.

초평우와 당홍 등이 다시 그 앞을 막아섰다.

그때였다. 떨리는 고봉천의 목소리.

"그 검은……? 철… 대… 사형?"

마신의 철가면을 뚫어지게 쳐다보던 고봉천이 믿을 수 없다는 듯 입을 벙긋거렸다.

휘는 그 모습에 전율이 일었다.

철운양!

그렇다. 사부님은 알 수 있을지 모른다, 저자가 진짜 철운양인지 아닌지. 아무리 철가면으로 얼굴이 가려져 있다 해도.

그런데 분명 철 대사형이라 불렀다.

우양… 철운양……. 마신이 정말 철운양이란 말인가!

철가면을 쓴 저자가 진정 어머니와 함께 떠난 우양이란 말인가!

바람이 없는데도 휘의 전신이 폭풍을 만난 것처럼 떨렸다.

"유벽혜를 아는가?"

묵운산장에서 그 물음에 어깨를 떨었던 마신.

동요하는 눈으로 자신을 바라보던 마신.

확인할 것이다. 내가 직접 확인할 것이다.

당신이 정말로 어머니를 데리고 간 그 사람인지.

'제발! 조금만 더 빨리! 제발! 아버지! 어머니!! 도와줘요!!'

절박한 마음을 담아 혼신의 힘으로 삼령의 기운을 일주천시켰다.

일순간, 내부에서 아직 완전히 깨어나지 못하고 있던 천양신주의 기운이 불길처럼 일어났다. 그러자 지음의 기운과 풍령의 기운도 환희를 노래하며 천양의 기운에 동조했다.

두어 번 크게 숨을 들이키자 회오리바람을 일으키며 전신 혈맥을 빠르게 휘돌던 삼령의 기운이 서서히 각자의 위치로 자리를 잡아갔다.

휘는 입술을 지그시 깨물었다. 마침내 내력이 어느 정도 안정이 된 듯하다.

이제는 더 이상 머뭇거릴 시간이 없다. 마신이 고봉천을 향해 다가가고 있지를 않은가.

"사부님, 뒤로 물러나세요!!"

고봉천은 휘의 목소리가 들리자 고개를 돌리고는 어색한 웃음을 지었다.

"휘아야, 이분은……."

그때,

"안 돼!!"

퍽!

다급한 마음에 혼자서 다가오는 마신을 막아선 초평우가 반쯤 부러진 도를 찢어진 손으로 움켜쥔 채 비명도 없이 튕겨졌다.

"초 형!!"

초평우가 피분수를 뿜으며 삼 장 밖으로 나가떨어지는 것을 본 휘의 입에서 분노의 절규가 터져 나왔다. 하지만 초평우가 당하자 분노하는 사람은 그만이 아니었다.
"이 괴물! 죽어!"
"아미 씨발 타불! 뒈져라!!"
고봉천의 앞을 막고 있던 당홍과 영등이 미친 듯이 마신을 향해 달려들었다. 그러나 그들의 힘으로 마신을 막는다는 것 자체가 역부족이다.
두 사람의 검과 선장이 마신의 검과 부딪치자 둘은 마신의 일검을 버티지 못하고 비명을 토하며 꼬꾸라졌다. 그 모습에 고봉천의 눈이 벌겋게 달아올랐다.
"대사형, 당신이 어찌……?"
그러나 고봉천의 이 장 앞에 멈춰 선 마신의 눈동자는 조금의 흔들림도 없었다. 오히려 전보다 더욱 냉혹 무심해진 눈동자로 고봉천을 쳐다볼 뿐이다.
"크르르……."
마신이 검을 들어 고봉천을 가리키자 마신의 삼 장 거리까지 다가와 있던 혁군명이 다급히 입을 열었다.
"마신, 그를 죽이지 말고 산 채로 잡아라!"
혁군명의 명령에 마신은 주저하지 않고 검을 거두고는 손을 내밀었다.
후웅!
막강한 경력이 안간힘을 쓰며 버티는 고봉천을 빨아들였다.
버틴다고 버틸 수 있는 힘이 아니다. 이 장의 간격이 순식간에 일 장으로 좁혀든다. 스윽 한 걸음 내디딘 마신의 손이 고봉천의 멱살을 잡아갈 때다.
"으아아!!"
분노의 일성이 터지고,
쾅!!
신형을 날린 휘의 죄수에서 쏟아진 천홍이 적시에 마신의 손바닥을 강타했다.
 움찔거리며 뒤로 물러서는 마신. 그의 손에서 빨아들이던 기운이 소멸되자 고봉천의 몸이 뒤로 나뒹굴었다. 벌어진 거리는 사 장여.
 "마신! 그를 잡아!!"
 혁군명의 고함 소리에 마신이 다시 고봉천을 향해 움직였다. 하지만 그때는 이미 휘가 고봉천의 뒤에 내려선 뒤였다.
 마신이 우뚝 멈춰 선 채 휘를 응시했다. 휘도 떨리는 마음을 가라앉히고 마신을 뚫어지게 쳐다봤다.
 그런 가운데 두 사람의 중간에 서 있어야 하는 고봉천은 잠시간이 억겁같이 느껴졌다.
 앞에는 대사형이 분명해 보이는 괴인, 뒤에는 사랑스런 제자 휘. 고봉천은 처연한 표정으로 앞뒤를 번갈아 보았다.
 "휘아야, 이분은 너의……."
 하지만 그는 더 이상 말을 할 수가 없었다. 휘의 떨리는 눈빛이 뭔가를 결심한 듯했다.
 '안 된다, 휘아야!'

 휘는 고봉천을 가운데 두고 마주 선 상황에서 마신을 노려보았다.
 마신의 힘이 전보다 더 강해졌다는 것이 느껴진다. 그러나 자신 역시 예전의 자신이 아니다. 강해진 것으로 따진다면 천양신주를 얻은 자신이 마신보다 더 강해지질 않았는가.
 그래도 자신이 잘못 움직이면 사부님이 다친다. 직접적인 공격이 아니더라도 두 사람의 기운이 부딪친 여파는 결코 사부님이 견딜 수 있는 성질의 것이 아니다.
 또한 사부님이 대치 상태에서 빠져나가려고 하면 마신이 손을 쓸 것이다, 저들의 목적이 사부님을 인질로 나를 압박하려는 것인 이상은.

결국 이러지도 저러지도 못하는 상황.

억겁의 시간이 찰나처럼 흘러간다.

억지로라도 모험을 해야 하나?

하지만 문제는 실수를 쓸 수가 없다는 것.

저자가 진정 철운양이 확실하다면 저자는 자신의 아버지일 가능성이 가장 높은 자가 아닌가.

'아버지… 아버지… 제길…….'

세 아버지 말고는 다른 아버지를 인정하지 않으려 했지만 어찌 그것이 마음대로 되랴.

휘가 갈등을 겪으며 마신을 뚫어지게 볼 때다. 언뜻 마신의 어깨 너머로 철군명이 보였다.

그를 보자 분노가 끓어올랐다. 숨구멍을 타고 하늘조차 태워 버릴 분노의 불길이 솟구치려 한다. 그러자 만양을 쥔 손에 힘이 들어갔다.

'결정을 내려야 한다, 더 많은 사람들이 다치기 전에.'

그때다. 문득 사부의 고개가 마신을 향해 돌아간다. 순간, 마신과 철군명의 몸이 사부의 몸에 가려 보이지 않았다.

'내가 보지 못하면 상대도 나를 보지 못한다. 기회!'

휘는 보이지 않는 속도로 검을 들어올렸다. 그리고 힘을 집중한 채 만양의 검첨에 마음을, 의지를 담았다. 무종무상의 회(回)!

그때 사부의 눈이 다시 자신을 향해 돌아오고 있는 것이 보였다. 자신이 만양을 쳐들고 있는 것을 보더니 격하게 흔들리는 사부의 두 눈. 하지만 어쩔 수 없다. 시작한 이상 끝을 내야 한다.

'출(出)!'

속으로 무종무상의 심검을 발출하자 만양의 검첨이 번쩍 환하게 빛났다.

퍽!!

정적을 깨뜨리는 자그마한 소음. 휘의 눈에 주르륵 물러서는 마신이 보였다.

"사부님, 한쪽으로! 어서요!"

고봉천이 휘의 재촉에 마지못해 재빨리 한쪽으로 물러서자 휘는 마음 놓고 고봉천의 앞을 가로막았다.

순간 일검을 맞고 뒤로 물러섰던 마신이 재차 쇄도한다. 쇄도하는 그의 오른쪽 가슴이 붉게 물들어 있다. 철가면을 비집고 흘러나오는 선혈은 유난히 더 붉기만 하다.

휘는 일그러진 얼굴로 마신을 향해 재차 검을 뻗었다. 영롱한 강기가 만양에서 쭉 뻗어나간다.

"으아아아!"

휘는 가슴이 터질 것 같은 심경에 악을 쓰며 검을 내려쳤다. 전력을 다한 일격. 그런데,

"휘아야!!"

고봉천이 갑자기 뛰어들더니 의수에 매달린 검을 휘두르는 것이 아닌가.

"안 된다!"

"사부님!"

대경한 휘는 급히 만양의 검첨이 향하는 방향을 바꿨다.

따당! 콰광!!

미처 어찌할 사이도 없이 휘와 고봉천, 그리고 마신이 동시에 튕기듯이 뒤로 물러섰다.

급히 방향을 바꾸느라 창백해진 휘의 얼굴. 입가에는 가는 핏자국마저

보인다. 지그시 입술을 깨물며 휘가 혁군명을 향해 으르렁거리는 목소리로 물었다.

"철군명, 네놈이 어찌 이런 사악한 짓을 한단 말이냐?!"

그 모습이 마치 부상을 입은 사자가 으르렁거리는 것으로 보였나 보다. 더구나 마신이 물러선 이유를 정확히 모르는 그다. 뒤에 있는 바람에 심검에 당한 것을 미처 보지 못한 것이다.

'괜히 두려워했군. 그럼 그렇지, 궁주와 흑마천황을 동시에 상대하고 멀쩡하면 인간도 아니지. 게다가 고봉천이 막는 이상 철운앙을 죽일 수도 없겠지. 후후후, 잘됐군. 저 정도면 마신이 상대할 수 있겠어. 게다가 내 뒤에는 아버님이 계시니…….'

그는 슬며시 웃음을 지으며 답했다.

"못할 것은 또 뭔가? 아, 그리고 나는 철군명이 아니야."

"무슨 헛소리를 하는 것이냐?"

"나는 철군명이 아니고 혁군명이거든."

"혁군명?"

휘가 의아한 듯 되묻자 혁군명의 입가에 조소가 스치고 지나갔다.

"철운성이 나의 아비가 아니니 내 성이 철 씨가 될 수는 없지 않느냐?"

그말에 고봉천이 놀란 표정으로 부르짖었다.

"무슨 소라냐?"

그때다. 이십여 장 떨어진 신마전의 전각 쪽에서 들려오는 소리.

"그는 나의 아들이니 당연히 혁 씨를 써야지."

휘는 고개를 돌려 신마전을 나서는 자를 바라보았다. 한 명의 장년인과 그의 좌우로 늘어선 스무 명이 넘는 천살귀령들이 보였다.

'저자는 누구기에 철군명의 아버지를 자처하는가? 그리고 저자들

은……. 설마 저들이 모두 실혼인?'

하지만 그의 놀람은 고봉천에 비할 바가 아니었다. 천천히 눈을 돌려 신마전을 나서는 장년인을 본 고봉천의 눈이 거세게 떨렸다. 믿을 수 없다는 눈빛으로.

"혁 사형?!!"

"오랜만이야, 사제."

"당신이… 어떻게… 이곳에……?"

덜덜 떨리는 고봉천의 말에 혁수명이 사이한 웃음을 지었다. 현재 정무맹과 척마맹의 전세는 누가 앞선다고 할 수도 없었다. 문제는 이곳, 정확히는 진조여휘를 어떻게 상대하느냐이다.

한데 진조여휘는 이미 부상이 심각해 보인다. 내상이 심한지 몸을 심하게 떨고 있다. 그렇다면 마신과 자신들만으로 충분히 상대할 수 있을 것 같다.

'고봉천을 잡았으면 더 좋았으련만…….'

아쉽지만 어쩔 수 없다. 그래도 자신에게는 죽음을 두려워하지 않는 수하들이 있지를 않은가. 이제는 끝내야 할 때.

"호호호, 나라고 해서 이곳에 있지 말란 법이 있나? 원수를 죽이기 위해서라면 무슨 짓을 못할까?"

"원수라니? 무슨 말이오?"

"크크크, 철운성, 철운양. 한 놈은 나의 여인을 빼앗아간 놈이고, 한 놈은 나의 야망을 빼앗아간 놈이지. 그러니 원수가 아니겠나? 내가 철운양을 납치해서 실혼인으로 만든 것이 단순히 그가 강하기 때문인 줄 알았나?!"

"맙소사! 사형, 당신은 미쳤구려!"

"맞아, 미쳤지. 원수를 갚기 위해서 미쳐 버렸지! 내 마음을 사제가 어찌 알겠느냐? 미치지 않고는 견딜 수 없는 내 마음을 말이야! 우흐흐흐!"

혁수명의 얼굴이 벌겋게 달아올랐다. 그는 자신의 생각에 도취된 듯 광소를 터뜨리더니 흥분한 표정으로 귓불을 긁어댔다.

"누가 뭐라고 해도 나는 내가 잘못했다고는 생각지 않아. 보게, 궁주가 죽은 이상 이제 신마천궁에 마신을 거느린 나와 내 아들을 당할 자는 없어. 내가 바로 신마천궁의 주인이란 말이야."

눈빛에서조차 붉은 혈기가 흘러나올 지경이었다. 귓불을 긁어대는 손길은 점점 빨라지고.

"크크크, 멍청한 흑마천황은 내가 새롭게 제조한 초혼혈단을 천고의 보약으로 알고 복용하고는 나의 명령에 따라 저놈에게 달려들다가 되져 버렸지. 더구나 궁주의 아들놈도 초혼혈단을 먹고 신도연백과 함께 죽어 버렸어. 아, 물론 마신이 깨끗하게 청소를 하긴 했지만. 어떤가? 이래도 우리가 신마천궁의 주인이 아니라고 할 수 있겠나?"

혁수명이 자아도취 되어 빠르게 말을 할 때였다. 귀를 긁어대는 그를 뚫어지게 바라보던 휘가 무엇 때문인지 떨리는 목소리로 입을 열었다.

"한 가지… 혹시… 혹시 철운양이라는 분을 납치하기 위해… 한 여인을 무저동에 빠뜨린 적이 없소?"

휘의 물음에 고봉천마저 낯빛이 하얗게 변했다. 그는 휘의 질문이 어떤 뜻인지를 가장 잘 아는 사람이었던 것이다.

혁수명이 낄낄거리며 휘의 물음에 답했다.

"어떻게 알았느냐? 그놈이 어디서 데려왔는지는 모르지만 몰래 데려다 놓은 여자가 하나 있었는데 내가 없애 버렸지. 본래 그냥 인질로 잡을까 했지만 더 좋은 생각이 떠오르더군. 흐흐흐흐, 알고 싶나?"

사시나무 떨 듯 떨리는 몸을 혼신을 다해 추스르고 휘는 억지로 고개를 끄덕였다.

"말… 해… 봐……!"

"아주 재미있었어. 우흐흐……. 계집종 하나에게 무저동에 들어갈 죄를 뒤집어씌우고는 그년을 죽여 몰래 파묻어 버렸지. 그리고 철운양의 모습으로 변용하고서 철운양의 계집을 찾아갔다네. 나를 보고 무척 좋아하더군. 그걸 보니 더 기분이 나빠지지 뭔가? 그래서 아예 얼굴까지 긁어버렸지. 그리고 그년을 아무도 못 알아보게 병신으로 만든 다음 무저동에 계집종 대신 집어넣어 버렸어. 아마 그년은 죽을 때까지도 내가 철운양인 줄로 알았을걸? 낄낄낄낄."

휘의 두 눈에서 폭풍이 일었다.

갈기갈기 찢긴 가슴은 터질 듯한데 입이 벌어지지가 않았다.

뭐라 말을 하고 싶은 데에도, 귓속으로는 여전히 혁수명의 미친 듯한 목소리가 들려오는 데에도…….

"그리고 나서 그 계집을 찾아 헤매는 철운양을 유인해서 초혼혈단을 먹인 후 이곳으로 데려와 실혼인으로 만들어 버렸지. 죽기 전에는 내 아들의 말만 들을 수 있게 말이야. 내가 생각해도 아주 재미있는 복수였어. 안 그런가?"

휘는 대답을 하지 않았다. 아니, 대답을 할 수가 없었다.

대체 뭐라 대답을 한단 말인가. 가슴속에서 치밀어 오른 분노가 심장을 태워 버려서 재만 남아버렸거늘.

"개만도 못한 놈!"

고봉천이 이를 갈며 소리쳤다.

휘의 마음을 능히 짐작하고 있는 고봉천은 눈물이 나올 것만 같았다. 하늘조차 용서할 수 없는 일을 자신의 사형이라는 자가 저질렀다니.

오오, 세상에! 이제 어찌 제자의 얼굴을 본단 말인가!

"어찌, 어찌 그런 일을 저질렀느냐, 이놈!!"

고봉천의 욕설에 혁수명의 미간이 꿈틀거렸다.

"살려주려 했더니, 뭐라? 그렇게 죽고 싶나? 죽고 싶다면 죽여주지. 흐흐흐, 어차피 이제는 때가 되었으니까. 군명아, 모두 죽여라!"

혁수명의 명령에 혁군명이 살소를 흘리며 고개를 끄덕였다.

"그러지요. 하하하하! 마신, 앞에 있는 놈들을……!"

미처 혁군명의 명이 떨어지기도 전이었다. 한줄기 빛이 허공에 걸쳐지는가 싶더니 혁군명의 목을 스치고 지나갔다.

서걱!

순간 눈을 부릅뜬 혁군명의 입이 쩍 벌어졌다.

홉떠진 그의 눈이 서서히 공포로 물들었다.

'이럴 수가! 놈은… 부상을 입지 않았다. 맙소사! 아버님, 피해야……'

하지만 피가 뿜어지는 입에서 나오는 것은 가래 끓는 소리뿐.

"꺼… 꺼……"

그때였다. 빛처럼 빠른 검강을 쏘아내 혁군명의 성대를 자른 휘의 목소리가 장내를 울렸다.

상처 입은 용의 울부짖음이었다.

"죽일 것이다! 이 세상에서 가장 처참하게 죽일 것이다!! 지옥의 불구덩이 속에서 억만년을 지내게 만들 것이다, 혁.수.명!!"

동시에 그의 만양에서 휘황한 빛살이 앞으로 쭉 뻗쳤다.

고오오오오!!

한데 맙소사! 그의 검이 향하는 곳은 혁수명이 아니다. 뜻밖에도 철운양을 향해서다.

"휘아야! 안 돼!!"

만양이 철운양을 향하는 것을 본 고봉천이 대경해 소리쳤다.

그러나 고봉천은 휘의 앞을 막아서려다 우뚝 몸을 멈춰 서야만 했다, 세상이 멈추기라도 한 것마냥.

"휘아… 야……."

제자의 눈에서 피눈물이 흐르고 있었다.

철운양을 향해 검을 뻗는 휘의 두 눈에서 피눈물이 방울져 떨어지고 있었다.

부서져라 악다문 입에서는 한없는 오열이 숨죽인 채 흘러나오고 있었다.

'차라리 내 검에 세상을 떠나시는 것이 편안하실 것입니다. 죄송합니다. 정말… 크흑!'

돌이킬 수 없다면 하는 수 없다.

남의 손보다는 차라리 자신의 손으로 마무리하고 싶었다, 자식의 손으로.

'당신을 어머니의 곁으로 보내드리겠습니다.'

"으아아아!!"

후우우우웅!!

떨리는 검명이 휘황한 빛과 함께 만양에서 울려 나왔다. 만양이 슬프게 우는 것만 같다. 그리고…….

퍽!

그토록 공포스럽던 마신의 철가면이 부스스 가루가 되어 허공에 흩날렸다. 얼굴이 드러나는 철운양을 보며 휘가 울부짖듯이 소리쳤다.

"가시거든 유벽혜라는 분을 찾으세요!! 그분께 미안하다는 말이라도 하란 말입니다!!"

거미줄 같은 흉터로 가득하다. 얼기설기 얽힌 수염이 흉터 사이사이에서 아무렇게나 자라 있다. 보는 것만으로도 울분에 가슴이 막힐 지경이다.

휘는 이를 악다물고 고개를 돌렸다.

그러자 맨얼굴이 드러난 마신 철운양이 온몸을 떨며 이마를 찡그렸다. 그가 멍한 눈으로 휘를 바라보더니 입을 달싹였다.

"혜……?"

"예! 가서 그분께 비세요! 휘아가 보내서 왔다고 하시고 다시는 혼자 두지 않겠다고 말씀하시란 말입니다!! 아… 버지!!"

"……."

우연인지, 아니면 알아들은 것인지 철운양의 고개가 미미하게 끄덕이는 것처럼 보인다. 하지만 그것이 마지막이었다.

서서히 쓰러지는 철운양. 그를 바라보는 휘의 몸에서 아지랑이 같은 기운이 안개처럼 피어난다.

찰나간이었다. 눈 한 번 깜짝일 시간.

그 자신이 태풍의 눈이 되었다. 그리고 폭풍이 된 아지랑이가 반경 십여 장을 휘몰아쳤다.

"피, 피해!!"

겨우 몸을 일으킨 채 망연히 흘러가는 상황을 지켜보던 공손척과 적인풍이 누가 먼저랄 것도 없이 동시에 소리쳤다.

스러지고 있었다. 휘의 주위에 있던 바위며 나무들이 마치 안개에 잠식당한 것처럼 가루가 되어 스러지고 있었다. 휩쓸리면 죽음뿐, 시신도 남지 않고 부서져 허공 중에 사라질 것이다.

사람들이 정신없이 뒤로 물러설 때다.

지옥의 불길처럼 타오르는 휘의 두 눈이 혁수명을 향했다.

눈이 마주치자 공포에 질린 혁수명이 주춤거리며 뒤로 물러섰다.

야율황과 흑마천황의 합공을 물리치고도 아직 힘이 남아 있다는 것이 믿어지지 않는다는 눈빛이다.

"분명… 네놈은 심한 부상을 입었는데……. 속인 것인가?"

저벅, 휘가 한 걸음을 내디뎠다.

쏴아아아!

휘를 에워싼 진기의 폭풍이 휘를 따라 몰려간다.

혁수명은 질린 안색으로 악을 쓰며 소리쳤다.

"막아라! 저놈을 죽여!!"

좌우로 늘어섰던 천살귀령이 아무런 머뭇거림도 없이 휘가 일으키는 기운의 폭풍 속으로 뛰어들었다.

휘가 만양을 쳐들어 앞을 가리키는 순간, 그 어느 때보다 시뻘건 혈련화가 만양의 검첨에서 피어올랐다. 지옥의 불구덩이에서 피어난 것마냥.

콰아아아!!

"캐액!"

"끄아아악!"

혈련화가 천살귀령의 철립을 뚫고 이마를 파고들자 천살귀령의 입에서 처절한 비명 소리가 터져 나온다. 뜻밖에도 그것은 공포에 질린 비명 소리다. 덜덜 떠는 천살귀령의 모습에 혁수명이 주춤거리며 뒤로 물러섰다.

저벅저벅, 휘는 걸음을 멈추지 않고 혁수명에게 다가갔다.

"하늘이 나선다 해도 네놈을 살리지 못할 것이다!"

일갈이 터지며 또다시 만양이 허공을 열십 자로 갈랐다.

일순간 허공이 난자되며 달려들던 천살귀령 중 서넛이 한꺼번에 조각조각 갈라지고 허공에 자욱한 피안개가 피어났다.

피안개 속을 걸어 다가오는 휘의 모습에 혁수명은 더 이상 참지 못하고 미친 듯이 소리쳤다.

"죽여! 저놈을 죽이란 말이다!"

일제히 몸을 날리는 수하들을 바라보며 혁수명은 신마전 쪽으로 신형을 날렸다. 뒤를 따라 목을 부여잡은 채 공포에 떨고 있던 혁군명도 몸을 날렸다.

찰나, 휘의 몸에서 퍼져 나온 기운이 팔방을 뒤덮었다.

만양에서 뻗친 시뻘건 검강이 반경 십 장을 휘감았다.

검강에 휩쓸린 것은 무엇이고 성한 것이 없었다.

부서지고 잘려진 육신의 조각이 하늘에서 우박처럼 쏟아지고, 붉은 소나기가 내리자 주위에서 벌어지던 싸움이 절로 멈춰 버렸다.

피안개 속에서 검을 휘두르던 휘의 신형이 사라졌다 느껴졌을 때다.

"혁군명!!"

하늘을 뒤흔드는 일갈과 동시에 번쩍 붉은 빛줄기가 십수 장 떨어진 곳까지 이어졌다.

"꺼어억!"

공포에 젖은 신음 소리, 시뻘건 선혈을 뿜어내며 혁군명의 오른팔이 어깨에서 환영처럼 떨어져 나간다.

다음에는 오른발이, 그 다음에는 왼발이……

사지가 달렸던 곳에서 피분수가 뿜어진다.

"끄어어어!!"

바닥에 떨어져 처절한 비명을 토해내는 혁군명을 휘는 싸늘한 눈으로 바라보았다.

"너 같은 놈 때문에 사부님께서 팔을 잘라야 했다니! 잘 봐라, 혁군명!!"

"그륵, 그륵……"

부들부들 몸을 떠는 혁군명에게 분노의 외침을 토해내던 휘가 신마전 쪽으로 만양을 뻗었다. 순간, 사람들은 자신들의 눈을 의심했다. 붉은 빛이 번쩍이더니 휘의 손에서 만양이 사라진 것이다.

하지만 그것도 잠시,

"컥!"

휘의 손에서 사라진 만양이 신마전에 막 들어서던 혁수명의 몸을 꼬치처럼 꿰어버리며 나타났다.

쾅!!

"크악!!"

굉음과 비명이 들리고 나서야 사람들의 고개가 신마전 쪽을 향했다. 그리고 신마전을 바라보던 그들은 눈을 부릅뜨지 않을 수가 없었다. 혁수명의 몸을 꿰뚫은 만양이 칙칙한 빛을 발하는 신마전의 벽에 틀어박혀 있었던 것이다.

휘는 손을 뻗어 혁수명을 가리켰다.

"봐라! 저게 네 아버지다! 자식을 팽개치고 도망가는 저자가 말이다!! 너는 저런 자 때문에 삼십 년을 키워준 아버지를 버린 것인가?! 나는 그래서 네가 더 싫다, 혁군명!!"

휘가 다시 손을 뻗자 만양이 휘의 손으로 빨려들어 왔다.

털썩, 신마전의 벽에서 떨어져 내린 혁수명이 안간힘을 쓰며 바닥을 기었다. 휘는 그런 혁수명을 바라보며 만양을 흔들었다. 가느다란 검강이 줄기줄기 뻗어가고,

콱!!

혁수명의 두 발이 허벅지에서부터 잘려져 제멋대로 나뒹굴었다.

"으아악!"

휘가 무표정한 얼굴로 혁수명만을 바라보았다.

"고통스러운가? 무저동의 아버지들은 그렇게 수십 년을 사셨다! 그리고 내 어머니는… 그나마 그렇게도 움직이지를 못하신 채 말도 못하고 이 년을 사시다 돌아가셨다. 바로 네놈 때문에! 아는가? 바로 그대가 무저동에 집어넣은 여인이 바로 내 어머니란 것을!! 그리고… 그리고……."

그리고 이제는 자신의 손으로 아버지를 죽여야 했다. 어찌 그 한을 말로써 다 표현하랴.

"그, 그럴 수는……."

"더 이상 듣고 싶지 않으니 더러운 입을 벌리지 마라!"

휘가 만양을 번쩍 치켜들었다.

"내 어머니의 이름으로 그대를 참하겠다! 혁.수.명!!!"

만양이 허공에서 떨어져 내렸다.

번쩍!

"캐액!"

혁수명의 머리가 솟구치는 피분수에 밀려 허공으로 튀어 오른다.

"지옥의 불구덩이 속에 빠지더라도 죄를 비는 것을 잊지 마라!!"

휘가 튀어 오른 혁수명의 머리통을 다시 만양의 검면으로 후려치자 일그러진 혁수명의 머리통이 신마전의 벽에 틀어박혀 버렸다.

퍽!

터져 버린 두 눈에서 핏물이 배어 흐른다, 속죄의 피눈물처럼.

침묵에 잠긴 신마전의 앞뜰.

누구도 입을 열지 못했다, 입을 열면 심장이 터져 버릴지도 모른다 생각하는지.

휘는 천천히 돌아서서 침묵의 뜰을 가로질러 철운양이 있는 곳으로 걸어갔다.

그 길은 피와 육편으로 뒤덮인 길이었다.

분노로 점철된 회한의 길이었다.
 철운양의 앞에 걸음을 멈춘 휘는 조용히 철운양을 내려다보았다. 왠지 편안해 보이는 모습이다.
 휘가 허리를 숙여 철운양을 안아 들자 고봉천이 휘를 불렀다.
 "휘아야……."
 휘는 그렁거리는 눈으로 고봉천을 바라보았다.
 "가시죠, 사부님. 이곳은 사부님이 계실 곳이 아닙니다."
 고봉천은 천천히 고개를 끄덕였다.
 '그래, 가자꾸나. 어디든 실컷 울 수 있는 곳으로 가자꾸나. 아무도 없는 곳에 가서 네 가슴속에 쌓인 눈물을 모두 쏟아내려무나.'
 휘는 자신의 주위에 서 있는 사람들을 향해 고개를 돌렸다.
 초평우와 당홍이 서로의 몸에 어깨를 기댄 채 입가의 피도 닦지 않고 억지웃음을 짓고 있다, 행여나 마음에 부담을 줄까 봐.
 창백한 얼굴의 적인풍, 측은한 표정으로 쓴웃음을 짓고 있는 공손척, 멀뚱히 바라보는 영등, 그리고 주위에 둘러선 만상문의 사람들. 모두가 피를 나누지는 않았지만 형제나 다름없는 사람들이다. 휘는 그들을 바라보며 조용히 미소를 지었다.

 어느새 싸움은 끝을 향해 치달리고 있었다.
 신마천궁의 무리들은 야율황과 마천황에 이어 마신과 혁수명 부자마저 처참하게 죽임을 당하자 지리멸렬하고 있었다. 살아서 버둥거리는 자들은 겨우 백여 명뿐.
 척마맹과 정무맹의 무인들은 이를 갈며 신마천궁의 마인들을 죽였다. 심지어 승인과 도인들까지 살인함을 주저하지 않았다.
 제자들이, 사형제들이, 형제와 같은 동료들이 마인들의 손에 일천이 넘게 죽었으니 그들의 행동을 과하다 할 수도 없었다.

휘는 그런 그들을 바라보다 한쪽으로 고개를 돌렸다.

철무명이 철혈성의 무사들과 함께 자신을 쳐다보고 있었다. 그는 놀란 입을 다물지 못하고 있었다.

그럴 수밖에.

자신보다 불행한 사람은 그다지 없을 거라 생각한 그이다. 그러나 휘의 말을 옆에서 직접 보고 들은 그는 그동안 자신이 아버지에게 얼마나 행복한 투정을 했었는지 부끄러움에 쥐구멍에라도 들어가고 싶은 심정이었다.

그런 철무명을 보고 휘는 아무런 말도 하지 않고 고개만 끄덕여 주었다. 그제야 철무명도 희미한 웃음을 지으며 고개를 끄덕인다. 안도의 웃음이다. 휘가 철혈성의 잘못을 용서했다는 것을 느낀 것 같다.

휘는 품 안의 철운양을 내려다보며 천천히 신형을 돌렸다.

그거면 됐다. 무슨 많은 말이 필요 있으랴.

과거는 이제 과거일 뿐, 철혈성과의 인연은 좋은 것만을 남기자. 사부님을 만나고, 좋은 사람들을 만나지 않았던가.

휘가 철운양을 안은 채 밖으로 걸음을 옮기자 시신을 정리하고 있던 정무맹과 척마맹의 무인들이 좌우로 쫙 갈라졌다.

그들도 눈이 있고 귀가 있으니 휘가 누굴 죽이고 어떻게 죽였는지 잘 알고 있었다. 만일 휘가 아니었다면 결과가 어떻게 되었을지 모르는 자도 없었다.

경외감 어린 수백 쌍의 눈빛이 시뻘건 핏물로 적셔진 길을 걸어가는 휘를 따라 움직였다.

그때다.

누군가가 휘를 향해 검을 거꾸로 들고 포권을 취했다.

그러자 하나 둘 결국은 승, 도, 속을 가리지 않고 일천여에 달하는 무인들이 모두 자신들의 무기를 거꾸로 잡고 포권을 취했다.

일어서지 못하는 사람들은 앉은 채로,

앉지도 못하는 사람들은 누운 채로,

살아 있는 사람이라면 모두가.

새로운 전설을 향해.

화정월이 말했다.

"자네는 영웅이 되기를 싫어하겠지만 영웅이 될 수밖에 없는 사람이야."

9장
오년 후

산등성이가 온통 붉게 물들었다.
　삼월의 손님 진달래가 수줍음을 털어내고 양편 계곡을 화사하니 뒤덮은 날, 대별산의 벽양곡에 세워진 한 채의 사당에서는 몇 사람이 모여 향을 올리고 있었다.

　모 유벽혜 신위.
　부 진형구 신위.
　부 조동인 신위.
　부 여강두 신위.
　부 철운양 신위.
　사부 운몽 신위.
　조사 지양 선인 신위.
　숙부 이진생 신위.

휘는 모용서하와 함께 향을 올리고는 조용히 위패를 바라보았다.
무저동의 시신을 이곳으로 모시고 온 지도 벌써 오 년이 흘렀다.
만상문을 만시량과 공이연에게 맡기고 벽양곡으로 들어오면서 사부님의 가족도 함께 모셔왔다. 그리고 해마다 철운양과 유벽혜의 이름을 딴 벽양곡의 산 능선이 붉게 물드는 날 조촐하니 제를 올렸다.
피어오른 향연으로 사당 안이 뿌옇게 흐려질 무렵, 문득 향을 사르고 숙인 몸을 펴던 모용서하가 공유유를 바라보며 물었다.
"애들이 어디 갔지?"
"글쎄요? 쌍둥이들이 좀 전까지 있었는데……."
"어? 나도 조금 전까지 봤는데……."
휘가 두리번거리자 고봉천이 빙그레 웃으며 말했다.
"향 냄새 때문에 기침 난다고 몰래 나갔다."
"끙, 또 송아가 정아를 꼬드겼겠군요. 하여간 그 녀석, 누굴 닮아서……."
"피이, 그야 당신 닮았죠. 말솜씨 번지르르한 것 보면."
"……."
그때였다. 마치 자신들의 행방을 알려주기라도 하려는 듯 밖에서 아이들의 목소리가 들려왔다.
"아빠!"
"엄마!!"
한데 무엇 때문인지 다급한 목소리다.
"무슨 일이죠?"
모용서하가 의아한 표정을 지으며 묻자 휘가 빙그레 웃었다.
"누가 온 것 같군. 나가봅시다. 저 녀석들, 숨 넘어가겠소."

"그래요."
하지만 두 사람은 굳이 나갈 필요도 없었다.
우당탕탕!
옷 색깔만 다를 뿐 너댓 살쯤 되어 보이는 똑같이 생긴 두 아이가 도망쳐 오듯 사당 안으로 뛰어들어 온 것이다.
"무슨 일인데 그러는 거니? 할아버지 제사 드리는데 조용히 해야지."
모용서하의 꾸짖음에 파란 옷을 입은 아이가 고개를 가로저었다.
"그게 아냐, 엄마!"
"그럼 뭣 때문에 우리 말썽꾸러기들이 숨넘어가게 달려온 거지?"
송아라는 아이가 으헝 하는 표정을 지으며 장난스럽게 말했다.
"늑대가 나타났어요!!"
"늑대……?"
"진짜예요! 사람같이 생겼는데 영락없이 늑대라니까요!"
그제야 송아가 말하는 사람이 누군지를 깨달은 모용서하와 휘를 비롯해 고봉천까지 웃음을 참지 못하고 배를 움켜쥐었다.
"호호호호!!"
"하하하하!!"
"허허허, 송아야. 그런데 말이다……. 그 늑대가 네 뒤에 있는데 어쩌지?"
"예?"
깜짝 놀란 송아가 고개를 돌렸을 때다.
"이놈! 내가 잡아먹을까 부다! 으왕!"
"으악! 늑대 삼촌이 송아 잡아먹으려 한다!"

꽃향기가 코끝을 간지럽힌다. 초평우 등과 함께 밖으로 나온 휘는 바람에 날리는 머리카락을 쓸어 올릴 생각도 하지 않고 흘러가는 하얀 구름에 눈을 두었다.

오 년간 계곡에서 나오지 않겠습니다. 또한 만상문의 일에도 일체 관여하지 않겠습니다. 죄송하지만 그때까지만 수고해 주십시오.

친부인 철운양을 죽였다는 죄책감에 사당을 짓고 제를 올리며 어머니와 아버지들에게 용서를 빌기 위한 오 년이었다. 이제는 어머니와 아버지들도 용서를 해주셨는지 마음이 편안해진 상태다.
"벌써 오 년이 지났군요."
휘가 말문을 열자 초평우가 조심스럽게 입을 열었다.
"형님, 이제 나가셔야죠? 다들 기다리시는데."
풍인강도 걱정에 찬 표정으로 고개를 끄덕였다.
"대형을 보기 위해서 간부들이 다 총단에 모여 있습니다. 안 나가시면 저희들 맞아 죽습니다, 대형."
휘는 빙그레 웃기만 했다. 솔직히 사랑하는 사람들과 계곡 안에서 지낸 오 년은 그 어느 때보다 행복한 세월이었다.
하지만 언제까지 계곡 안에만 있을 수도 없는 일이다, 자신이 나오기만을 기다리고 있는 사람들을 생각한다면.
웃음 띤 얼굴로 두 사람을 번갈아 본 휘는 천천히 고개를 끄덕였다.
"갑시다."

〈終〉